Benito Pérez Galdós

Episodios nacionales I
La batalla de los Arapiles

Barcelona **2024**
Linkgua-ediciones.com

Créditos

Título original: Episodios nacionales I. La batalla de los Arapiles.

© 2024, Red ediciones S.L.

e-mail: info@linkgua-ediciones.com

Diseño de cubierta: Michel Mallard.

ISBN tapa dura: 978-84-1126-510-2.
ISBN rústica: 978-84-9007-281-3.
ISBN ebook: 978-84-9007-243-1.

Sumario

Brevísima presentación

La obra

La batalla de los Arapiles es la décima y última novela de la primera serie de los *Episodios Nacionales* de Benito Pérez Galdós.

En ella se narra la victoria de las tropas aliadas (España, Inglaterra y Portugal) sobre los ejércitos napoleónicos en la Batalla de los Arapiles, en las cercanías de Salamanca, hecho que supuso un cambio de rumbo de gran relevancia en el devenir de la guerra de Independencia entre España y Francia. En esta entrega, el protagonista Gabriel de Araceli se incorpora al ejército que se halla en Extremadura, pues aquí le ha informado la condesa Amaranta que se encuentra Inés. Una parte importante de la novela la protagoniza Miss Fly, una joven y aventurera inglesa con la que Gabriel comparte y desarrolla alguno de los capítulos. Nuestro héroe, que tiene una gran actuación en la batalla, nos explica la decisiva intervención de los aliados Inglaterra y Portugal, que dirigidos por el inglés Lord Wellington, y junto al ejército español, redujeron e hicieron retroceder al ejercito Imperial de Napoleón. Aunque la Guerra de la Independencia no terminó con esta gran victoria, sí supuso el principio del fin. El desenlace romántico de la obra nos relata cómo Gabriel e Inés, junto con la condesa Amaranta, regresan y se establecen en Madrid, cerrando felizmente su historia y, con ella, la primera serie de los *Episodios Nacionales*.

I

Las siguientes cartas, supliendo ventajosamente mi narración, me permitirán descansar un poco.

Madrid, 14 de marzo.

Querido Gabriel: Si no has sido más afortunado que yo, lucidos estamos. De mis averiguaciones no resulta hasta ahora otra cosa que la triste certidumbre de que el comisario de policía no está ya en esta corte, ni presta servicio a los franceses, ni a nadie como no sea al demonio. Después de su excursión a Guadalajara, pidió licencia, abandonó luego su destino, y al presente nadie sabe de él. Quién le supone en Salamanca, su tierra natal, quién en Burgos o en Vitoria, y algunos aseguran que ha pasado a Francia, antiguo teatro de sus criminales aventuras. ¡Ay, hijo mío, para qué habrá hecho Dios el mundo tan grande, tan sumamente grande, que en él no es posible encontrar el bien que se pierde! Esta inmensidad de la creación solo favorece a los pillos, que siempre encuentran donde ocultar el fruto de sus rapiñas.

Mi situación aquí ha mejorado un poco. He capitulado, amigo mío; he escrito a mi tía contándole lo ocurrido en Cifuentes, y el jefe de mi ilustre familia me demuestra en su última carta que tiene lástima de mí. El administrador ha recibido orden de no dejarme morir de hambre. Gracias a esto y al buen surtido de mi antiguo guarda-ropas, la pobre condesa no pedirá limosna por ahora. He tratado de vender las alhajas, los encajes, los tapices y otras prendas no vinculadas; pero nadie las quiere comprar. En Madrid no hay una peseta, y cuando el pan está a catorce y dieciséis reales, figúrate quién tendrá humor para comprar joyas. Si esto sigue, llegará día en que tenga que cambiar todos mis diamantes por una gallina.

Para que comprendas cuán glorioso porvenir aguarda a mi histórica casa, uno de los astros más brillantes del cielo de esta gran monarquía, me bastará decirte que el pleito entre nuestra familia y la de Rumblar se ha entablado ya, y la cancillería de Granada ha dado a luz con este motivo una montaña de papel sellado, que, si Dios no lo remedia, crecerá hasta lo sumo y nuestros nietos veranla con cimas más altas que las de la misma Sierra Nevada. La de Rumblar se engolfa con delicia en este mar de jurisprudencia. Me parece que la veo. Convertiría el linaje humano en jueces, escribas, alguaciles y roe-pandectas para que todo cuanto respira pudiese entender en su cuita.

El licenciado Lobo, que frecuentemente me visita con el doble objeto de ilustrarme en mi asunto y de pedirme una limosna (hoy en Madrid la piden los altos servidores del Estado), me ha dicho que en el tal pleito hay materia para un ratito, es decir, que no pasará un par de siglos mal contados sin que la sala de su sentencia o un auto para mejor proveer, que es el colmo de las delicias. Me asegura también el susodicho Lobo, que si nos obstinamos en transmitir a Inés los derechos mayorazguiles, es fácil que perdamos el litigio dentro de algunos meses, pues para perder no es preciso esperar siglos. Las informalidades que hubo en el reconocimiento y la indiscreción de mi pobre tío, que ya bajó al sepulcro, ponen a nuestra heredera en muy mala situación para reclamar su mayorazgo. Nuestro papel se reduce hoy, según Lobo, a reclamar la no transmisión del mayorazgo a la casa de Rumblar, fundándonos en varias razones de *posesión civilísima, agnación rigurosa, masculinidad nuda, emineidad, saltuario*, con otras lindas palabras que voy aprendiendo para recreo de mi triste soledad y entretenimiento de mis últimos días.

Mi tía dice que yo tengo la culpa de este desastre y cataclismo en que va a hundirse la más gloriosa casa que ha desafiado siglos y afrontado el desgaste del tiempo, sin criar hasta ahora ni una sola carcoma, y funda su anatema en mi oposición al proyectado himeneo de nuestro derecho con el derecho de los Rumblar. Verdaderamente no carece de razón mi tía, y sin duda se me preparan en el purgatorio acerbos tormentos por haber ocasionado con mi tenacidad este conflicto.

Esta carta te la envío a Sepúlveda. Creo que serán infructuosas tus pesquisas en todo el camino de Francia hasta Aranda. Procura ir a Zamora. Yo sigo aquí mis averiguaciones con ardor infatigable; y demostrando gran celo por la causa francesa, he adquirido conocimiento con empleados de alta y baja estofa, principalmente de policía pública y secreta.

Si te unes a la división de Carlos España, avísamelo. Creo que conviene a tu carrera militar el abandonar a esos feroces guerrilleros; más por Dios no pases al ejército de Extremadura. Creo que de ese lado no vendrá la luz que deseamos; sigue en Castilla mientras puedas, hijo mío, y no abandones mi santa empresa. Escríbeme con frecuencia. Tus cartas y el placer que me causa contestarlas son mi único consuelo. Me moriría si no llorara y si no te escribiera.

22 de marzo.

No puedes figurarte la miseria espantosa que reina en Madrid. Me han dicho que hoy está la fanega de trigo a 540 reales. Los ricos pueden vivir, aunque mal; pero los pobres se mueren por esas calles a centenares sin que sea posible aliviar su hambre. Todos los arbitrios de la caridad son inútiles, y el dinero busca alimentos sin encontrarlos. Las gentes desvalidas se disputan con ferocidad un troncho de col, y las sobras de aquellos pocos que tienen todavía en su casa mesa con manteles. Es imposible salir a la calle, porque los espectáculos que se ofrecen a cada momento a la vista causan horror y desconfianza de la Providencia infinita. Vense a cada paso los mendigos hambrientos, arrojados en el arroyo, y en tal estado de demacración que parecen cadáveres en que ha quedado olvidado un resto de inútil y miserable vida. El lodo y la inmundicia de las calles y plazuelas les sirven de lecho, y no tienen voz sino para pedir un pan que nadie puede darles.

Si la policía se lo permitiera, maldecirían a los franceses, que tienen en sus almacenes copioso repuesto de galleta, mientras la nación se muere de hambre. Dicen que de agosto acá se han enterrado veinte mil cuerpos, y lo creo. Aquí se respira muerte; el silencio de los sepulcros reina en Platerías, en San Felipe y en la Puerta del Sol. Como han derribado tantos edificios, entre ellos Santiago, San Juan, San Miguel, San Martín, los Mostenses, Santa Ana, Santa Catalina, Santa Clara y bastantes casas de las inmediatas a palacio, las muchas ruinas dan a Madrid el aspecto de una ciudad bombardeada. ¡Qué desolación, qué tristeza!

Los franceses se pasean, alegres rollizos por este cementerio, y su policía mortifica de un modo cruel a los vecinos pacíficos. No se permiten grupos en las calles, ni pararse a hablar, ni mirar a las tiendas. A los tenderos se les aplica una multa de 200 ducados si permiten que los curiosos se detengan en las puertas o vidrieras, de modo que a cada rato los pobres horteras tienen que salir a apalear a sus parroquianos con la vara de medir.

Ayer dispuso el rey que hubiese corrida de toros para divertir al pueblo: ¡qué sarcasmo! Me han dicho que la plaza estaba desierta. Figúrome ver en el redondel a media docena de esqueletos vestidos con el traje bordado de plata y oro, y más deseosos de comerse al toro que de trastearlo. Asistió José, que de este modo piensa ganar la voluntad del pueblo de Madrid.

Dícese que se trata de reunir Cortes en Madrid, no sé si también para divertir al pueblo. Azanza, ministro de Su Majestad Bonaparciana, me dijo que así levantarían *un altar frente a otro altar*. Creo que el retablo de aquí no tendrá tantos devotos como el que dejamos en Cádiz.

Ahora dicen que Napoleón va a emprender una guerra contra el Emperador de todas las Rusias. Esto será favorable a España, porque sacarán tropas de la península, o al menos no podrán reparar las bajas que continuamente sufren. Veo la causa francesa bastante malparada, y he observado que los más discretos de entre ellos no se hacen ya ilusiones respecto al resultado final de esta guerra.

De nuestro asunto ¿qué puedo decir que no sea triste y desconsolador? Nada, hijo mío, absolutamente nada. Mis indagaciones no dan resultado alguno, no he podido adquirir ni la más pequeña luz, ni el más ligero indicio. Sin embargo, confío en Dios y espero. Dirijo esta carta a Santa María de Nieva, que es lo más seguro.

1.º de abril.

Poco o nada tengo que añadir a mi carta de 22 de marzo. Continúo en la oscuridad; pero con fe. ¡Cuánta se necesita para permanecer en Madrid! Esto es un purgatorio por la miseria, la soledad, la tristeza, y un infierno por la corrupción, las violencias e inmoralidades de todo género que han introducido aquí los franceses. Yo no creo, como la mayoría de las gentes, que nuestras costumbres fueran perfectas antes de la invasión; pero entre aquel recatado y compungido modo de vivir y esta desvergonzada licencia de hoy, es preferible a todas luces lo primero. La policía francesa es un instituto de cuya perversidad no se puede tener idea, sino viviendo aquí y viendo la execrable acción de esta máquina, puesta en las más viles manos.

Multitud de comisarios y agentes, escogidos entre la hez de la sociedad, se encargan de atrapar a los individuos que se les antoja y almacenarlos en la cárcel de villa, sin forma de juicio, ni más guía que la arbitrariedad y la delación. El motivo aparente de estas tropelías es la *complicidad con los insurgentes*; pero los malvados de uno y otro bando se dan buena maña para utilizar esta nueva Inquisición que hará olvidar con sus gracias las lindezas de la pasada. Todo aquel que quiere deshacerse de una persona que le estorba, encuentra fácil medio para ello, y aun ha habido quien, no contentándose con ver emparedado a su enemigo, le ha hecho subir al cadalso. Se cuentan cosas horribles, que me resisto a darles crédito, entre ellas la maldad de una señora de esta corte, que, mal avenida con su esposo le delató como insurgente y despacharon la causa en cosa de tres días, lo necesario para ir de la callejuela del Verdugo a la plaza de la Cebada. También se habla de un tal Vázquez, que delató a su hermano mayor, y de un tal Escalera que subió la del patíbulo por intrigas de su manceba.

Hay una *Junta criminal* que inspira más horror que los jueces del infierno. Los hombres bajos que la forman condenan a muerte a los que leen los papeles de los insurgentes, a los *empecinados*, que aquí llaman *madripáparos*, y a todo ser sospechoso de relaciones con los *espías, ladrones, asesinos, bandoleros, cuatreros y... tahures*, a quienes llamáis vosotros guerrilleros o soldados de la patria.

Una de las cosas más criticadas a los franceses, además de su infame policía, es la introducción de los bailes de máscaras. En esto hay exageración, porque antes que tales escandalosas reuniones fuesen instituidas en nuestro morigerado país, había intrigas y gran burla de vigilancia de padres y maridos. Yo creo que las caretas no han traído acá todos los pecados grandes y chicos que se les atribuyen. Pero la gente honesta y timorata brama contra tal novedad, y no se oye otra cosa sino que con los tapujos de las caras ya no hay tálamo nupcial seguro, ni casa honrada, ni padre que pueda responder del honor de sus hijas, ni doncella que conserve su espíritu libre y limpio de deshonestos pensamientos. Creo que no es justa esta enemiga contra las caretas, más cómodas aunque no más disimuladoras que los antiguos mantos, y tengo para mí que muchas personas hablan mal de las reuniones de máscaras porque no las encuentran tan divertidas ni tan oscuritas como las verbenas de San Juan y San Pedro.

15

Pero la novedad que más indignada y fuera de sus casillas trae a esta buena gente, es un juego de azar llamado la *roleta*, donde parece baila el dinero que es un gusto. Los franceses son Barrabás para inventar cosas malas y pecaminosas. No respetan nada, ni aun las venerandas prácticas de la antigüedad, ni aun aquello que forma parte desde remotísimas edades, de la ejemplar existencia nacional. Lo justo habría sido dejar que los padres y los hijos de familia se arruinaran con la baraja, siguiendo en esto sus patriarcales y jamás alteradas costumbres, y no introducir *roletas* ni otros aparatos infernales. Pero los franceses dicen que la *roleta* es un adelanto con respecto a los naipes, así como la guillotina es mejor que la horca, y la policía mucho mejor que la Inquisición.

Lo peor de esto es que, según dicen, la tal endemoniada *roleta*, no solo es consentida por el gobierno francés, sino de su propiedad, y para él son las pingües ganancias que deja. De este modo los franceses piensan embolsarse el poco dinero que han dejado en nuestras arcas.

No concluiré sin ponerte al corriente de un proyecto que tengo, y que, realizado, me parece ha de ser más eficaz para nuestro objeto que todas las averiguaciones y búsquedas hechas hasta ahora. El plan, hijo mío, consiste en interesar al mismo José en favor mío. Pienso ir a palacio, donde seré recibida por el señor Botellas, el cual no desea otra cosa y ve el cielo abierto cuando le anuncian que un grande de España quiere visitarle. Hasta ahora he resistido todas las sugestiones de varios personajes amigos míos que se han empeñado en presentarme al Rey; pero pensándolo mejor, estoy decidida a ir a la corte. En diciembre del 8 traté a los dos Bonaparte, y las bondades que encontré en José me hacen esperar que no será inútil este paso que doy, aun a riesgo de comprometerme con una causa que considero perdida. Adiós: te informaré de todo.

22 de abril.

He estado en palacio, hijo mío, y me he prosternado ante esa católica majestad de oropel, a quien sirven unos pocos españoles, moviéndose bulliciosamente para parecer muchos. Si yo dijera a cualquier habitante de Madrid que José I, conocido aquí por el *tuerto*, o por *Pepe Botellas*, es una persona amable, discreta, tolerante, de buenas costumbres, y que no desea más que el bien, me tendrían por loca o quizás por vendida a los franceses.

Recibiome *Copas* con gozo. El buen señor no puede ocultarlo cuando alguna persona de categoría da, al visitarle, una especie de tácito asentimiento a su usurpación. Sin duda cree posible ser dueño de España conquistando uno a uno los corazones. Habrías de ver su diligencia y extremado empeño de hacer cumplidos. Cierto es que su etiqueta es menos severa y finchada que la de nuestros reyes, sin perder por eso la dignidad, antes bien aumentándola. Habla hasta con familiaridad, se ríe, también se permite algunas gentilezas galantes con las damas, y a veces bromea con cierta causticidad muy fina, propia de los italianos. El acento extranjero es el único que afea su palabra. Confunde a menudo su lengua natal con la nuestra y hay ocasiones en que son necesarios grandes esfuerzos para no reír.

Su figura no puede ser mejor. José vale mucho más que el barrilete de su hermano. Poco falta a su rostro grave y expresivo para ser perfecto. Viste comúnmente de negro, y el conjunto de su persona es muy agradable. No necesito decirte que cuanto hablan las gentes por ahí sobre sus turcas, es un arma inventada por el patriotismo para ayudar a la defensa nacional. José no es borracho. También se cuentan de él mil abominaciones referentes a vicios distintos del de la embriaguez; pero sin negarlos rotundamente, me resisto a darles crédito. En resumen, Botellas (nos hemos acostumbrado de tal manera a darle este nombre, que cuesta trabajo llamarle de otra manera) es un rey bastante bueno, y al verle y tratarle, no se puede menos de deplorar que lo hayan traído, en vez del nacimiento y el derecho, la usurpación y la guerra.

Sus partidarios aquí son pocos, tan pocos, que se pueden contar. Esta dinastía no tiene más súbditos leales que los ministros y dos o tres personas colocadas por ellos en altos puestos. Estos españoles que le sirven parecen víctimas humilladas y no tienen aquel aire triunfador y vanaglorioso que suelen tomar aquí los que por méritos propios o ajeno favor se elevan dos dedos sobre los demás. Viven o avergonzados o medrosos, sin duda porque prevén que el *lord* ha de dar al traste con todo esto. Algunos, sin embargo, se hacen ilusiones y dicen que tendremos Botellas, Azumbres y Copas por los siglos de los siglos.

No pertenece a estos Moratín, el cual está más triste y más pusilánime que nunca. Ya no es secretario de la interpretación de lenguas, sino bibliotecario mayor, cargo que debe de desempeñar a maravilla. Pero él no está contento; tiene miedo a todo, y más que a nada a los peligros de una segunda evacuación de la Corte por los franceses. Me ha dicho que el día en que cayese el poder intruso no daría dos cuartos por su pellejo; pero creo que su hipocondría y pésimo humor, entenebreciendo su alma, le hacen ver enemigos en todas partes. Está enfermo y arruinado; mas trabaja algo, y ahora nos ha dado *La escuela de los maridos*, traducción del francés. Ni la he visto representar ni he podido leerla, porque mi espíritu no puede fijarse en nada de esto.

Moratín viene a verme a menudo con su amigo Estala, el cual es afrancesado rabioso y ardiente, como aquel lo es tímido y melancólico. Aquí no pueden ver a Estala, que publica artículos furibundos en *El Imparcial*, y hace poco escribió, aludiendo a España, que *los que nacen en un país de esclavitud no tienen patria sino en el sentido en que la tienen los rebaños destinados para nuestro consumo*. Por esto y otros atroces partos de su ingenio que publica la *Gaceta*, es aborrecido aún más que los franceses.

Máiquez sigue en el Príncipe, y como José ha señalado a su teatro 20.000 reales mensuales para ayuda de costa, le tachan también de afrancesado. Ahora, según veo en el diario, dan alternativamente el *Orestes, La mayor piedad de Leopoldo el Grande* y una mala comedia arreglada del alemán, y cuyo título es *Ocultar, de honor movido, al agresor el herido*.

El teatro está, según me dicen, vacío. La pobre Pepilla González, de quien no te habrás olvidado, se muere de miseria, porque no pudiendo representar, a causa de una enfermedad que ha contraído, está sin sueldo, abandonada de sus compañeros. Lo estaría de todo el mundo, si yo no cuidase de enviarle todos los días lo muy preciso para que no expire. Pepilla, el venerable padre Salmón y mi confesor, Castillo, son las únicas personas a quienes puedo favorecer, porque el estado de mi hacienda y la carestía de las subsistencias no me permiten más. Te asombrará saber que los opulentos padres de la Merced necesiten de limosnas para vivir: pero a tal situación ha llegado la indigencia pública en la corte de España, que los más gordos se han puesto como alambres.

De intento he dejado para el fin de mi carta nuestro querido asunto, porque quiero sorprenderte. ¿No has adivinado en el tono de mi epístola que estoy menos triste que de ordinario? Pero nada te diré hasta que no tenga seguridad de no engañarte. Refrena tu impaciencia, hijo mío... Gracias a José, se me han suministrado algunos datos preciosos, y muy pronto, según acaba de decirme Azanza, este resplandor de la verdad será luz clara y completa. Adiós.

21 de mayo.
Albricias, querido amigo, hijo y servidor mío. Ya está descubierto el paradero de nuestro verdugo. ¡Benditos sean mil veces José y esa desconocida reina Julia, cuyo nombre invoqué para inclinarle en mi favor! Santorcaz no ha pasado todavía a Francia. Desde aquí, querido mío, considerándote en camino hacia Occidente, puedo decirte como a los niños cuando juegan a la gallina ciega: «Que te quemas.» Sí, chiquillo, alarga la mano y cogerás al traidor. ¡Cuántas veces buscamos el sombrero y lo llevamos puesto! Aquello que consideramos más perdido está comúnmente más cerca. La idea de que esta carta no te encuentre ya en Piedrahíta me espanta. Pero Dios no puede sernos tan desfavorable y tú recibirás este papel; inmediatamente marcharás hacia Plasencia, y valido de tu astucia, de tu valor, de tu ingenio o de todas estas cualidades juntas, penetrarás en la vivienda del pícaro para arrancarle la joya robada que lleva siempre consigo.

¡Cuánto trabajo ha costado averiguarlo! Ha tiempo que Santorcaz dejó el servicio. Su carácter, su orgullo, su extravagancia, le hacían insoportable a los mismos que le colocaron. Por algún tiempo fue tolerado en gracia de los buenos servicios que presta, mas se descubrió que pertenecía a la sociedad de los *filadelfos*, nacida en el ejército de Soult, y cuyo objeto era destronar al Emperador, proclamando la república. Quitáronle el destino poco después de habernos robado a Inés, y desde entonces ha vagado por la Península fundando logias. Estuvo en Valladolid, en Burgos, en Salamanca, en Oviedo; mas luego se perdió su rastro, y por algún tiempo se creyó que había entrado en Francia. Finalmente, la policía francesa (la peor cosa del mundo produce algo bueno) ha descubierto que está ahora en Plasencia, bastante enfermo y un tanto imposibilitado de trastornar a los pueblos con sus logias y cónclaves revolucionarios. ¡Qué indignidad! ¡Los perdidos, los tunantes, los mentirosos y falsarios quieren reformar el mundo!... Estoy colérica, amigo mío, estoy furiosa.

El que ha completado mis noticias sobre Santorcaz es un afrancesado no menos loco y trapisondista que él, José Marchena, ¿le conoces? uno que pasa aquí por clérigo relajado, una especie de abate que habla más francés que español, y más latín que francés, poeta, orador, hombre de facundia y de chiste, que se dice amigo de madama Staël, y parece lo fue realmente de Marat, Robespierre, Legendre, Tallien y demás gentuza. Santorcaz y él vivieron juntos en París. Son hoy muy amigos, se escriben a menudo. Pero este Marchena es hombre de poca reserva y contesta a todo lo que le preguntan. Por él sé que nuestro enemigo no goza de buena salud, que no vive sino en las poblaciones ocupadas por los franceses, y que cuando pasa de un punto a otro, se disfraza hábilmente para no ser conocido. ¡Y nosotros le creíamos en Francia! ¡Y yo te decía que no fueras al ejército de Extremadura! Ve, corre, no tardes un solo día. El ejército del *lord* debe de andar por allí. Te escribiré al cuartel general de don Carlos España. Contéstame pronto. ¿Irás donde te mando? ¿Encontrarás lo que buscamos? ¿Podrás devolvérmelo? Estoy sin alma.

II

Cuando recibí esta carta, marchaba a unirme al ejército llamado de Extremadura, pero que no estaba ya en Extremadura, sino en Fuente Aguinaldo, territorio de Salamanca.

En abril había yo dejado definitivamente la compañía de los guerrilleros para volver al ejército. Tocome servir a las órdenes de un mariscal de campo llamado Carlos Espagne, el que después fue conde de España, de fúnebre memoria en Cataluña. Hasta entonces aquel joven francés, alistado en nuestros ejércitos desde 1792, no tenía celebridad, a pesar de haberse distinguido en las acciones de Barca del Puerto, de Tamames, del Fresno y de Medina del Campo. Era un excelente militar, muy bravo y fuerte, pero de carácter variable y díscolo. Digno de admiración en los combates, movían a risa o a cólera sus rarezas cuando no había enemigos delante. Tenía una figura poco simpática, y su fisonomía, compuesta casi exclusivamente de una nariz de cotorra y de unos ojazos pardos bajo cejas angulosas, revueltas, movibles y en las cuales cada pelo tenía la dirección que le parecía, revelaba un espíritu desconfiado y pasiones ardientes, ante las cuales el amigo y el subalterno debían ponerse en guardia.

Muchas de sus acciones revelaban lamentable vaciedad en los aposentos cerebrales, y si no peleamos algunas veces contra molinos de viento, fue porque Dios nos tuvo de su mano; pero era frecuente tocar llamada en el silencio y soledad de la alta noche, salir precipitadamente de los alojamientos, buscar al enemigo que tan a deshora nos hacía romper el dulce sueño, y no encontrar más que al lunático España vociferando en medio del campo contra sus invisibles compatriotas.

Mandaba este hombre una división perteneciente al ejército de que era comandante general don Carlos O'Donnell. Habíasele unido por aquel tiempo la partida de don Julián Sánchez, guerrillero muy afortunado en Castilla la Vieja, y se disponía a formar en las filas de Wellington, establecido en Fuente Aguinaldo, después de haber ganado a Badajoz a fines de marzo. Los franceses de Castilla la Vieja mandados por Marmont andaban muy desconcertados. Soult, operaba en Andalucía sin atreverse a atacar al *lord* y este decidió avanzar resueltamente hacia Castilla. En resumen, la guerra no tomaba mal aspecto para nosotros; por el contrario, parecía en evidente declinación la estrella imperial, después de los golpes sufridos en Ciudad-Rodrigo, Arroyomolinos y Badajoz.

Yo había recibido el empleo de comandante en febrero de aquel mismo año. Por mi ventura mandé durante algún tiempo (pues también fui jefe de guerrillas) una partida que corrió el país de Aranda y luego las sierras de Covarrubias y la Demanda. A principios de marzo tenía la seguridad de que Santorcaz no estaba en aquel país. Alargué atrevidamente mis excursiones hasta Burgos, ocupada por los franceses, entré disfrazado en la plaza, y pude saber que el antiguo comisario de policía había residido allí meses antes. Bajando luego a Segovia, continué mis pesquisas; pero una orden superior me obligó a unirme a la división de don Carlos España.

Obedecí, y como en los mismos días recibiese la última carta de las que puntualmente he copiado, juzgué favor especial del cielo aquella disposición militar que me enviaba a Extremadura. Pero, como he dicho, Wellington, a quien debiera unirse España, había dejado ya las orillas del Tiétar. Nosotros debíamos salir de Piedrahíta para unirnos a él en Fuente Aguinaldo o en Ciudad-Rodrigo. De aquí se podía ir fácilmente a Plasencia.

Mientras con zozobra y desesperación revolvía en mi mente distintos proyectos, ocurrieron sucesos que no debo pasar en silencio.

III

Después de larguísima jornada durante la tarde y gran parte de una hermosísima noche de junio, España ordenó que descansásemos en Santibáñez de Valvaneda, pueblo que está sobre el camino de Béjar a Salamanca. Teníamos provisiones relativamente abundantes, dada la gran escasez de la época, y como reinaba en el ejército muy buena disposición a divertirse, allí era de ver la algazara y alegría del pueblo a media noche cuando tomamos posesión de las casas, y con las casas, de los jergones y baterías de cocina.

Tocome habitar en el mejor aposento de una casa con resabios de palacio y honores de mesón. Acomodó mi asistente para mí una hermosa cama, y no tengo inconveniente en decir que me acosté, sí, señores, sin que nada extraordinario ni con asomos de poesía me ocurriese en aquel acto vulgar de la vida. Y también es cierto, aunque igualmente prosaico, que me dormí, sin que el crepúsculo de mis sentidos me impresionase otra cosa que la histórica canción cantadaa media voz por mi asistente en la estancia contigua:

> En el Carpio está Bernardo
> y el Moro en el Arapil.
> Como va el Tormes por medio,
> non se pueden combatir.

Me dormí, y no se crea que ahora van a salir fantasmas, ni que los rotos artesonados o vetustas paredes de la histórica casa, ogaño palacio y hoy venta, se moverán para dar entrada a un deforme vestiglo, ni mucho menos a una alta doncella de acabada hermosura que venga a suplicar me tome el trabajo de desencantarla o prestarle cualquier otro servicio, ora del dominio de la fábula, ora del de las bajas realidades. Ni esperen que dueña barbuda, ni enano enteco, ni gigante fiero vengan súbito a hacerme reverencias y mandarme les siga por luengos y oscuros corredores que conducen a maravillosos subterráneos llenos de sepulturas o tesoros. Nada de esto hallarán en mi relato los que lo escuchan. Sepan tan solo que me dormí. Por largo tiempo, a pesar de la profundidad del sueño, no me abandonó la sensación del ruido que sonaba en la parte baja de la casa. Las pisadas de los caballos retumbaban en mi cerebro con eco lejano, produciendo vibración semejante a las de un hondo temblor de tierra. Pero estos rumores cesaron poco a poco, y al fin todo quedó en silencio. Mi espíritu se sumergió en esa esfera sin nombre, en que desaparece todo lo externo, absolutamente todo, y se queda él solo, recreándose en sí propio o jugando consigo mismo.

Pero de repente, no sé a qué hora, ni después de cuántas horas de sueño, despertome una sensación singularísima, que no puedo descifrar, porque sin que fuese afectado ninguno de mis sentidos, me incorporé rápidamente diciendo: «¿quién está aquí?»

Ya despierto, grité a mi asistente:

—Tribaldos, levántate y enciende luz.

Casi en el mismo instante en que esto decía, comprendí mi engaño. Estaba enteramente solo. No había ocurrido otra cosa sino que mi espíritu, en una de sus caprichosas travesuras (pues esto son indudablemente las fantasmagorías del sueño) había hecho el más común de todos, que consiste en fingirse dos, con ilusoria y mentida división, alterando por un instante su eternal unidad. Este misterioso *yo y tú* suele presentarse también cuando estamos despiertos.

Pero si en mi alcoba nada ocurría de extraño fuera de mí, como lo demostró al entrar en ella Tribaldos alumbrando y registrando, algo ocurría en los bajos del edificio, donde el grave silencio de la noche fue interrumpido por fuerte algazara de gentes, coches y caballos.

—Mi comandante —dijo Tribaldos sacando el sable para dar tajos en el aire a un lado y otro— esos pillos no quieren dejarnos dormir esta noche. ¡Afuera, tunantes! ¿Pensáis que os tengo miedo?

—¿Con quién hablas?

—Con los duendes, señor —repuso—. Han venido a divertirse con usía, después que jugaron conmigo. Uno me cogía por el pie derecho, otro por el izquierdo, y otro más feo que Barrabás atome una cuerda al cuello, con cuyo tren y el tirar por aquí y por allí me llevaron volando a mi pueblo para que viese a Dorotea hablando con el sargento Moscardón.

—¿Pero crees tú en duendes?

—¡Pues no he de creer, si los he visto! Más paseos he dado con ellos que pelos tengo en la cabeza —repuso con acento de convicción profunda—. Esta casa está llena de sus señorías.

—Tribaldos, hazme el favor de no matar más mosquitos con tu sable. Deja los duendes y baja a ver de qué proviene ese infernal ruido que se siente en el patio. Parece que han llegado viajeros; pero según lo que alborotan, ni el mismo sir Arturo Wellesley con todo su séquito traería más gente.

Salió el mozo dejándome solo, y al poco rato le vi aparecer de nuevo, murmurando entre dientes frases amenazadoras, y con desapacible mohín en la fisonomía.

—¿Creerá mi comandante que son ingleses o príncipes viajantes los que de tal modo atruenan la casa? Pues son cómicos, señor, unos comiquillos que van a Salamanca para representar en las fiestas de San Juan. Lo menos conté ocho entre damas y galanes, y traen dos carros con lienzos pintados, trajes, coronas doradas, armaduras de cartón y mojigangas. Buena gente... El ventero les quiso echar a la calle; pero han sacado dinero y su majestad el señor Chiporro, al ver lo amarillo, les tratará como a duques.

—¡Malditos sean los cómicos! Es la peor raza de bergantes que hormiguea en el mundo.

—Si yo fuera don Carlos España —dijo mi asistente demostrándome los sentimientos benévolos de su corazón— cogería a todos los de la compañía, y llevándoles al corral, uno tras otro, a toditos les arcabuceaba.

—Tanto, no.

—Así dejarían de hacer picardías. Pedrezuela y su endemoniada mujer la María Pepa del Valle, cómicos eran. Había que ver con qué talento hacía él su papel de comisionado regio y ella el de la señora comisionada regia. De tal modo engañaron a la gente, que en todos los pueblos por donde corrían les creyeron, y en el Tomelloso, que es el mío, y no es tierra de bobos, también.

—Ese Pedrezuela —dije, sintiendo que el sueño se apoderaba nuevamente de mí— fue el que en varios pueblos de la margen del Tajo condenó a muerte a más de sesenta personas.

—El mismo que viste y calza —repuso— pero ya las pagó todas juntas, porque cuando el general Castaños y yo fuimos a ayudar al *lord* en el bloqueo de Ciudad-Rodrigo, cogimos a Pedrezuela y a su mujercita y los fusilamos contra una tapia. Desde entonces, cuando veo un cómico, muevo el dedo buscando el gatillo.

Tribaldos salió para volver un momento después.

—Me parece que se marchan ya —dije advirtiendo cierto acrecentamiento de ruido que anunciaba la partida.

—No, mi comandante —repuso riendo—; es que el sargento Panduro y el cabo Rocacha han pegado fuego al carro donde llevan los trebejos de representar. Oiga mi comandante chillar a los reyes, príncipes y senescales al ver cómo arden sus tronos, sus coronas y mantos de armiño. ¡Cáspita; cómo graznan las princesas y archipámpanas! Voy abajo a ver si esa canalla llora aquí tan bien como en el teatro... El jefe de la compañía da unos gritos... ¿Oye, mi comandante?... Vuelvo abajo a verlos partir.

Claramente oí aquella entre las demás voces irritadas, y lo más extraño es que su timbre, aunque lejano y desfigurado por la ira, me hizo estremecer. Yo conocía aquella voz.

Levanteme precipitadamente y vestime a toda prisa; pero los ruidos extinguiéronse poco a poco, indicando que las pobres víctimas de una cruel burla de soldados, salían a toda prisa de la venta. Cuando yo salía, entró Tribaldos y me dijo:

—Mi comandante, ya se ha ido esa flor y nata de la pillería. Todo el patio está lleno con pedazos encendidos de los palacios de Varsovia y con los yelmos de cartón y la sotana encarnada del Dux de Venecia.

—¿Y por qué lado se han ido esos infelices?

—Hacia Grijuelo.

—Es que van a Salamanca. Coge tu fusil y sígueme al momento.

—Mi comandante, el general España quiere ver a usía ahora mismo. El ayudante de su excelencia ha traído el recado.

—El demonio cargue contigo, con el recado, con el ayudante y con el general... Pero me he puesto el corbatín del revés... dame acá esa casaca, bruto... pues no me iba sin ella.

—El general le espera a usía. De abajo se sienten las patadas y voces que da en su alojamiento.

Al bajar a la plaza, ya los incómodos viajeros habían desaparecido. Don Carlos España me salió al encuentro diciéndome:

—Acabo de recibir un despacho del *lord*, mandándome marchar hacia Santi Spíritus... Arriba todo el mundo; tocar llamada.

Y así concluyó un incidente que no debiera ser contado, si no se relacionara con otros curiosísimos que se verán a continuación.

IV

Dejando el camino real a la derecha, nos dirigimos por una senda áspera y tortuosa para atravesar la sierra. Vino la aurora y el día sin que en todo él ocurriese ningún suceso digno de ser marcado con piedra blanca, negra ni amarilla, mas en el siguiente tuve un encuentro que desde luego señalo como de los más felices de mi vida.

Marchábamos perezosamente al medio día sin cuidado ni precauciones, por la seguridad de que no encontraríamos franceses en tan agrestes parajes. Iban cantando los soldados, y los oficiales disertando en amena conversación sobre la campaña emprendida, dejábamos a los caballos seguir en su natural y pacífica andadura, sin espolearles ni reprimirles. El día era hermoso, y a más de hermoso algo caliente, por lo cual caía la llama del Sol sobre nuestras espaldas, calentándolas más de lo necesario.

Yo iba de vanguardia. Al llegar a la vista de San Esteban de la Sierra, pueblo pequeño, rodeado de frondosa verdura y grata sombra de árboles, a cuyo amparo habíamos resuelto sestear, sentí algazara en los primeros grupos de soldados, que marchaban delante, rotas las filas y haciendo de las suyas con los aldeanos que se parecían en el camino.

—No es nada, mi comandante —me contestó Tribaldos, a quien pregunté la causa de tan escandalosa gritería—. Son Panduro y Rocacha que han topado con un fraile agustino, y más que agustino pedigüeño, y más que pedigüeño tunante, el cual no se apartó del camino cuando la tropa pasaba.

—¿Y qué le han hecho?

—Nada más que jugar a la pelota —respondió riendo—. Su paternidad llora y calla.

—Veo que Rocacha monta un asno y corre en él hacia el lugar.

—Es el asno de su paternidad, pues su paternidad trae un asno consigo cargado de nabos podridos.

—Que dejen en paz a ese pobre hombre, ¡por vida del!... —exclamé con ira— y que siga su camino.

Adelanteme y distinguí entre soldados, que de mil modos le mortificaban, a un bendito cogulla, vestido con el hábito agustino, y azorado y lloroso.

—¡Señor —decía mirando piadosamente al cielo y con las manos cruzadas— que esto sea en descargo de mis culpas!

Su hábito descolorido y lleno de agujeros cuadraba muy bien a la miserable catadura de un flaquísimo y amarillo rostro, donde el polvo con lágrimas o sudores amasado formaba costras parduscas. Lejos de revelar aquella miserable persona la holgura y saciedad de los conventos urbanos, los mejores criaderos de gente que se han conocido, parecía anacoreta de los desiertos o mendigo de los caminos. Cuando se vio menos hostigado, volvió a todos lados los ojos buscando su desgraciado compañero de infortunio, y como le viese volver a escape y jadeando, oprimidos los ijares por el poderoso Rocacha, se apresuró a acudir a su encuentro.

En tanto yo miraba al buen fraile, y cuando le vi volver, tirando ya del cordel de su asno reconquistado, no pude reprimir una exclamación de sorpresa. Aquella cara, que al pronto despertó vagos recuerdos en mi mente, reveló al fin su enemiga, y a pesar de la edad transcurrida y de lo injuriada que estaba por años y penas, la reconocí como perteneciente a una persona con quien tuve amistad en otro tiempo.

—Señor Juan de Dios —exclamé deteniendo mi caballo a punto que el fraile pasaba junto a mí—. ¿Es usted o no el que veo dentro de esos hábitos y detrás de esa capa de polvo?

El agustino me miró sobresaltado, y luego que por buen rato me contemplara, díjome así con melifluo acento:

—¿De dónde me conoce el señor general? Juan de Dios soy, en efecto. Doy las gracias a su eminencia por haber mandado que me devolvieran el burro.

—¿Eminencia me llama usted...? —repuse—. Todavía no me han hecho cardenal.

—En mi turbación no sé lo que me digo. Si su alteza me da licencia, me retiraré.

—Antes pruebe a ver si me conoce. ¿Mi cara ha variado tanto desde aquel tiempo en que estábamos juntos en casa de don Mauro Requejo?

Este nombre hizo estremecer al buen agustino, que fijó en mí sus ojos calenturientos, y más bien espantado que sorprendido dijo:

—¿Será posible que el que tengo delante sea Gabriel? ¡Jesús mío! Señor general, ¿es usted Gabriel, el que en abril de 1808...? Lo recuerdo bien... Deme usted a besar sus pies... ¿Conque es Gabriel en persona?

—El mismo soy. ¡Cuánto me alegro de que nos hayamos encontrado! Usted hecho un frailito...

—Para servir a Dios y salvar mi alma. Hace tiempo que abracé esta vida tan trabajosa para el cuerpo como saludable para el alma. ¿Y tú, Gabriel?... ¿Y usted señor don Gabriel, se dedicó a la milicia? También es honrosa vida la de las armas, y Dios premia a los buenos soldados, algunos de los cuales santos han sido.

—A eso voy, padre, y usted parece que ya lo ha conseguido, porque su pobreza no miente y su cara de mortificación me dice que ayuna los siete reviernes.

—Yo soy un humildísimo siervo de Dios —dijo bajando los ojos— y hago lo poco que está en mi miserable poder. Ahora, señor general, experimento mucho gozo en ver a usted... y en reconocer al generoso mancebo que fue mi amigo, y con esto y su venia, me retiro, pues este ejército va sierra adentro, y yo busco el camino real.

—No permito que nos separemos tan pronto, amigo mío, usted está fatigado y además no tiene cara de haber cumplido aquel precepto que manda empiece la caridad por uno mismo. En ese pueblo descansará el regimiento. Vamos a comer lo que haya, y usted me acompañará para que hablemos un poco, refrescando viejas memorias.

—Si el señor general me lo manda, obedeceré, porque mi destino es obedecer —dijo marchando junto a mí en dirección al pueblo.

—Veo que el asno tiene mejor pelaje que su dueño y no se mortifica tanto con ayunos y vigilias. Le llevará a usted como una pluma, porque parece una pieza de buena andadura.

—Yo no monto en él —me respondió sin alzar los ojos del suelo—. Voy siempre a pie.

—Eso es demasiado.

—Llevo conmigo este bondadoso animal para que me ayude a cargar las limosnas y los enfermos que recojo en los pueblos para llevarlos al hospital.

—¿Al hospital?

—Sí, señor. Yo pertenezco a la Orden Hospitalaria que fundó en Granada nuestro santo padre y patrono mío el gran San Juan de Dios, hace doscientos y setenta años poco más o menos. Seguimos en nuestros estatutos la regla del gran San Agustín, y tenemos hospitales en varios pueblos de España. Recogemos los mendigos de los caminos, visitamos las casas de los pobres para cuidar a los enfermos que no quieren ir a la nuestra y vivimos de limosnas.

—¡Admirable vida, hermano! —dije bajando del caballo y encaminándome con otros oficiales y el hermano Juan a un bosquecillo que a la vera del pueblo estaba, donde a la grata sombra de algunos corpulentos y frescos árboles nos prepararon nuestros asistentes una frugal comida.

—Ate usted su burro en el tronco de un árbol —dije a mi antiguo amigo— y acomódese sobre este césped junto a mí, para que demos al cuerpo alguna cosa, que todo no ha de ser para el alma.

—Haré compañía al señor don Gabriel —dijo Juan de Dios humildemente luego que ató la cabalgadura—. Yo no como.

—¿Qué no come? ¿Por ventura manda Dios que no se coma? ¿Y cómo ha de estar dispuesto a servir al prójimo un cuerpo vacío? Vamos, señor Juan de Dios, deje a un lado esa cortedad.

—Yo no como viandas aderezadas en cocina, ni nada caliente y compuesto que tenga olor a gastronomía.

—¿Llama gastronomía a este carnero fiambre y seco y a este pan más duro que la roca?

—Yo no puedo probar eso —repuso sonriendo—. Me alimento tan solo con yerbas del campo y raíces silvestres.

—Hombre, lo admiro; pero francamente... Al menos beberá usted un trago. Es de Rueda.

—No bebo más que agua.

—¡Hombre... agua y yerbecitas del campo! Lindo comistrajo es ese. En fin, si de tal modo se salva uno...

—Ya hace tiempo que hice voto firmísimo de vivir de esa manera, y hasta hoy, don Gabriel mío, aunque no limpio de pecados, tengo la satisfacción de no haber cometido el de faltar a mi voto una sola vez.

—Pues no insisto, amigo. No se vaya usted a condenar por culpa mía. La verdad es que tengo un hambre... Pobre señor Juan de Dios...

—¡Quién había de decir que nos encontraríamos después de tantos años...! ¿No es verdad?

31

—Sí señor.

—Yo creí que usted había pasado a mejor vida. Como desapareció...

—Entré en la Orden en enero del año 9. Acabé mis primeros ejercicios en marzo y recibí las primeras órdenes el año último. Todavía no soy fraile profeso.

—¡Cuántas cosas han pasado desde que no nos vemos!

—¡Sí señor, cuántas!

—Usted, retirado del mundo, vive de un modo beatífico sin penas ni alegrías, contento de su estado...

Juan de Dios exhaló un suspiro profundísimo y después bajó los ojos. Observándole bien, advertí las señales que en su extenuado rostro patentizaban no ser jactancia de beato aquello de las campestres yerbecitas y agua de los arroyos cristalinos. Bordeaba sus ojos un cerco violáceo muy intenso que hacía más vivo el brillo de sus pupilas, y marcándosele los huesos de la cara bajo la estirada y amarillenta piel. Su expresión era la de las almas exaltadas por una piedad que igualmente hace sus efectos en el espíritu y en el sistema nervioso. Misticismo y enfermedad al mismo tiempo es una devoción singular que ha llevado hermosísimas figuras al cielo de las grandezas humanas. Si en un principio creí ver en Juan de Dios un poco de artificio e hipocresía, muy luego convencime de lo contrario, y aquel santo varón arrojado por las tempestades mundanas a la vida contemplativa y austera, estaba inflamado por un fervor tan ardiente y verdadero. Se le veía quemarse, se observaba la combustión de aquel cuerpo, que poco a poco se convertía en ceniza, calcinado por la llama de la espiritual calentura; se veía que aquel hombre apenas tocaba a la tierra, apenas al mundo de los vivos, y que la miserable arcilla que aún mantenía el noble espíritu con endeble atadura, se iba descomponiendo y desmenuzando grano a grano.

—Es admirable, amigo mío —le dije— que haya llegado a tan lisonjero estado de santidad un hombre que no se vio libre ciertamente de las pasiones mundanas.

La fisonomía de fray Juan de Dios contrájose con ligero temblor. Pero serenándose al punto su rostro, me dijo:

—¿No sabe usted qué ha sido de aquellos benditos señores de Requejo? Sentiría que les hubiese pasado alguna desgracia.

—No he vuelto a saber de ellos. Estarán cada vez más ricos, porque los pícaros hacen fortuna.

El fraile no hizo gesto alguno de asentimiento.

—Pero Dios les habrá castigado al fin —continué— por los martirios que hicieron padecer a aquella infeliz muchacha...

Al decir esto advertí que en las venas de aquel miserable cuerpo humano, que la tumba pedía para sí, quedaba todavía un resto de sangre. Bajo la piel de la cara se traslucieron por un instante las hinchadas venas azules, y un ligero tinte amoratado encendió la austera frente. No me hubiera sorprendido más ver una imagen de madera sonrojándose al contacto del beso de las devotas.

—Dios sabrá lo que tiene que hacer con los señores de Requejo por esa conducta —me contestó.

—Creo que no le será indiferente a usted saber el fin que ha tenido aquella desgraciada joven.

—¿Indiferente? no —repuso poniéndose como un cadáver.

—¡Oh! Las personas destinadas a padecer... —dije observando atentamente la impresión que en el santo producían mis palabras—. Aquella pobre joven tan buena, tan bonita, tan modesta...

—¿Qué?

—Ha muerto.

Yo creí que Juan de Dios se conmovería al oír esto; pero con gran sorpresa vi su rostro resplandeciente de serenidad y beatitud. Mi asombro llegó a su colmo cuando en tono de convicción profundísima, dijo:

—Ya lo sabía. Murió en el convento de Córdoba, donde la encerró su familia en junio de 1808.

—¿Y cómo sabe usted eso? —pregunté respetando el engaño del pobre agustino.

—Nosotros tenemos visiones singulares. Dios permite que por un estado especial de nuestro espíritu, sepamos algunos hechos ocurridos en país lejano, sin que nadie nos los cuente. Inés murió. Yo la he visto repetidas veces en mis éxtasis, y es indudable que solo se nos presenta la imagen de las personas que han tenido la suerte de abandonar para siempre este ruin y miserable mundo.

—Así debe de ser.

—Así es, aunque los torpes ojos del cuerpo crean otra cosa. ¡Ay! Los del alma son los que no se engañan nunca, porque hay siempre en ellos un rayo de eterna luz. La corporal vista es un órgano de quien dispone a su antojo el demonio para atormentarnos. Lo que vemos en ella es muchas veces ilusorio y fantástico. Yo, señor don Gabriel, padezco tormentos muy horrorosos por las continuas pruebas a que sujeta mi espíritu el Señor de cielo y tierra, y por los pérfidos amaños del ángel de las tinieblas, que anhelando perderme, juega con mis débiles sentidos y se burla de esta desgraciada criatura.

—Querido amigo, cuénteme usted lo que pasa. Yo también sirvo a veces de juguete y mofa a ese señor demonio, y puedo dar a usted algún buen consejo sobre el modo de vencerle y burlarse de él en vez de ser burlado.

V

—Puesto que usted ha nombrado a una persona que tanta parte ha tenido en que yo abandonase el perverso siglo, y puesto que usted conoció entonces mis secretos, nada debo ocultarle. Cuando Dios me crió dispuso que padeciese, y he padecido como ningún otro mortal sobre la tierra. Antes de sentir en mi alma el rayo divino de la eterna gracia, que me alumbró el sendero de esta nueva vida, una pasión mundana me hizo desgraciado. Después que me abracé a la santa cruz para salvarme, las turbaciones, debilidades y agonías de mi espíritu han sido tales, que pienso es esto disposición de Dios para que conozca en vida infierno y purgatorio antes de subir a la morada de los justos... Amé a una mujer, mas con tanta exaltación, que mi naturaleza quedó en aquel trance trastornada. Cuando comprendí que todo había concluido, yo no tenía ya entendimiento, memoria ni voluntad. Era una máquina, señor oficial, una máquina estúpida: mis sentidos estaban muertos. Vivía en las tinieblas, pues nada veía, y en una especie de letargoso asombro. Varias veces he pensado después si como aquel estupor mío será el limbo a donde van los que apenas han nacido.

—Justo. Así debe de ser.

—Cuando volví en mí, querido señor, formé el proyecto de hacerme fraile. Yo había concluido para el mundo. Me confesé con grandísimo fervor. El padre Busto aprobó con entusiasmo mi propósito de consagrar a la religión el resto de mis tristes días, y como yo manifestara deseo de entrar en la Orden más pobre y donde más trabajase el cuerpo y más apartada de mundanales atractivos estuviese el ánima, señalome esta regla de hermanos hospitalarios. ¡Ay! mi alma recibió un consuelo inexplicable. Buscaba los sitios solitarios para meditar, y meditando sentía rodeada mi cabeza de celestial atmósfera. ¡Qué luz tan pura! ¡Qué dulzura y suave silencio en el aire!

—¿Y después?

—¡Ay! después empezaron nuevamente mis infortunios bajo otra forma. Dios decretó que yo padeciese, y padeciendo estoy... Óigame usted un momento más. Comencé mis estudios y las prácticas religiosas para ingresar en la Orden. Recibiéronme una mañana en el convento, donde vestí el traje de lego. Di aquel día mis lecciones más contento que nunca; asistí como fámulo a los pobres de la enfermería, y por la tarde, tomando el segundo tomo de *Los nombres de Cristo*, por el maestro fray Luis de León, libro que me agradaba en extremo, fuime a la huerta y en el sitio más secreto y callado de ella entregué mi espíritu a las delicias de la lectura. No había acabado el capítulo hermosísimo que se titula, *Descripción de la miseria humana y origen de su fragilidad*, cuando sentí un calofrío muy intenso en todo mi cuerpo, una gran turbación, una zozobra muy viva, pues toda la sangre agolpose en mi pecho, y experimenté una sensación que no puedo decir si era gozo profundísimo o agudo dolor. Una extraña figura, bulto o sombra impresionó mi vista, miré, y la vi; era ella misma, sentada en el banco de piedra junto a mí.

—¿Quién?

—¿Necesito decir su nombre?

—Ya.

—El libro se me cayó de las manos, observé la asombrosa visión, pues visión era, y el mundano amor renació violentamente en mi pecho como la explosión de una mina. Quedé absorto, señor, mudo y entre suspendido y aterrado. Era ella misma, y me miraba con sus dulces ojos, trastornándome. Separábala de mí una distancia como de media vara; mas no hice movimiento alguno para acercarme a ella, porque el mismo estupor, la admiración que tal prodigio de belleza me producía, el mismo fuego amoroso que quemaba mi ser, teníanme arrobado y sin movimiento. Estaba vestida con riquísima túnica de una blanca y sutil tela, la cual, así como las nubes ocultan el Sol sin esconderlo, ocultaba su hermoso cuerpo, antes empañándolo que cubriéndolo. Bajo la falda asomaba desnudo uno de sus delicados pies; sus cabellos, ensortijados con arte incomparable le caían en hermosas guedejas a un lado y otro de la cara entre sartas de orientales perlas, y en la mano derecha sostenía un pequeño ramillete de olorosas flores, cuya esencia llegaba hasta mí embriagándome el sentido.

—En verdad, señor Juan de Dios, que nunca he visto a la señorita Inés en semejante traje, no muy propio por cierto para pasear en jardines.

—¿Qué había usted de verla, si aquella imagen no era forma corporal y tangible, sino una fábrica engañosa del demonio, que desde aquel día me escogió para víctima de sus abominables experimentos?

—¿Y la joven del pie desnudo y el ramo de flores, no dijo alguna palabrilla?

—Ni media, hermano.

—¿Y usted no le dijo nada, ni traspasó el espacio de media vara que había entre los dos?

—No podía hablar. Acerqueme, sí, a ella, y en el mismo momento desapareció.

—¡Qué picardía! Pero el demonio es así; amigo mío: ofrece y no da.

—Mucho tardé en reponerme de la horrible sensación que aquello dejó en mi alma. Al fin recogí el libro, y dirigí mis pensamientos a Dios. ¡Ay, qué extraña sensación! Tan extraña es que no puedo explicarla. Figuraos, querido señor, que mis pensamientos al remontarse al cielo tomando forma material, fueran detenidos y rechazados por una mano poderosa. Esto ni más ni menos era lo que yo sentía. Quería pensar y no tenía espíritu más que para sentir. Por mi cuerpo corrían a modo de relámpagos del movimiento, unas convulsiones ardientes... ¡Ay! no, no puedo de modo alguno explicar esto... En mi cuerpo chisporroteaba algo, como mechas que se van apagando, y cuyas pavesas mitad fuego mitad ceniza caen al suelo... Levanteme; quise entrar en la iglesia; pero... ¿creerá usted que no podía? No, no podía. Alguien me tiraba de la cola del hábito hacia afuera. Corrí a la celda que me habían destinado, y arrojándome en el suelo, puse la frente sobre mis manos y mis manos sobre los ladrillos. Así estuve toda la noche orando y pidiendo a Dios que me librara de aquellas horribles tentaciones, diciéndole que yo no quería pecar sino servirle; que yo quería ser bueno y puro y santo.

—¿Por qué no contó usted el caso a otros frailes experimentados en cosas de visiones y tentaciones?

—Así lo hice al punto. Consulté aquella misma tarde con el padre Rafael de los Ángeles, varón muy pío y que me mostraba gran cariño, el cual me dijo que no tuviese cuidado, pues para desnudar el entendimiento (así mismo lo dijo), de tales aprensiones imaginarias y naturales, bastaba una piedad constante, una mortificación infatigable y una humildad sin límites. Añadiome que él en los primeros años de vida monástica había experimentado iguales aprietos y compromisos, mas que al fin con las rudas penitencias y lecturas místicas había convencido al demonio de la inutilidad de sus esfuerzos para pervertirlo, con lo cual le dejó tranquilo. Aconsejome que entrase en la vida activa de la Orden, que marchase en pos de las miserias y lástimas del mundo, recogiendo enfermos por los pueblos para traerlos a los hospitales; que vagase por los campos, haciendo corporal ejercicio y alimentándome con yerbas y raíces, para que el miserable y torpe cuerpo privado de todo regalo, adquiriese la sequedad y rigidez que ahuyentan la concupiscencia. Encárgome además, que durmiese poco, y jamás sobre blanduras, sino más bien encima de duras rocas o picudas zarzas, siempre que pudiere; que asimismo me apartase de toda sociedad de amigos, esquivando coloquios sobre negocios mundanos, no mostrando afición a persona alguna, sino huyendo de todos para no pensar más que en la perfección de mi alma.

—Y haciéndolo así, ha conseguido usted...

—Así lo he hecho, hermano, mas poco o nada he conseguido. Cerca de tres años de mortificaciones, de ejercicios, de penitencias, de vigilias, de rigores, de dormir en campo raso y comer berraza y jaramagos crudos, si han fortalecido mi espíritu, librándome de aquellas vaguedades voluptuosas que al principio ponían al borde del precipicio mi santidad, no me han librado de los continuos asaltos del ángel infernal, que un día y otro, señor, en el campo y bajo techo, en la dulce oscuridad de la alta y triste noche, lo mismo que a la luz deslumbradora del Sol, me pone ante los ojos la imagen de la persona que adoré en el siglo. ¡Ay! en aquel tiempo, cuando estábamos en la tienda, yo blasfemé, sí... me acuerdo que un día entré en la iglesia y arrodillándome delante del Santísimo Sacramento, dije: «Señor, te aborreceré, te negaré si no me la das, para que nuestras almas y nuestros cuerpos estén siempre unidos en la vida, en la sepultura y en la eternidad.» Dios me castiga por haberle amenazado.

—De modo que siempre...

—Sí, siempre, siempre lo veo, unas veces en esta, otras en la otra forma, aunque por temporadas el demonio me permite descansar y no veo nada. Esta funesta desgracia mía me ha impedido hasta ahora recibir los últimos y más sublimes grados del sacramento del Orden, pues me creo indigno de que Dios baje a mis manos. ¡Es terrible sentirse uno con el corazón y el espíritu todo dispuesto a la santidad, y no poder conseguir el perfecto estado! Yo me desespero y lloro en silencio, al ver cuán felices son otros frailes de mi Orden, los cuales disfrutan con la paz más pura, las delicias de visiones santas, que son el más regalado manjar del espíritu. Unos en sus meditaciones ven ante sí la imagen de Cristo crucificado, mirándolos con ojos amorosísimos; otros se deleitan contemplando la celestial figura del Niño Dios; a otros les embelesa la presencia de Santa Catalina de Siena o Santa Rosa de Viterbo, cuya castísima imagen y compuestos ademanes incitan a la oración y a la austeridad; pero yo ¡desgraciado de mí! yo, pecador abominable, que sentí quemadas mis entrañas por el mundano amor, y me alimenté con aquel rocío divino de la pasión, y empapé el alma en mil liviandades inspiradas por la fantasía, me he enfermado para siempre de impureza, me he derretido y moldeado en un desconocido crisol que me dejó para siempre en aquella ruin forma primera. No puedo ser santo, no puedo arrojar de mí esta segunda persona que me acompaña sin cesar. ¡Oh maldita lengua mía! Yo había dicho: «Quiero unirme a ella en la vida, en la sepultura y en la eternidad», y así está sucediendo.

Fray Juan de Dios bajó la cabeza y permaneció largo rato meditando.

VI

—¿En qué nuevas formas se ha presentado? —le pregunté.

—Una mañana iba yo por el campo, y abrasado por la sed busqué un arroyo en que apagarla. Al fin bajo unos frondosos álamos que entre peñas negruzcas erguían sus viejos troncos, vi una corriente cristalina que convidaba a beber. Después que bebí senteme en una peña, y en el mismo instante cogiome la singular zozobra que me anunciaba siempre la influencia del ángel del mal. A corta distancia de mí estaba una pastora; ella misma, señor, hermosa como los querubines.

—¿Y guardaba algún rebaño de vacas o carneros?

—No señor, estaba sola, sentada como yo sobre una peña, y con los nevados pies dentro del agua, que movía ruidosamente haciendo saltar frías gotas las cuales salpicando me mojaron el rostro. Había desatado los negros cabellos y se los peinaba. No puedo recordar bien todas las partes de su vestido; pero sí que no era un vestido que la vestía mucho. Mirábame sonriendo. Quise hablar y no pude. Di un paso hacia ella y desapareció.

—¿Y después?

—La volví a ver en distintos puntos. Yo me encontraba dentro de Ciudad-Rodrigo cuando la asaltó el *lord* en enero de este mismo año. Hallábame sirviendo en el hospital, cuando comenzó el cerco, y entonces otros buenos padres y yo salimos a asistir a los muchos heridos franceses que caían en la muralla. Yo estaba aterrado, pues nunca había visto mortandad semejante, e invocaba sin cesar a la divina Madre de Nuestro Señor para que por su intercesión se amansase la furia de los anglo-portugueses. El día 18 el arrabal, donde yo estaba, diome idea de cómo es el infierno. Deshacíase en mil pedazos el convento de San Francisco, donde íbamos colocando los heridos... Los franceses burlábanse de mí, y como a los frailes nos tenían mucha ojeriza por creernos autores de la resistencia que se les hace, me maltrataron de palabra y obra... ¡Ay! cuando entraron los aliados en la plaza, yo estaba herido, no por las balas de los sitiadores, sino por los golpes de los sitiados. Los ingleses, españoles y portugueses entraron por la brecha. Al oír aquel laberinto de imprecaciones victoriosas, pronunciadas en tres idiomas distintos, sentí gran espanto. Unos y otros se destrozaban como fieras... yo exánime y moribundo, yacía en tierra en un charco de sangre y fango y rodeado de cuerpos humanos. Abrasábame una sed rabiosa, una sed, querido señor mío, tan ardiente como si mis venas estuviesen llenas de fuego, y la boca, lengua y paladar fuesen en vez de carne viva y húmeda, estopa inerte y seca. ¡Qué tormento! Yo dije para mí: «Gracias a ti, Señor, que te has dignado llevarme a tu seno. Ha llegado la hora de mi muerte.» No había acabado de decirlo, mejor dicho, de pensarlo, cuando sentí en mis labios el celeste contacto del agua fresca. Suspiré y mi espíritu sacudió su fúnebre sopor. Abrí los ojos y vi pegada a mis ardientes labios una blanca mano, en cuya palma ahuecada brillaba el cristalino licor tan fresco y puro como el manar de la rústica fuente.

—¿Y en qué traza venía entonces la señorita Inés?

—Venía de monja.

—¿Y las monjas daban de beber en el hueco de la mano?

—Aquélla sí. Pintar a usted cuán hermosa estaba su cara entre las blancas tocas y cuán bien le sentaba la austeridad de la pobre estameña del traje, me sería imposible. Apenas la miré cuando voló de súbito, dejándome más sediento que antes.

—Una cosa me ocurre, señor Juan de Dios —dije condolido en extremo de la extraña enfermedad del desgraciado hospitalario— y es que siendo esa persona un artificio del más malo, del más pícaro y desvergonzado espíritu creado por Dios, y habiendo ocasionado a usted tantos disgustos, congojas, mortales ansias y acalorados paroxismos, parecía natural que la tomase usted en aborrecimiento y que viese en ella más bien una espantable y horrenda fealdad que ese portento de hermosura que con tanto deleite encarece.

Fray Juan de Dios suspiró tristemente y me dijo:

—El Malo no presenta jamás a nuestros ojos cosas aborrecibles ni repugnantes, sino antes bien hermosas, odoríferas, o gratas al paladar, al olfato, al oído y al tacto. Bien sabe él lo que se hace. Si ha leído usted la vida de la madre Santa Teresa de Jesús, habrá visto que alguna vez el demonio le pintó delante la imagen de Nuestro Señor Jesucristo para engañarla. Ella misma dice que el Malo es gran pintor y añade que cuando vemos una imagen muy buena, aunque supiésemos la ha pintado un mal hombre, no dejaríamos de estimarla.

—Eso está muy bien dicho... Se me ocurre otra cosa. Si yo hubiera sido atormentado de esa ruin manera por el espíritu maligno, el cual según voy viendo es un redomado tunante, habría tratado de perseguir la imagen, de tocarla, de hablarle, para ver si efectivamente era vana ilusión o materia corpórea.

—Yo lo he hecho, querido señor y amigo mio —repuso el hospitalario con acento ya debilitado por el mucho hablar— y nunca he podido poner mis manos sobre ella, habiendo conseguido tan solo una vez tocar el halda de su vestido. Puedo asegurar a usted que a la vista su figura se me ha representado siempre como una criatura humana con su natural espesor, corpulencia y el brillo y la dulzura de los ojos, el dulce aliento de la boca, y la añadidura del vestido flotando al viento, en fin, todo en tal manera fabricado que es imposible no creerla persona viva y como las demás de nuestra especie.

—¿Y siempre se presenta sola?

—No señor, que algunas veces la he visto en compañía de otras muchachas, como por ejemplo en Sevilla el año pasado. Todas eran obra vana de la infernal industria, pues desaparecieron con ella, como multitud de luces que se apagan de un solo soplo.

—¿Y siempre desaparecen así como luz que se apaga?

—No señor, que a veces corre delante de mí, y la sigo, y o se pierde entre la multitud, o avanza tanto en su camino que no puedo alcanzarla. Un día la vi en una soberbia cabalgadura que corría más que el viento, y ayer la vi en un carro.

—¿Que corría también como el viento?

—No señor, pues apenas corría como un mal carro. La visión de ayer ofrece para mí una particularidad aterradora, y que me prueba cierta recrudescencia y gravedad del mal que padezco.

—¿Por qué?

—Porque ayer me habló.

—¿Cómo? —exclamé sonriendo, mas no asombrado del extremo a que llegaban las locuras de mi amigo.

—¿Habló al fin la señorita del pie desnudo, la pastora, la monja de Ciudad-Rodrigo?

—Sí señor. Iba en un carro en compañía de unos cómicos que venían al parecer de Extremadura.

—¡En un carro!... ¡Con unos cómicos!... ¡De Extremadura!

—Sí señor: veo que se asombra usted y lo comprendo, porque el caso no es para menos. Delante iban algunos hombres a caballo; luego seguía un carro con dos mujeres, y después otro carro con decoraciones y trebejos de teatro, todos quemados y hechos pedazos.

—Hermano, usted se burla de mí —dije levantándome de súbito y volviéndome a sentar, impulsado por ardiente desasosiego.

—Cuando la vi, señor mío, experimenté aquel calofrío, aquella sensación entre placentera y dolorosa que acompaña a mis terribles crisis.

—¿Y cómo iba?

—Triste, arropada en un manto negro.

—¿Y la otra mujer?

—Engañosa imaginación también, sin duda, la acompañaba en silencio.

—¿Y los hombres que iban a caballo?

—Eran cinco, y uno de ellos vestía de juglar con calzón de tres colores y montera de picos. Disputaban, y otro de ellos, que parecía mandar a todos, era una persona de buena apostura y presencia, con barba picuda como la del demonio.

—¿No sintió usted olor de azufre?

—Nada de eso, señor. Aquellos hombres hablaban con animación y nombraron a unos soldados que les habían quemado sus infernales cachivaches.

—Sospecho, querido hermano Juan —dije con turbación— que ya no es usted solo el endemoniado, sino que yo lo estoy también, pues esos cómicos, y esas mujeres, y esos carros, y esos trastos escénicos son reales y efectivos, y aunque no los vi, sé que estuvieron en Santibáñez de Valvaneda. ¿Sería que alguna de las cómicas se le antojó a usted ser la misma persona de marras, sin que en esto hubiese la más ligera picardía por parte de la majestad infernal?

—Bien he dicho yo —continuó el fraile con candor— que esta aparición de hoy es la más extraordinaria y asombrosa que he tenido en mi vida, pues en ella la demoniaca hechura ha presentado tales síntomas, señales y vislumbres de realidad, que al más licurgo y despreocupado engañaría. Esta es también la primera vez que la imagen querida, además de tomar cuerpo macizo de mujer, ha remedado la humana voz.

—¿Ha hablado?

—Sí señor; ha hablado —dijo el hospitalario con terror—. Su voz no es la misma que aún resuena en mis oídos, desde que la oí en casa de Requejo, así como su figura en el día de hoy me ha parecido más hermosa, más robusta, más completa y más formada. Tal como la vi en el convento, en el bosque, en la iglesia y en Ciudad-Rodrigo era casi una niña, y hoy...

—Pero si habló, ¿qué dijo?

—Yo me acerqué al carro, la miré, mirome ella también... Sus ojos eran rayos que me quemaban cuerpo y alma. Luego apareció asombrada, muy asombrada... ¡Ay! sus labios se movieron y pronunciaron mi propio nombre. «señor Juan de Dios, dijo, ¿se ha hecho usted fraile?...» Me pareció que iba yo a morir en aquel mismo momento. Quise hablar y no pude. Ella hizo ademán de darme una limosna, y de pronto el hombre que parecía mandar a todos, como advirtiera mi presencia junto al carro de las cómicas, detuvo el caballo, y volviéndose me dijo con voz fiera: «Largo de aquí, holgazán pancista.» Ella dijo entonces: «Es un pobre mendicante que pide limosna.» El hombre alzó el palo para pegarme y ella dijo: «Padre, no le hagas daño.»

—¿Está usted seguro de que dijo eso?

—Sí, seguro estoy; mas el infame, como criatura infernal que era, enemigo natural de las personas consagradas al servicio de Dios, llamome de nuevo holgazán, y recibí al mismo tiempo tal porrazo en la cabeza, que caí sin sentido.

—Señor Juan de Dios —le dije después de reflexionar un poco sobre lo extraño de aquella aventura— júreme usted que es verdad cuanto ha dicho y que no es su ánimo burlarse de mí.

—¡Yo burlarme, señor oficial de mi alma! —exclamó el hospitalario, que estuvo a punto de llorar viendo que se ponía en duda su veracidad—. Cierto es lo que he dicho, y tan evidente es que hay demonio en el infierno, como que hay Dios en el cielo, pues infinito es en el mundo el número de casos de obsesión, y todos los días oímos contar nuevas tropelías y estupendas gatadas del mortificador del linaje humano.

—¿Y no puede usted precisar el sitio en que ocurrió eso del carro de comediantes?

—Pasado Santibáñez de Valvaneda, como a tres leguas. Iban a buen paso camino de Salamanca.

El infeliz hospitalario no podía mentir, y en cuanto a la endemoniada composición de las cosas y personas referidas, yo tenía mis razones para creer que entre los primeros y el último encuentro del fraile había alguna diferencia.

De nuevo le insté para que tomase alguna cosa, y segunda vez se resistió a dar a su cuerpo regalo alguno. Ya nos disponíamos a marchar, cuando le vi palidecer, si es que cabía mayor grado de amarillez en su amojamada carne; le vi aterrado, con los ojos medio salidos del casco, el labio inferior trémulo y toda su persona desasosegada. Miraba a un punto fijo detrás de mí, y como yo rápidamente me volviese y nada hallase que pudiera motivar aquel espanto, le pregunté la causa de sus terrores y si allí entre tantos soldados se atrevía Satanás a hacer de las suyas.

—Ya se ha desvanecido —dijo con voz débil y dejando caer desmayadamente los brazos.

—¿Pues qué, otra vez ha estado aquí?

—Sí en aquel grupo donde bailan los soldados... ¿Ve usted que hay allí unas mozas de San Esteban?

—Es cierto; pero o yo he olvidado la cara de la señora Inés, o no está entre ellas —repuse sin poder contener la risa—. Si estuviera, bien se le podían decir cuatro frescas por ponerse a bailar con los soldados.

—Pues dude usted de que ahora es de día, señor mío —afirmó no repuesto aún de la emoción— pero no dude usted de que estaba allí. Veo que el demonio recrudece sus tentaciones y aumenta el rigor de sus ataques contra los reductos de mi fortaleza, y esto lo hace porque estoy pecando...

—¿Pecando ahora, pecando por hablar con un antiguo amigo?

—Sí señor, pues pecar es entregar sin freno el espíritu a los deleites de la conversación con gente seglar. Además he estado aquí descansando más de hora y media, cosa que en tres años no he hecho, y he gustado de la fresca sombra de estos árboles. Alma mía —añadió con exaltado fervor— arriba, no duermas, vigila sin cesar al enemigo que te acecha, no te entregues al corruptor deleite de la amistad, ni desmayes un solo momento, ni pruebes las dulzuras del reposo. Alerta, alerta siempre.

—¿Se marcha usted ya? —dije, al ver que desataba al buen pollino—. Vamos, no rechazará usted este pedazo de pan para el camino.

Tomolo y poniéndoselo en la boca al pacífico asno, que no estaba sin duda por cenobíticas abstinencias, cogió él para sí un puñado de yerba y la guardó en el seno.

—O es un farsante —dije para mí— o el más puro y candoroso beato que ciñe el cíngulo monacal.

—Buenas tardes, señor don Gabriel —dijo con humilde acento—. Me voy a Béjar para seguir mañana a Candelario, donde tenemos un hospital. ¿Y usted, a dónde marcha?

—¿Yo? a donde me lleven; tal vez a conquistar a Salamanca, que está en poder de Marmont.

—Adiós, hermano y querido señor mío —repuso—. Gracias, mil gracias por tantas bondades.

Y tirando del torzal, partió con el burro tras sí. Cuando su enjuta figura negruzca se alejó al bajar un cerro, pareciome ver en él un cuerpo que melancólicamente buscaba su perdida sepultura sin poder encontrarla.

VII

Dos días después, más allá de Dios le guarde, un gran acontecimiento turbó la monotonía de nuestra marcha. Y fue que a eso de la madrugada nuestras tropas avanzadas prorrumpieron en exclamaciones de júbilo; mandose formar, dando a las compañías el marcial concierto y la buena apariencia que han menester para presentarse ante un militar inteligente, y algunos acudieron por orden del general a cortar ramos a los vecinos carrascales para tejer no sé si coronas, cenefas o triunfales arcos. Al llegar al camino de Ciudad-Rodrigo vimos que apareció falange numerosa de hombres vestidos de encarnado y caballeros en ligerísimos corceles; verlos y exclamar todos en alegre concierto: «¡Viva el *lord*!» fue todo uno.

—Es la caballería de Cotton de la división del general Graham —dijo don Carlos España—. Señores, cuidado no hagamos alguna gansada. Los ingleses son muy ceremoniosos y se paran mucho en las formas. Si se coge bastante carrasca haremos un arquito de triunfo para que pase por él el vencedor de Ciudad-Rodrigo, y yo le echaré un discurso que traigo preparado elogiando su pericia en el arte de la guerra y la Constitución de Cádiz, cosas ambas bonísimas, y a las cuales deberemos el triunfo al fin y a la postre.

—No es el señor lord muy amigo de la Constitución de Cádiz —dijo don Julián Sánchez, que a derecha mano de don Carlos estaba—; pero a nosotros ¿qué nos va ni qué nos viene en esto? Derrotemos a Marmont y vivan todos los milores.

Los jinetes rojos llegaron hasta nosotros, y su jefe, que hablaba español como Dios quería, cumplimentó a nuestro brigadier, diciéndole que su excelencia el señor duque de Ciudad-Rodrigo no tardaría en llegar a Santi Spíritus. Al punto comenzamos a levantar el arco con ramajes y palitroques a la entrada de dicho pueblo, y vierais allí que un dómine del país apareció trayendo unos al modo de tarjetones de lienzo con sendos letreros y versos que él mismo había sacado de su cabeza, y en las cuales piezas poéticas se encomiaban hasta más allá de los cuernos de la Luna las virtudes del moderno Fabio, o sea el señor don Arturo Wellesley, lord vizconde de Wellington de Talavera, duque de Ciudad-Rodrigo, grande de España y par de Inglaterra.

Iban llegando unos tras otros numerosos cuerpos de ejército, que se desparramaban por aquellos contornos ocupando los pueblos inmediatos, y al fin entre los más brillantes soldados escoceses, ingleses y españoles, apareció una silla de postas, recibida con aclamaciones y vítores por las tropas situadas a un lado y otro del camino. Dentro de ella vi una nariz larga y roja, bajo la cual lucieron unos dientes blanquísimos. Con la rapidez de la marcha apenas pude distinguir otra cosa que lo indicado y una sonrisa de benevolencia y cortesía que desde el fondo del carruaje saludó a las tropas.

No debo pasar en silencio, aunque esto concuerde mal con la gravedad de la historia, que al pasar el coche bajo el arco triunfal, como este no lo habían construido ingenieros ni artífices romanos, con la sacudida y golpe que recibiera de una de las ruedas, hizo como si quisiera venirse abajo, y al fin se vino, cayendo no pocas ramas y lienzos sobre la cabeza del dómine que tuviera parte tan importante en su malhadada fábrica. Como no hubo que lamentar desgracia alguna, celebrose con risas la extraña ruina. Los chicos apoderáronse al punto de los tarjetones, que eran como de tres cuartas de diámetro, y abriéndoles en el centro un agujero y metiendo por él la cabeza se pasearon delante de Wellington con aquella valona o flamenca golilla.

Entre tanto don Carlos España desembuchaba su discurso delante del lord, y luego que concluyera, presentose el dómine con el amenazador proyecto de hablar también. Consintiolo el general, que como persona finísima disimulaba su cansancio, y oyendo las pedanterías del orador, movía la cabeza, acompañando sus gestos de la especial sonrisa inglesa, que hace creer en la existencia de algún cordón intermandibular, del cual tiran para plegar la boca como si fuera una cortina.

—Mi comandante —me dijo con cara de júbilo mi asistente cuando me aparté de los generales para ocuparme del alojamiento—, ¿no ha visto usía el otro ejército que viene detrás?

—Serán los portugueses.

—¡Qué portugueses ni qué garambainas! Son mujeres, un ejército de mujeres. Esto se llama darse buena vida. Los ingleses, en vez de impedimenta llevan la faldamenta. Así da gusto de hacer la guerra.

Miré y vi veinte, ¿qué digo, veinte? cuarenta y aun cincuenta carros, coches y vehículos de distintas formas, llenos todos de mujeres, unas al parecer de alta, otras de baja calidad, y de distinta belleza y edad, aunque por lo general, dicho sea esto imparcialmente, predominaba el género feo. Al punto que pararon los vehículos entre nubes de polvo, vierais descender con presteza a las señoras viajeras y resonar una de las más discordes algarabías que pueden oírse. Por un lado chillaban ellas llamando a sus consortes, y ellos por otro penetraban en la femenil multitud gritando: *Anna, Fanny, Mathilda, Elisabeth*. En un instante formáronse alegres parejas, y un tumultuoso concierto de voces guturales y de inflexiones agudas y de articulaciones líquidas llenó los aires.

Pero como la división aliada que acababa de llegar no podía pernoctar entera en aquel pueblo, una parte de ella siguió el camino adelante hacia Aldehuela de Yeltes. Tornaron a montar en sus carricoches muchas de las hembras formando parte del convoy de víveres y municiones, y otras quedaron en Santi Spíritus. El día pasó, ocupándonos todos en buscar el mejor alojamiento posible; pero como éramos tantos, al caer de la tarde no habíamos resuelto la cuestión. En cuanto a mí, me creía obligado a dormir en campo raso. Tribaldos me notificó que el dómine del lugar tenía sumo placer en cederme su habitación. Después de visitar a mi honrado patrono, salí a desempeñar varias obligaciones militares, y ya me retiraba a casa, cuando junto al camino sentí gritos y voces de alarma. Corrí a donde sonaban, y no era más sino que por el camino adelante venía un cochecillo cuyo caballo le arrastraba dando tan terribles tumbos y saltos, que cada instante parecía iba a deshacerse en pedazos mil. Cuando con rapidez inmensa pasó por delante de nosotros, un grito de mujer hirió mis oídos.

—En ese coche va una mujer, Tribaldos —grité a mi asistente que se había unido a mí.

—Es una inglesa, señor, que se quedó rezagada y detrás de las demás.

—¡Pobre mujer!... ¿Y no hay entre tantos hombres uno solo que se atreva a detener el caballo y salvar a esa desgraciada?... Parece que no va desbocado... Detiene el paso... Corramos allá.

—El coche se ha salido del camino —dijo Tribaldos con espanto— y ha parado en un sitio muy peligroso.

Al instante vi que el carricoche estaba a punto de despeñarse. Habiéndose enredado el caballo entre unas jaras, se había ido al suelo, quedando como reventado a consecuencia del fuerte choque que recibiera. Pero como la pendiente era grande, la gravedad lo atraía hacia lo hondo del barranco.

Me era imposible ver la situación terrible de la infeliz viajera sin acudir pronto a su socorro. Había caído el coche sin romperse; mas lo peligroso estaba en el sitio. Corrí allá solo, bajé tropezando a cada paso y despegando con mi planta piedrecillas que rodaban con ruido siniestro, y llegué al fin adonde se había detenido el vehículo. Una mujer lanzaba desde el interior lastimeras voces.

—Señora —grité— allá voy. No tenga usted cuidado. No caerá al barranco.

El caballo pataleaba en el suelo, pugnando por levantarse y con sus movimientos de dolor y desesperación arrastraba el coche hacia el abismo. Un momento más y todo se perdía.

Apoyeme en una enorme piedra fija, y con ambas manos detuve el coche que se inclinaba.

—Señora —grité con afán— procure usted salir. Agárrese usted a mi cuello... sin miedo. Si salta usted en tierra no hay qué temer.

—No puedo, no puedo, caballero —exclamó con dolor.

—¿Se ha roto usted alguna pierna?

—No, caballero... veré si puedo salir.

—Un esfuerzo... Si tardamos un instante los dos caeremos abajo.

No puedo describir los prodigios de mecánica que ambos hicimos. Ello es que en casos tan apurados, el cuerpo humano, por maravilloso instinto, imprime a sus miembros una fuerza que no tiene en instantes ordinarios, y realiza una serie de admirables movimientos que después no pueden recordarse ni repetirse. Lo que sé es que como Dios me dio a entender, y no sin algún riesgo mío, saqué a la desconocida de aquel grave compromiso en que se encontraba, y logré al fin verla en tierra. Asido a las piedras la sostuve y me fue forzoso llevarla en brazos al camino.

—Eh, Tribaldos, cobarde, holgazán —grité a mi asistente que había acudido en mi auxilio—, ayúdame a salir de aquí.

Tribaldos y otros soldados, que no me habían prestado socorro hasta entonces, me ayudaron a salir; porque es condición de ciertas gentes no arrimarse al peligro que amenaza sino al peligro vencido, lo cual es cómodo y de gran provecho en la vida.

Una vez arriba, la desconocida dio algunos pasos.

—Caballero, os debo la vida —dijo recobrando el perdido color y el brillo de sus ojos.

Era como de veintitrés años, alta y esbelta. Su airosa figura, su acento dulce, su hermoso rostro, aquel tratamiento de *vos* que ceremoniosa me daba, sin duda por poseer a medias el castellano, me hicieron honda y duradera impresión.

VIII

Apoyose en mí, quiso dar algunos pasos; mas al punto sus piernas desmayadas se negaron a sostenerla. Sin decir nada la tomé en brazos y dije a Tribaldos:

—Ayúdame; vamos a llevarla a nuestro alojamiento.

Por fortuna este no estaba lejos, y bien pronto llegamos a él. En la puerta la inglesa movió la cabeza, abrió los ojos y me dijo:

—No quiero molestaros más, caballero. Podré subir sola. Dadme el brazo.

En el mismo momento apareció presuroso y sofocado un oficial inglés, llamado sir Tomás Parr, a quien yo había conocido en Cádiz, y enterado brevemente de la lamentable ocurrencia, habló con su compatriota en inglés.

—¿Pero habrá aquí una habitación *confortable* para la señora? —me dijo después.

—Puede descansar en mi propia habitación —dijo el dómine que había bajado oficiosamente al sentir el ruido.

—Bien —dijo el inglés—. Esta señorita se detuvo en Ciudad-Rodrigo más de lo necesario y ha querido alcanzarnos. Su temeridad nos ha dado ya muchos disgustos. Subámosla. Haré venir al médico mayor del ejército.

—No quiero médicos —dijo la desconocida—. No tengo herida grave: una ligera contusión en la frente y otra en el brazo izquierdo.

Esto lo decía subiendo apoyada en mi brazo. Al llegar arriba dejose caer en un sillón que en la primera estancia había y respiró con desahogo expansivo.

—A este caballero debo la vida —dijo señalándome—. Parece un milagro.

—Mucho gusto tengo en ver a usted, mi querido señor Araceli —me dijo el inglés—. Desde el año pasado no nos habíamos visto. ¿Se acuerda usted de mí... en Cádiz?

—Me acuerdo perfectamente.

—Usted se embarcó con la expedición de Blake. No pudimos vernos porque usted se ocultó después del duelo en que dio la muerte a lord Gray.

La inglesa me miró con profundo interés y curiosidad.

—Este caballero... —dijo.

—Es el mismo de quien os he hablado hace días —contestó Parr.

—Si el libertino que ha hecho desgraciadas a tantas familias de Inglaterra y España hubiese tropezado siempre con hombres como vos... Según me han dicho, lord Gray se atrevió a mirar a una persona que os amaba... La energía, la severidad y la nobleza de vuestra conducta son superiores a estos tiempos.

—Para conocer bien aquel suceso —dije yo, no ciertamente orgulloso de mi acción—, sería preciso que yo explicase algunos antecedentes...

—Puedo aseguraros que antes de conoceros, antes de que me prestaseis el servicio que acabo de recibir, sentía hacia vos una grande admiración.

Dije entonces todo lo que la modestia y el buen parecer exigían.

—¿De modo que esta señora se alojará aquí?, —me dijo Parr—. Donde yo estoy, es imposible. Dormimos siete en una sola habitación.

—He dicho que le cederé la mía, la cual es digna del mismo sir Arturo —dijo Forfolleda, pues este era el nombre del dómine.

—Entonces estará bien aquí.

Sir Tomás Parr habló largamente en inglés con la bella desconocida y después se despidió. No dejaba de causarme sorpresa que sus compatriotas abandonasen a aquella hermosa mujer que sin duda debía de tener esposo o hermanos en el ejército; pero dije para mí: «será que las costumbres inglesas lo ordenan de este modo.»

En tanto la señora de Forfolleda (pues Forfolleda tenía señora) bizmó el brazo de la desconocida, y restañó la sangre de la rozadura que recibiera en la cabeza, con cuya operación dimos por concluidos los cuidados quirúrgicos y pensamos en arreglar a la señora cuarto y cama en que pasar la noche.

Un momento después el precioso cuerpo de la dama inglesa descansaba sobre un lecho algo más blando que una roca, al cual tuve que conducirla en mis brazos, porque la acometió nuevamente aquel desmayo primero que la imposibilitaba toda acción corporal. Ella me dio las gracias en silencio volviendo hacia mí sus hermosos ojos azules, que dulcemente y con la encantadora vaguedad y extravío que sigue a los desmayos se fijaron, primero en mi persona y después en las paredes de la habitación. Más la miraba yo y más hermosa me parecía a cada momento. No puedo dar idea de la extremada belleza de sus ojos azules. Todas las facciones de su rostro distinguíanse por la más pura corrección y finura. Los cabellos rubios hacían verosímil la imagen de las trenzas de oro tan usada por los poetas, y acompañaban la boca los más lindos y blancos dientes que pueden verse. Su cuerpo atormentado bajo las ballenas de un apretado jubón, del cual pendían faldas de amazona, era delgadísimo, mas no carecía de las redondeces y elegantes contornos y desigualdades que distinguen a una mujer de un palo torneado.

—Gracias, caballero —me dijo con acento melancólico y usando siempre el *vos*—. Si no temiera molestaros, os suplicaría que me dieseis algún alimento.

—¿Quiere la señora un pedazo de pierna de carnero —dijo Forfolleda, que arreglaba los trastos de la habitación—, unas sopas de ajo, chocolate o quizás un poco de salmorejo con guindilla? También tengo abadejo. Dicen que al señor don Arturo le gusta mucho el abadejo.

—Gracias —repuso la inglesa con mal humor—, no puedo comer eso. Que me hagan un poco de té.

Fui a la cocina, donde la señora de Forfolleda me dijo que allí no había té ni cosa que lo pareciese, añadiendo que si ella probara tan solo un buche de tal enjuagadero de tripas, arrojaría por la boca juntamente con los hígados la primer leche que mamó. Luego se puso a reprender a su esposo por admitir en la casa a herejes luteranos y calvinistas, cuales eran los ingleses; mas el dómine refutó victoriosamente el ataque afirmando que merced a la ayuda de los herejes luteranos y calvinistas, la católica España triunfaría de Napoleón, lo cual no significaba más sino que Dios se vale del mal para producir el bien.

—Vete a cualquier casa donde haya ingleses —dije a Tribaldos—, y trae té. ¿Sabes lo que es?

—Unas hojas arrugaditas y negras. Ya sé... todas las noches lo tomaba la mujer del capitán.

Volví al lado de la inglesa que me dijo no podía comer cosa alguna de nuestra cocina, y habiéndome pedido pan, se lo di mientras llegaba el anhelado té.

Al poco rato entró Tribaldos trayendo una ancha taza que despedía un olor extraño.

—¿Qué es esto? —dijo la dama con espanto, cuando los vapores del condenado licor llegaron a su nariz.

—¿Qué menjurgue has puesto aquí, maldito? —exclamé amenazando al aturdido mozo.

—Señor, no he puesto nada, nada más que las hojas arrugaditas, con un poco de canela y de clavo. La señora de Forfolleda dijo que así se hacía, y que lo había compuesto muchas veces para unos ingleses que fueron a Salamanca a ver la catedral vieja.

La inglesa prorrumpió en risas.

—Señora, perdone usted a este animal que no sabe lo que hace. Voy yo mismo a la cocina y beberá usted té.

Poco después volví con mi obra, que debió de satisfacer a la interesada, pues la aceptó con gozo.

—Ahora, señora mía, me retiraré, para que usted descanse —le dije—. Deme usted órdenes para mañana o para esta noche misma. Si quiere usted que avise a su esposo... o es que se halla en la división de Picton que no está en este pueblo...

—Señor oficial —dijo solemnemente bebiendo su té— yo no tengo esposo; yo soy soltera.

Esto puso el límite a mi asombro, y vacilante al principio en mis ideas no supe contestarle sino con medias palabras.

—¡Buena pieza será ésta que se ha colgado de mi brazo! —dije para mí—. Los franceses traen consigo mujeres de mala vida, pero de los ingleses, no sabía que...

—Soltera, sí —añadió con aplomo y apartando la taza de sus labios—. Os asombráis de ver una señorita como yo en un campo de batalla, en tierra extranjera y lejos, muy lejos de su familia y de su patria. Sabed que vine a España con mi hermano, oficial de ingenieros de la división de Hill, el cual hermano mío pereció en la sangrienta batalla de Albuera. El dolor y la desesperación tuviéronme por algunos días enferma y en peligro de muerte; pero me reanimó la conciencia de los deberes que en aquel trance tenía que cumplir, y consagreme a buscar el cuerpo del pobre soldado para enviarle a Inglaterra, al panteón de nuestra familia. En poco tiempo cumplí esta triste misión, y hallándome sola traté de volver a mi país. Pero al mismo tiempo me cautivaban de tal modo la historia, las tradiciones, las costumbres, la literatura, las artes, las ruinas, la música popular, los bailes, los trajes de esta nación tan grande en otro tiempo y otra vez grandísima en la época presente, que formé el proyecto de quedarme aquí para estudiarlo todo, y previa licencia de mis padres, así lo he hecho.

—Sabe Dios qué casta de pájaro serás tú —dije para mi capote; y luego en voz alta añadí sosteniendo fijamente la dulce mirada de sus ojos de cielo—: ¡Y los padres de usted consintieron, sin reparar en los continuos y graves peligros a que está expuesta una tierna doncella sola y sin amparo en país extranjero, en medio de un ejército! Señora, por amor de Dios...

—¡Ah! no conocéis sin duda que nosotras, las hijas de Inglaterra estamos protegidas por las leyes de tal manera y con tanto rigor, que ningún hombre se atreve a faltarnos al respeto.

—Sí, así dicen que pasa en Inglaterra. Y parece que allá salen las señoritas solas a paseo y viajan solas o acompañadas de cualquier galancete.

—Aunque fuera su novio, no importa.

—¡Pero estamos en España, señora, en España! Usted no sabe bien en qué país se ha metido.

—Pero sigo al ejército aliado y estoy al amparo de las leyes inglesas —dijo sonriendo—. Caballero, faltad al pudor si os parece, intentad galantearme de una manera menos decorosa que la que empleáis para amar a esa Dulcinea que fue causa de la muerte de Gray, y lord Wellington os mandará fusilar, si no os casáis conmigo.

—Me casaría, señora.

—Caballero, veo que quizás sin malicia principiáis a faltar al comedimiento.

—Pues no me casaría... Permítame usted que me retire.

—Podéis hacerlo —me dijo levantándose penosamente para cerrar por dentro la puerta.

—Os agradeceré que mañana hagáis traer mi maleta. Felizmente no la traía conmigo. Está en el convoy.

—Se traerá la maleta. Buenas noches, señora.

IX

Fuera de la estancia sentí el ruido de los cerrojos que corría por dentro la hermosa inglesa y me retiré a mi aposento que era el rincón de un oscuro pasillo, donde Tribaldos me había arreglado un lecho con mantas y capotes. Tendime sobre aquellas durezas y en buena parte de la noche no pude conciliar el sueño; de tal modo se había encajado dentro de mi cerebro la extraña señora inglesa, con su caída, sus desmayos, su té y su acabada hermosura. Pero al fin, rendido por el gran cansancio, me dormí sosegadamente. Por la mañana, díjome la señora de Forfolleda que la señorita rubia estaba mejor, que había pedido agua y té y pan, ofreciendo dinero abundante por cualquier servicio que se le prestara. Como manifestase deseos de entrar a saludarla, añadió la Forfolleda que no era conveniente, por estar la señorita arreglándose y componiéndose, a pesar de las heridas leves de su brazo.

Al salir a mis quehaceres, que fueron muchísimos y me ocuparon casi todo el día, encontré a sir Tomás Parr, a quien encargué lo de la maleta.

Por la tarde, después del gran trabajo de aquel día que me hizo poner un tanto en olvido a la interesante dama, regresé a casa de Forfolleda, y vi a gran número de ingleses que entraban y salían, como diligentes amigos que iban a informarse de la salud de su compatriota. Entré a saludarla, y la pequeña estancia estaba llena de casacas rojas pertenecientes a otros tantos hombres rubios que hablaban con animación. La joven inglesa reía y bromeaba, y habíase puesto tan linda, sin cambiar de traje, que no parecía la misma persona demacrada, melancólica y nerviosa de la noche anterior. La contusión del brazo entorpecía algo sus graciosos movimientos.

Después que nos saludamos y cambié con aquellos señores algunos fríos cumplidos, uno de ellos invitó a la señorita a dar un paseo; otro ponderó la hermosura de la apacible tarde, y no hubo quien no dijese una palabra para decidirla a dejar la triste alcoba. Ella, sin embargo, afirmó que no saldría hasta la siguiente mañana y con estos diálogos y otros en que la graciosa joven no hacía maldito caso de su libertador, vino la noche y con la noche luces dentro del cuarto y tras las luces un par de teteras que trajeron los criados de los ingleses. Entonces se alegraron todos los semblantes y empezó el trasiego con tanto ahínco que el que menos se echó dentro un río de licor de la

China, sin que ni un momento cesase la charla. Trajeron después botellas de vino de Jerez, que en un santiamén dejaron como cuerpos sin alma, porque toda ella pasó a fortificar las de aquellos claros varones; mas ninguno perdió su gravedad. Brindamos a la salud de Inglaterra, de España, y a eso de las nueve nos retiramos todos, despidiéndonos la hermosa ninfa con afabilidad, pero sin que ni con frase, ni gesto, ni mirada me distinguiese de los demás.

Me retiraba a mi escondite cuando sentí que la desconocida echaba el cerrojo. Aquella noche me mortificó como en la anterior un tenaz desvelo; mas ya estaba a punto de vencerlo cuando hízome saltar en el lecho el chirrido del cerrojo con que aseguraba su cuarto la consabida. Miré hacia la puerta, pues desde mi alcoba-rincón se distinguía esta muy bien, y vi a la inglesa que salía, encaminándose a una galería o solana situada al otro confín del pasillo y de la casa. Como había dejado abierta la puerta, la luz de su cuarto iluminaba la casa lo suficiente para ver cuanto pasaba en ella.

Llegó la inglesa a la destartalada galería y abriendo una ventana que daba al campo se asomó. Como estaba vestido, fácil me fue levantarme en un momento y dirigirme hacia ella con paso quedo para no asustarla. Cuando estuve cerca, volvió la cara y con gran sorpresa mía, no se inmutó al verme. Antes bien con imperturbable tranquilidad, me dijo:

—¿Andáis rondando por aquí?... Hace en aquel cuarto un calor insoportable.

—Lo mismo sucede en el mío, señora —dije—; cuando la he visto a usted pensaba salir al campo a respirar el aire fresco de la noche.

—Eso mismo pensaba yo también... La noche está hermosa... ¿y pensabais salir?...

—Sí señora, pero si usted lo permite tendré el honor de acompañarla y juntos disfrutaremos de este suave ambiente, del grato aroma de esos pinares...

—No... salid, bajad, iré yo también—, dijo con viva resolución y mucha naturalidad.

Entrando rápidamente en su cuarto de donde sacara una capa de forma extraña y echándosela sobre los hombros, me suplicó que cuidadosamente la embozara por no tener ella aún agilidad en su brazo herido; y una vez que la envolví bien, salimos ambos, sin tomar ella mi brazo, y como dos amigos que van a paseo. Por todas partes se oía rumor de soldados, y la claridad de la Luna permitía ver todos los objetos y conocer a las personas.

Súbitamente y sin contestar a no sé qué vulgar frase pronunciada por mí, la inglesa me dijo:

—Ya sé que sois noble, caballero. ¿A qué familia pertenecéis? ¿A los Pachecos, a los Vargas, a los Enríquez, a los Acuñas, a los Toledos o a los Dávilas?

—A ninguna de esas, señora —le respondí ocultando con mi embozo la sonrisa que no pude contener— sino a los Aracelis de Andalucía, que descienden, como usted no ignora, del mismo Hércules.

—¿De Hércules? No lo sabía ciertamente —repuso con naturalidad—. ¿Hace mucho que estáis en campaña?

—Desde que empezó, señora.

—Sois valiente y generoso, sin duda —dijo mirándome fijamente al rostro—. Bien se conoce en vuestro semblante que lleváis en las venas la sangre de aquellos insignes caballeros que han sido asombro y envidia de Europa por espacio de muchos siglos.

—Señora, usted me favorece demasiado.

—Decidme; ¿sabéis tirar las armas, domar un potro, derribar un toro, tañer la guitarra y componer versos?

—No puedo negar que un poco entendido soy en alguna, sino en todas esas habilidades.

Después de pequeña pausa y deteniendo el paso, me preguntó bruscamente:

—¿Y estáis enamorado?

Durante un rato no supe qué responder; tan extrañas me parecían aquellas palabras.

—¿Cómo no, siendo español, siendo joven y militar? —contesté decidido a llevar la conversación a donde la fantasía de mi incógnita amiga quisiera llevarla.

—Veo que os sorprende mi modo de hablaros —añadió ella—. Acostumbrado a no oír en boca de vuestras mojigatas compatriotas sino medias palabras, vulgaridades, y frases de hipocresía, os sorprende esta libertad con que me expreso, estas extrañas preguntas que os dirijo... Quizás me juzguéis mal...

—Oh, no señora.

—Pero mi honor no depende de vuestros pensamientos. Seríais un necio si creyerais que esto es otra cosa que una curiosidad de inglesa, casi diré de artista y de viajera. Las costumbres y los caracteres de este país son dignos de profundo estudio.

—De modo que lo que quiere es estudiarme —dije entre dientes—. Resignémonos a ser libro de texto.

—El hombre que ha dado muerte a lord Gray, que ha realizado esa gran obra de justicia, que ha sido brazo de Dios y vengador de la moral ultrajada, excita mi curiosidad de un modo pasmoso... Me han hablado de vos con admiración y contádome algunos hechos vuestros dignos de gran estima... Dispensad mi curiosidad, que escandalizaría a una española y que sin duda os escandaliza a vos... Habiendo matado a Gray por celos, claro que estabais enamorado.

»Y vuestra dama (esto de *vuestra dama* me hizo reír de nuevo), ¿habita en algún castillo de estas cercanías o en algún palacio de Andalucía? ¿Es noble como vos?...

Al oír esto comprendí que tenía que habérmelas con una imaginación exaltada y novelesca, y al punto apoderose de mí cierto espíritu de socarronería. No me inclinaba a burlarme de la inglesa, que a pesar de su sentimentalismo fuera de ocasión no era ridícula; pero mi carácter me inducía a seguir la broma, como si dijéramos, prestándome a los caprichos de aquella idealidad tan falsa como encantadora. Todos somos algo poetas, y es muy dulce embellecer la propia vida, y muy natural regocijarnos con este embellecimiento aun sabiendo que la transformación es obra nuestra. Así es que con cierta exaltación novelesca también, mas no con completa seriedad, contesté a la damisela:

—Noble es, señora, y hermosísima y principal; pero ¿de qué me vale tener en ella un dechado de perfecciones, si un funesto destino la aleja constantemente de mí? ¿Qué pensará usted, señora, si le digo que hace tiempo cierto maligno encantador la tiene transfigurada en la persona de una vulgar comiquilla que recorre los pueblos formando parte de una compañía de histriones de la legua?

Esto era, sin duda, demasiado fuerte.

—Caballero —dijo la inglesa con estupor—; ¿pues qué, todavía hay encantamientos en España?

—Encantamientos, precisamente no —dije tratando de abatir el vuelo—; pero hay artes del demonio, y si no artes del demonio, malicias y ardides de hombres perversos.

—Veo que leéis libros de caballería.

—Pues ¿quién duda que son los más hermosos entre todos los que se han escrito? Ellos suspenden el ánimo, despiertan la sensibilidad, avivan el valor, infunden entusiasmo por las grandes acciones, engrandecen la gloria y achican el peligro en todos los momentos de la vida.

—¡Engrandecen la gloria y achican el peligro! —exclamó deteniéndose—. Si esto que habéis dicho es verdad, sois digno de haber nacido en otros tiempos... pero no he entendido bien eso de que vuestra dama está transformada en una comiquilla...

—Así es, señora. Si pudiera contar a usted todo lo que ha precedido a esta transformación, no dudo que usted me compadecería.

—¿Y dónde están la encantada y el encantador? Les doy estos nombres porque veo que creéis en encantamentos.

—Están en Salamanca.

—Como si estuvieran en el otro mundo. Salamanca está en poder de los franceses.

—Pero la tomaremos.

—Decís eso como si fuera lo más natural del mundo.

—Y lo es. No se ría usted de mi petulancia; pero si todo el ejército aliado desapareciera y me quedase solo...

—Iríais solo a la conquista de la ciudad, queréis decir.

—¡Ah, señora! —exclamé con énfasis—. Un hombre que ama no sabe lo que dice. Veo que es un desatino.

—Un desatino relativo —repuso—. Pero ahora comprendo que os estáis burlando de mí. Os habéis enamorado de una cómica y queréis hacerla pasar por gran señora.

—Cuando entremos en Salamanca podré convencer a usted de que no me burlo.

—No dudo que haya cómicos en el país, ni menos cómicas guapas —dijo riendo—. Hace dos días pasó por delante de mí una compañía que me recordó el carro de las Cortes de la Muerte. Iban allí siete u ocho histriones, y, en efecto dijeron que iban a Salamanca.

—Llevaban dos o tres carros. En uno de ellos iban dos mujeres, una de ellas hermosísima. Venían de Plasencia.

—Me parece que sí.

—Y en otro carro llevaban lienzos pintados.

—Los habéis visto; pero no sabéis lo que yo sé. Cuando pasaron por delante de mí, sorprendiéndome por su extraño aspecto que me recordaba una de las más graciosas aventuras del *Libro*, un vecino de Puerto de Baños me dijo: «Esos no son cómicos sino pícaros masones que se disfrazan así para pasar por entre los españoles, que les descuartizarían si les conocieran.»

—No me dice usted nada que yo no sepa —contesté—. Señora, ¿ha oído usted decir a lord Wellington cuándo lanzará nuestros regimientos sobre Salamanca?

—Impaciente estáis... Quiero saber otra cosa. ¿Amáis a vuestra Dulcinea de una manera ideal y sublime, embelleciéndola con vuestro pensamiento aún más de lo que ella es en sí, atribuyéndole cuantas perfecciones pueden idearse y consagrándole todos los dulces transportes de un corazón siempre inflamado?

—Así, así mismo, señora —dije con entusiasmo que no era enteramente falso, y deseando ver a dónde iba a parar aquella misteriosa mujer, cuyo carácter comenzaba a penetrar—. Parece que lee usted en mi alma como en un libro.

Después que oyó esto, permaneció largo rato en silencio, y luego reanudó el diálogo con una brusca variación de ideas, que era la tercera en aquel extraño coloquio.

—Caballero, ¿tenéis madre? —me dijo.

—No señora.

—¿Ni hermanas?

—Tampoco. Ni madre, ni padre, ni hermanos, ni pariente alguno.

—Veo que está muy malparado el linaje de Hércules. De modo que estáis solo en el mundo —añadió con acento compasivo—. ¡Desgraciado caballero! ¿Y esa gran señora, cómica, o mujer masónica, os ama?

—Creo que sí.

—¿Habéis hecho por ella sacrificios, arrostrado peligros y vencido obstáculos?

—Muchísimos; pero son nada en comparación con lo que aún me resta por hacer.

—¿Qué?

—Una acción peligrosa, una locura; el último grado del atrevimiento. Espero morir o lograr mi objeto.

—¿Tenéis miedo a los peligros que os aguardan?

—Jamás lo he conocido —respondí con una fatuidad, cuyo recuerdo me ha hecho reír muchas veces.

—Estad tranquilo, pues los aliados entrarán en Salamanca, y entonces fácilmente...

—Cuando entren los aliados, mi enemigo y su víctima habrán huido corriendo hacia Francia. Él no es tonto... Es preciso ir a Salamanca antes...

—¡Antes de tomarla! —exclamó con asombro.

—¿Por qué no?

—Caballero —dijo súbitamente deteniendo el paso—. Veo que os estáis burlando de mí.

—¡Yo, señora! —contesté algo turbado.

—Sí; me ponéis ante los ojos una aventura caballeresca, que es pura invención y fábula; os pintáis a vos mismo como un carácter superior, como un alma de esas que se engrandecen con los peligros, y habéis adornado la ficción con hermosas figuras de Dulcinea y encantadores, que no existen sino en vuestra imaginación.

—Señora mía, usted...

—Tened la bondad de acompañarme a mi alojamiento. El olor de esos pinares me marea.

—Como usted guste.

Confieso ¿por qué no confesarlo? que me quedé algo corrido.

La elegante inglesa no me dijo una palabra más en todo el camino, y cuando subimos a casa de Forfolleda y la conduje a su cuarto, que ya empezaba a figurárseme regio camarín tapizado de rasos y organdíes, metiose en su tugurio como un hada en su cueva, y dándome desabridamente las buenas noches, corrió los cerrojos de oro... o de hierro, y me quedé solo.

X

Acomodándome en mi lecho, hablé conmigo de esta manera:

—¿La tal inglesa será una de esas mujeres de equívoca honradez que suelen seguir a los ejércitos? Las hay de diferentes especies; pero en realidad, jamás vi en pos de los soldados de la patria ninguna tan hermosa ni de porte tan noble y aristocrático. He oído que tras el ejército francés van pájaros de diverso plumaje. ¡Bah!... ¿pues no dicen que Massena ha tenido tan mala suerte en Portugal por la corrupción de sus oficiales y soldados, y aun por sus propios descuidos con ciertas amazonas muy emperifolladas que andaban en los campamentos tan a sus anchas como en París?...

Después dando otra dirección a mis ideas, dije a punto que empezaba a embargarme el dulce entorpecimiento que precede al sueño:

—Tal vez me equivoque. Después de haber conocido a lord Gray, no debo poner en duda que las extravagancias y rarezas de la gente inglesa carecen de límite conocido. Tal vez mi compañera de alojamiento sea tan cabal que la misma virginidad parezca a su lado una moza de partido, y yo estoy injuriándola. Mañana preguntaré a los oficiales ingleses que conozco... Como no sea una de esas naturalezas impresionables y acaloradas que nacen al acaso en el Norte, y que buscan como las golondrinas los climas templados, bajan llenas de ansiedad al Mediodía, pidiendo luz, Sol, pasiones, poesía, alimento del corazón y de la fantasía, que no siempre encuentran o encuentran a medias; y van con febril deseo tras de la originalidad, tras las costumbres raras y adoran los caracteres apasionados aunque sean casi salvajes, la vida aventurera, la galantería caballeresca, las ruinas, las leyendas, la música popular y hasta las groserías de la plebe siempre que sean graciosas.

Diciendo o pensando así y enlazando con éstos otros pensamientos que más hondamente me preocupaban, caí en profundísimo sueño reparador. Levanteme muy temprano a la mañana siguiente, y sin acordarme para nada de la hermosa inglesa, cual si la noche limpiara todas las telas de araña fabricadas y tendidas el día anterior dentro de mi cerebro, salí de mi alojamiento.

—Marchamos hacia San Muñoz —me dijo Figueroa, oficial portugués amigo mío que servía con el general Picton.

—¿Y el *lord*?

—Va a partir no sé a dónde. La división de Graham está sobre Tamames. Nosotros vamos a formar el ala izquierda de la división de don Carlos España y la partida de don Julián Sánchez.

Cuando nos dirigíamos juntos al alojamiento del general, pedile informes de la dama inglesa cuya figura y extraños modos he dado a conocer, y me contestó:

—Es miss Fly, o lo que es lo mismo, miss Mosquita, Mariposa, Pajarita o cosa así. Su nombre es Athenais. Tiene por padre a lord Fly, uno de los señores más principales de la Gran Bretaña. Nos ha seguido desde la Albuera, pintando iglesias, castillos y ruinas en cierto librote que trae consigo, y escribiendo todo lo que pasa. El *lord* y los demás generales ingleses la consideran mucho, y si quieres saber lo que es bueno, atrévete a faltar al respeto a la señorita Fly, que en inglés se dice *Flai*, pues ya sabes que en esa lengua se escriben las palabras de una manera y se pronuncian de otra, lo cual es un encanto para el que quiere aprenderla.

Acto continuo referí a mi amigo las escenas de la noche anterior y el paseo que en la soledad de la noche dimos miss Fly y yo por aquellos contornos, lo que oído por Figueroa, causó a este muchísima sorpresa.

—Es la primera vez —dijo— que la rubita tiene tales familiaridades con un oficial español o portugués, pues hasta ahora a todos les miró con altanería...

—Yo la tuve por persona de costumbres un tanto libres.

—Así parece, porque anda sola, monta a caballo, entra y sale por medio del ejército, habla con todos, visita las posiciones de vanguardia antes de una batalla y los hospitales de sangre después... A veces se aleja del ejército para recorrer sola los pueblos inmediatos, mayormente si hay en estos abadías, catedrales o castillos, y en sus ratos de ocio no hace más que leer romances.

Hablando de este y de otros asuntos, empleamos la mañana, y cerca del medio día fuimos al alojamiento de Carlos España, el cual no estaba allí.

—España —nos dijo el guerrillero Sánchez— está en el alojamiento del cuartel general.

—¿No marcha lord Wellington?

—Parece que se queda aquí, y nosotros salimos para San Muñoz dentro de una hora.

—Vamos al alojamiento del duque —dijo Figueroa—; allí sabremos noticias ciertas.

Estaba lord Wellington en la casa-ayuntamiento, la única capaz y decorosa para tan insigne persona. Llenaban la plazoleta, el soportal, el vestíbulo y la escalera multitud de oficiales de todas las graduaciones, españoles, ingleses y lusitanos que entraban, y salían, formaban corrillos, disputando y bromeando unos con otros en amistosa intimidad cual si todos perteneciesen a una misma familia. Subimos Figueroa y yo, y después de aguardar más de una hora y media en la antesala, salió España y nos dijo:

—El general en jefe pregunta si hay un oficial español que se atreva a entrar disfrazado en Salamanca para examinar los fuertes y las obras provisionales que ha hecho el enemigo en la muralla, ver la artillería y enterarse de si es grande o pequeña la guarnición, y abundantes o escasas las provisiones.

—Yo voy —repuse resueltamente sin aguardar a que el general concluyese.

—Tú —dijo España con la desdeñosa familiaridad que usaba hablando con sus oficiales—, ¿tú te atreves a emprender viaje tan arriesgado? Ten presente que es preciso ir y volver.

—Lo supongo.

—Es necesario atravesar las líneas enemigas, pues los franceses ocupan todas las aldeas del lado acá del Tormes.

—Se entra por donde se puede, mi general.

—Luego has de atravesar la muralla, los fuertes, has de penetrar en la ciudad, visitar los acantonamientos, sacar planos...

—Todo eso es para mí un juego, mi general. Entrar, salir, ver... una diversión. Hágame vuecencia la merced de presentarme al señor duque, diciéndole que estoy a sus órdenes para lo que desea.

—Tú eres un atolondrado y no sirves para el caso —repuso don Carlos—. Buscaremos otro. No sabes una palabra de geometría ni de fortificación.

—Eso lo veremos —contesté sofocado.

—Y es preciso, es preciso ir —añadió mi jefe—. Aún no ha formado el lord su plan de batalla. No sabe si asaltará a Salamanca o la bloqueará; no sabe si pasará el Tormes para perseguir a Marmont, dejando atrás a Salamanca o si... ¿Dices que te atreves tú?...

—¿Pues no he de atreverme? Me vestiré de charro, entraré en Salamanca vendiendo hortalizas o carbón. Veré los fuertes, la guarnición, las vituallas; sacaré un croquis y me volveré al campamento... Mi general —añadí con calor—, o me presenta vuecencia al duque, o me presento yo solo.

—Vamos, vamos al momento —dijo España entrando conmigo en la sala.

XI

Junto a una gran mesa colocada en el centro estaba el duque de Ciudad-Rodrigo con otros tres generales examinando una carta del país, y tan profundamente atendían a las rayas, puntos y letras con que el geógrafo designara los accidentes del terreno, que no alzaron la cabeza para mirarnos. Hízome seña don Carlos España de que debíamos esperar, y en tanto dirigí la vista a distintos puntos de la sala para examinar, siguiendo mi costumbre, el sitio en que me encontraba. Otros oficiales hablaban en voz baja retirados del centro, y entre ellos ¡oh sorpresa! vi a miss Fly, que sostenía conversación animada con un coronel de artillería llamado Simpson.

Por fin, lord Wellington levantó los ojos del mapa y nos miró. Hice una amabilísima reverencia: entonces el inglés me miró más, observándome de pies a cabeza. También yo le observé a él a mis anchas, gozoso de tener ante mi vista a una persona tan amada entonces por todos los españoles, y que tanta admiración me inspiraba a mí. Era Wellesley bastante alto, de cabellos rubios y rostro encendido, aunque no por las causas a que el vulgo atribuye las inflamaciones epidérmicas de la gente inglesa. Ya se sabe que es proverbial en Inglaterra la afirmación de que el único grande hombre que no ha perdido jamás su dignidad después de los postres, es el vencedor de Tipoo Sayd y de Bonaparte.

Representaba Wellington cuarenta y cinco años, y esta era su edad, la misma exactamente que Napoleón, pues ambos nacieron en 1769, el uno en mayo y el otro en agosto. El Sol de la India y el de España habían alterado la blancura de su color sajón. Era la nariz, como antes he dicho, larga y un poco bermellonada; la frente, resguardada de los rayos del Sol por el sombrero, conservaba su blancura y era hermosa y serena como la de una estatua griega, revelando un pensamiento sin agitación y sin fiebre, una imaginación encadenada y gran facultad de ponderación y cálculo. Adornaba su cabeza un mechón de pelo o tupé que no usaban ciertamente las estatuas griegas; pero que no caía mal, sirviendo de vértice a una mollera inglesa. Los grandes ojos azules del general miraban con frialdad, posándose vagamente sobre el objeto observado, y observaban sin aparente interés. Era la voz sonora, acompasada, medida, sin cambiar de tono, sin exacerbaciones ni acentos duros, y el conjunto de su modo de expresarse, reunidos el gesto, la voz y los ojos, producía grata impresión de respeto y cariño.

Su excelencia me miró, como he dicho, y entonces don Carlos España, dijo:

—Mi general, este joven desea desempeñar la comisión de que vuecencia me ha hablado hace poco. Yo respondo de su valor y de su lealtad; pero he intentado disuadirle de su empeño, porque no posee conocimientos facultativos.

Aquello me avergonzó, mayormente porque estaba delante de miss Fly, y porque, en efecto, yo no había estado en ninguna academia.

—Para esta comisión —dijo Wellington en castellano bastante correcto—, se necesitan ciertos conocimientos...

Y fijó los ojos en el mapa. Yo miré a España y España me miró a mí. Pero la vergüenza no me impidió tomar una resolución, y sin encomendarme a Dios ni al diablo, dije:

—Mi general. Es cierto que no he estado en ninguna academia; pero una larga práctica de la guerra en batallas y sobre todo en sitios, me ha dado tal vez los conocimientos que vuecencia exige para esta comisión. Sé levantar un plano.

El duque de Ciudad-Rodrigo alzando de nuevo los ojos, habló así:

—En mi cuartel general hay multitud de oficiales facultativos; pero ningún inglés podría entrar en Salamanca, porque sería al instante descubierto por su rostro y por su lenguaje. Es preciso que vaya un español.

—Mi general —dijo con fatuidad España—, en mi división no faltan oficiales facultativos. He traído a este porque se empeñó en hacer alarde de su arrojo delante de vuecencia.

Miré con indignación a don Carlos, y luego exclamé con la mayor vehemencia:

—Mi general, aunque en esta empresa existan todos los peligros, todas las dificultades imaginables, yo entraré en Salamanca y volveré con las noticias que vuecencia desea.

Tranquila y sosegadamente lord Wellington me preguntó:

—Señor oficial, ¿dónde empezó usted su vida militar?

—En Trafalgar —contesté.

Cuando esta histórica y grandiosa palabra resonó en la sala en medio del general silencio, todas las cabezas de las personas allí presentes se movieron como si perteneciesen a un solo cuerpo, y todos los ojos fijáronse en mí con vivísimo interés.

—¿Entonces ha sido usted marino? —interrogó el duque.

—Asistí al combate teniendo catorce años de edad. Yo era amigo de un oficial que iba en el *Trinidad*. La pérdida de la tripulación me obligó a tomar parte en la batalla.

—¿Y cuándo empezó usted a servir en la campaña contra los franceses?

—El 2 de mayo de 1808, mi general. Los franceses me fusilaron en la Moncloa. Salveme milagrosamente; pero en mi cuerpo han quedado escritos los horrores de aquel día.

—¿Y desde entonces se alistó usted?

—Alisteme en los regimientos de voluntarios de Andalucía, y estuve en la batalla de Bailén.

—¡También en la batalla de Bailén! —dijo Wellington con asombro.

—Sí, mi general, el 19 de julio de 1808. ¿Quiere vuecencia ver mi hoja de servicios, que comienza en dicha fecha?

—No, me basta —repuso Wellington—. ¿Y después?

—Volví a Madrid, y tomé parte en la jornada del 3 de diciembre. Caí prisionero y me quisieron llevar a Francia.

—¿Le llevaron a usted a Francia?

—No, mi general, porque me escapé en Lerma, y fui a parar a Zaragoza en tan buena ocasión, que alcancé el segundo sitio de aquella inmortal ciudad.

—¿Todo el sitio? —dijo Wellington con creciente interés hacia mi persona.

—Todo, desde el 19 de diciembre hasta el 12 de febrero de 1809. Puedo dar a vuecencia noticia circunstanciada de todas las peripecias de aquel grande hecho de armas, gloria y orgullo de cuantos nos encontramos en él.

—¿Y a qué ejército pasó usted luego?

—Al del Centro, y serví bastante tiempo a las órdenes del duque del Parque. Estuve en la batalla de Tamames y en Extremadura.

—¿No se encontró usted en un nuevo asedio?

—En el de Cádiz, mi general. Defendí durante tres días el castillo de San Lorenzo de Puntales.

—¿Y luego formó usted parte de la expedición del general Blake a Valencia?

—Sí, mi general; pero me destinaron al segundo cuerpo que mandaba O'Donnell, y durante cuatro meses serví a las órdenes del Empecinado en esa singular guerra de partidas en que tanto se aprende.

—¿También ha sido usted guerrillero? —dijo Wellington sonriendo—. Veo que ha ganado usted bien sus grados. Irá usted a Salamanca, si así lo desea.

—Señor, lo deseo ardientemente.

Todos los presentes seguían observándome, y miss Fly con más atención que ninguno.

—Bien —añadió el héroe de Talavera, fijando alternativamente la vista en mí y en el mapa—. Tiene usted que hacer lo siguiente: Se dirigirá usted hoy mismo disfrazado a Salamanca, dando un rodeo para entrar por Cabrerizos. Forzosamente ha de pasar usted por entre las tropas de Marmont que vigilan los caminos de Ledesma y Toro. Hay muchas probabilidades de que sea usted arcabuceado por espía; pero Dios protege a los valientes, y quizás... quizás logre usted penetrar en la plaza. Una vez dentro sacará usted un croquis de las fortificaciones, examinando con la mayor atención los conventos que han sido convertidos en fuertes, los edificios que han sido demolidos, la artillería que defiende los aproches de la ciudad, el estado de la muralla, las obras de tierra y fajina, todo absolutamente, sin olvidar las provisiones que tiene el enemigo en los almacenes.

—Mi general —repuse— comprendo bien lo que se desea, y espero contentar a vuecencia. ¿Cuándo debo partir?

—Ahora mismo. Estamos a doce leguas de Salamanca. Con la marcha que emprenderemos hoy, espero que pernoctemos en Castroverde, cerca ya de Valmuza. Pero adelántese usted a caballo y pasado mañana martes podrá entrar en la ciudad. En todo el martes ha de desempeñar por completo esta comisión, saliendo el miércoles por la mañana para venir al cuartel general, que en dicho día estará seguramente en Bernuy. En Bernuy, pues, le aguardo a usted el miércoles a las doce en punto de la mañana. No acostumbro esperar.

—Corriente mi general. El miércoles a las doce estaré en Bernuy de vuelta de mi expedición.

—Tome usted precauciones. Diríjase usted a la calzada de Ledesma, pero cuidando de marchar siempre fuera del arrecife. Disfrácese usted bien, pues los franceses dejan entrar a los aldeanos que llevan víveres a la plaza; y al levantar el croquis evite en lo posible las miradas de la gente. Lleve usted armas, ocultándolas bien: no provoque a los enemigos; fínjase amigo de ellos, en una palabra, ponga usted en juego su ingenio, su valor, y todo el conocimiento de los hombres y de la guerra que ha adquirido en tantos años de activa vida militar. El *Mayor* general del ejército entregará a usted la suma que necesite para la expedición.

—Mi general —dije— ¿tiene vuecencia algo más que mandarme?

—Nada más —repuso sonriendo con benevolencia— sino que adoro la puntualidad y considero como origen del éxito en la guerra la exacta apreciación y distribución del tiempo.

—Eso quiere decir que si no estoy de vuelta el miércoles a las doce, desagradaré a vuecencia.

—Y mucho. En el tiempo marcado puede hacerse lo que encargo. Dos horas para sacar el croquis, dos para visitar los fuertes, ofreciendo en venta a los soldados algún artículo que necesiten, cuatro para recorrer toda la población y sacar nota de los edificios demolidos, dos para vencer obstáculos imprevistos, media para descansar. Son diez horas y media del martes por el día. La primera mitad de la noche para estudiar el espíritu de la ciudad, lo que piensan de esta campaña la guarnición y el vecindario, una hora para dormir y lo restante para salir y ponerse fuera del alcance y de la vista del enemigo. No deteniéndose en ninguna parte puede usted presentárseme en Bernuy a la hora convenida.

—A la orden de mi general —dije disponiéndome a salir.

Lord Wellington, el hombre más grande de la Gran Bretaña, el rival de Bonaparte, la esperanza de Europa, el vencedor de Talavera, de la Albuera, de Arroyo Molinos y de Ciudad-Rodrigo, levantose de su asiento, y con una grave cortesanía y cordialidad, que inundó mi alma de orgullo y alegría, diome la mano, que estreché con gratitud entre las mías.

Salí a disponer mi viaje.

XII

Hallábame una hora después en una casa de labradores ajustando el precio del vestido que había de ponerme, cuando sentí en el hombro un golpecito producido al parecer por un látigo que movían manos delicadas. Volvime y miss Fly, pues no era otra la que me azotaba, dijo:

—Caballero, hace una hora que os busco.

—Señora, los preparativos de mi viaje me han impedido ir a ponerme a las órdenes de usted.

Miss Fly no oyó mis últimas palabras, porque toda su atención estaba fija en una aldeana que teníamos delante, la cual, por su parte, amamantando un tierno chiquillo, no quitaba los ojos de la inglesa.

—Señora —dijo esta— ¿me podréis proporcionar un vestido como el que tenéis puesto?

La aldeana no entendía el castellano corrompido de la inglesa, y mirábala absorta sin contestarle.

—Señorita Fly —dije— ¿va usted a vestirse de aldeana?

—Sí —me respondió sonriendo con malicia—. Quiero ir con vos.

—¡Conmigo! —exclamé con la mayor sorpresa.

—Con vos, sí; quiero ir disfrazada con vos a Salamanca —añadió tranquilamente, sacando de su bolsillo algunas monedas para que la aldeana la entendiese mejor.

—Señora, no puedo creer sino que usted se ha vuelto loca —dije—. ¿Ir conmigo a Salamanca, ir conmigo en esta expedición arriesgada y de la cual ignoro si saldré con vida?

—¿Y qué? ¿No puedo ir porque hay peligro? Caballero, ¿en qué os fundáis para creer que yo conozco el miedo?

—Es imposible, señora, es imposible que usted me acompañe —afirmé con resolución.

—Ciertamente no os creía grosero. Sois de los que rechazan todo aquello que sale de los límites ordinarios de la vida. ¿No comprendéis que una mujer tenga arrojo suficiente para afrontar el peligro, para prestar servicios difíciles a una causa santa?

—Al contrario, señora, comprendo que una mujer como usted es capaz de eminentes acciones, y en este momento miss Fly me inspira la más sincera admiración; pero la comisión que llevo a Salamanca es muy delicada, exige que nadie vaya al lado mío, y menos una señora que no puede disfrazarse, ocultando su lengua extranjera y noble porte.

—¿Que no puedo disfrazarme?

—Bueno, señora —dije sin poder contener la risa—. Principie usted por dejar su guardapiés de amazona, y póngase el manteo, es decir, una larga pieza de tela que se arrolla en el cuerpo, como la faja que ponen a los niños.

Miss Fly miraba con estupor el extraño y pintoresco vestido de la aldeana.

—Luego —añadí— desciña usted esas hermosas trenzas de oro, construyéndose en lo alto un moño del cual penderán cintas, y en las sienes dos rizos de rueda de carro con horquillas de plata. Cíñase usted después la jubona de terciopelo, y cubra enseguida sus hermosos hombros con la prenda más graciosa y difícil de llevar, cual es el dengue o rebociño.

Athenais se ponía de mal humor, y contemplaba las singulares prendas que la charra iba sacando de un arcón.

—Y después de calzarse los zapatitos sobre media de seda calada, y ceñirse el picote negro bordado de lentejuelas, ponga usted la última piedra a tan bello edificio, con la mantilla de rocador prendida en los hombros.

La señorita Mariposa me miró con indignación comprendiendo la imposibilidad de disfrazarse de aldeana.

—Bien —afirmó mirándome con desdén—. Iré sin disfrazarme. En realidad no lo necesito, porque conozco al coronel Desmarets, que me dejará entrar. Le salvé la vida en la Albuera... Y no creáis, mi conocimiento con el coronel Desmarets puede seros útil...

—Señora —le dije, poniéndome serio—, el honor que recibo y el placer que experimento al verme acompañado por usted son tan grandes, que no sé cómo expresarlos. Pero no voy a una fiesta, señora, voy al peligro. Además, si este no asusta a una persona como usted ¿nada significa el menoscabo que pueda recibir la opinión de una dama ilustre que viaja con hombre desconocido por vericuetos y andurriales?

—Menguada idea tenéis del honor, caballero —declaró con nobleza y altanería—. O vuestros hechos son mentira, o vuestros pensamientos están muy por bajo de ellos. Por Dios, no os arrastréis al nivel de la muchedumbre, porque conseguiréis que os aborrezca. Iré con vos a Salamanca.

XIII

Y tomando el partido de no contestar a mis razonables observaciones, se dirigió al cuartel general, mientras yo tomaba el camino de mi alojamiento para trocarme de oficial del ejército en el más rústico charro que ha parecido en campos salmantinos. Con mi calzón estrecho de paño pardo, mis medias negras y zapatos de vaca; con mi chaleco cuadrado, mi jubón de aldetas en la cintura y cuchillada en la sangría, y el sombrero de alas anchas y cintas colgantes que encajé en mi cabeza, estaba que ni pintado. Completaron mi equipo por el momento una cartera que cosí dentro del jubón con lo necesario para trazar algunas líneas, y el alma de la expedición, o sea el dinero que puse en la bolsa interna del cinto.

—Ya está mi señor Araceli en campaña —me dije—. El miércoles a las doce de vuelta en Bernuy... ¡En buena me he metido!... Si la inglesa da en el hito de acompañarme, soy hombre perdido... Pero me opondré con toda energía, y como no entre en razón, denunciaré al general en jefe el capricho de su audaz paisana para que acorte los vuelos de esta sílfide andariega y voluntariosa. .

No era tanta mi inmodestia que supusiese a Athenais movida exclusivamente de un antojo y afición a mi persona; pero aún creyéndome indigno de la solícita persecución de la hermosa dama, resolví poner en práctica un medio eficaz para librarme de aquel enojoso, aunque adorable y tentador estorbo, y fue que bonitamente y sin decir nada a nadie, como don Quijote en su primera salida, eché a correr fuera de Santi Spíritus y delante de la vanguardia del ejército, que en aquel momento comenzaba a salir para San Muñoz.

Pero juzgad, ¡oh señores míos! ¡cuál sería mi sorpresa cuando a poco de haber salido espoleando mi cabalgadura, que en el andar allá se iba con Rocinante, sentí detrás un chirrido de ásperas ruedas y un galope de rocín y un crujir de látigo y unas voces extrañas de las que en todos los idiomas se emplean para animar a un bruto perezoso! ¡Juzgad de mi sorpresa cuando me volví y vi a la misma miss Fly dentro de un cochecillo indescriptible, no menos destartalado y viejo que aquel de la célebre catástrofe, guiando ella misma y acompañada de un rapazuelo de Santi Spíritus!

Al llegar junto a mí, la inglesa profería exclamaciones de triunfo. Su rostro estaba enardecido y risueño, como el de quien ha ganado un premio en la carrera, sus ojos despedían la viva luz de un gozo sin límites; algunas mechas de sus cabellos de oro flotaban al viento, dándole el fantástico aspecto de no sé qué deidad voladora de esas que corren por los frisos de la arquitectura clásica, y su mano agitaba el látigo con tanta gallardía como un centauro su dardo mortífero. Si me fuera lícito emplear las palabras que no entiendo bien aplicadas a la figura humana, pero que son de uso común en las descripciones, diría que estaba *radiante*.

—Os he alcanzado —dijo con acento verdaderamente triunfal—. Si *mistress* Mitchell no me hubiera prestado su carricoche, habría venido sobre una cureña, señor Araceli.

Y como nuevamente le expusiera yo los inconvenientes de su determinación, me dijo:

—¡Qué placer tan grande experimento! Esta es la vida para mí; libertad, independencia, iniciativa, arrojo. Iremos a Salamanca... Sospecho que allí tendréis que hacer además de la comisión de lord Wellington... Pero no me importan vuestros asuntos. Caballero, sabed que os desprecio.

—¿Y qué he hecho para merecerlo? —dije poniendo mi cabalgadura al paso del caballo de tiro y aflojando la marcha, lo cual ambas bestias agradecieron mucho.

—¿Qué? Llamar locura a este designio mío. No tienen otra palabra para expresar nuestra inclinación a las impresiones desconocidas, a los grandes objetos que entreví el alma sin poderlos precisar, a las caprichosas formas con que nos seduce el acaso, a las dulces emociones producidas por el peligro previsto y el éxito deseado.

—Comprendo toda la grandeza del varonil espíritu de usted; pero ¿qué puede encontrar en Salamanca digno del empleo de tan insignes facultades? Voy como espía, y el espionaje no tiene nada de sublime.

—¿Querréis hacerme creer —dijo con malicia— que vais a Salamanca a la comisión de lord Wellington?

—Seguramente.

—Un servicio a la patria no se solicita con tanto afán. Recordad lo que me dijisteis acerca de la persona a quien amáis, la cual está presa, encantada o endemoniada (así lo habéis dicho) en la ciudad adonde vamos.

Una risa franca vino a mis labios, mas la contuve diciendo:

—Es verdad; pero quizás no tenga tiempo para ocuparme de mis propios asuntos.

—Al contrario —dijo con gracia suma—. No os ocuparéis de otra cosa. ¿Se podrá saber, caballero Araceli, quién es cierta condesa que os escribe desde Madrid?

—¿Cómo sabe usted...? —pregunté con asombro.

—Porque poco antes de salir yo de casa de Forfolleda, llegó un oficial con una carta que había recibido para vos. La miré por fuera, y vi unas armas con corona. Vuestro asistente dijo: «Ya tenemos otra cartita de mi señora la condesa.»

—¡Y yo salí sin recoger esa carta! —exclamé contrariado—. Vuelvo al instante a Santi Spíritus.

Pero miss Fly me detuvo con un gesto encantador, diciendo con gracejo sin igual:

—No seáis impetuoso, joven soldado; tomad la carta.

Y me la dio, y al punto la abrí y la leí. En ella me decía simplemente, a más de algunas cosas dulces y lisonjeras, que por Marchena acababa de saber que nuestro enemigo se disponía a salir de Plasencia para Salamanca.

—Parece que os dan alguna noticia importante, según lo mucho que reflexionáis sobre ella —me dijo Athenais.

—No me dice nada que yo no sepa. La infeliz madre, agobiada por el dolor y la impaciencia, me apremia sin cesar para que le devuelva el bien que le han quitado.

—Esa carta es de la mamá de la encantada —dijo la señorita Mariposa con incredulidad—. Forjáis historias muy lindas, caballero pero que no engañarán a personas discretas como yo.

Recorrí la carta con la vista, y seguro de que no contenía cosa alguna que a los extraños debiera ocultarse, pues la misma condesa había hecho público el secreto de su desgraciada maternidad, la di a miss Fly para que la leyese. Ella, con intensa curiosidad, la leyó en un momento, y repetidas veces alzó los ojos del papel para clavarlos en mí, acompañando su mirada de expresivas exclamaciones y preguntas.

—Yo conozco esta firma —dijo primero—. La condesa de •••. La vi y la traté en el Puerto de Santa María.

—En enero del año 10, señora.

—Justamente... Y dice que sois su ángel tutelar, que espera de vos su felicidad... que os deberá la vida... que cambiaría todos los timbres de su casa por vuestro valor, por la nobleza de vuestro corazón y la rectitud de vuestros altos sentimientos.

—¿Eso dice?... pasé la vista sin fijarme más que en lo esencial.

—Y también que tiene completa confianza en vos, porque os cree capaz de salir bien en la gran empresa que traéis entre manos... Que Inés (¿con que se llama Inés?), a pesar de lo mucho que vale por su hermosura y por sus prendas, le parece poco galardón para vuestra constancia...

Miss Fly me devolvió la carta. Estaba inflamada por una dulce confusión, casi diré arrebatador entusiasmo, y su brillante fantasía, despertándose de súbito con briosa fuerza, agrandaba sin duda hasta límites fabulosos la aventura que delante tenía.

—¡Caballero! —exclamó sin ocultar el expansivo y grandioso arrobamiento de su alma poética— esto es hermosísimo, tan hermoso que no parece real. Lo que yo sospechaba y ahora se me revela por completo tiene tanta belleza como las mentiras de las novelas y romances. De modo que vos al ir a Salamanca vais a intentar...

—Lo imposible.

—Decid mejor dos imposibles —afirmó Athenais con exaltado acento— porque la comisión de Wellington... ¡Qué sublime paso, qué incomparable atrevimiento, señor Araceli! El coronel Simpson decía hace poco que hay noventa y nueve probabilidades contra una de que seréis fusilado.

—Dios me protegerá, señora.

—Seguramente. Si no hubieran existido en el mundo hombres como vos, no habría historia o sería muy fastidiosa. Dios os protegerá. Hacéis muy bien... apruebo vuestra conducta. Os ayudaré.

—¿Pero todavía insiste usted?

—¡Extraño suceso! —dijo sin hacer caso de mi pregunta— ¡y cómo me seduce y cautiva! En España, solo en España podría encontrarse esto que enciende el corazón, despierta la fantasía y da a la vida el aliciente de vivas pasiones que necesita. Una joven robada, un caballero leal que, despreciando toda clase de peligros, va en su busca y penetra con ánimo fuerte en una plaza enemiga, y aspira solo con el valor de su corazón y los ardides de su ingenio a arrancar el objeto amado de las bárbaras manos que la aprisionan... ¡Oh, qué aventura tan hermosa! ¡Qué romance tan lindo!

—¿Gustan a usted, señora, las aventuras y los romances?

—¿Que si me gustan? ¡Me encantan, me enamoran, me cautivan más que ninguna lectura de cuantas han inventado los ingenios de la tierra! —repuso con entusiasmo—. ¡Los romances! ¿Hay nada más hermoso, ni que con elocuencia más dulce y majestuosa hable a nuestra alma? Los he leído y los conozco todos, los moriscos, los históricos, los caballerescos, los amorosos, los devotos, los vulgares, los de cautivos y forzados y los satíricos. Los leo con pasión, he traducido muchos al inglés en verso o prosa.

—¡Oh señora mía e insigne maestra! —dije, afirmando para mí que la enfermedad moral de miss Fly era una monomanía literaria—. ¡Cuánto deben a usted las letras españolas!

—Los leo con pasión —añadió sin hacerme caso— pero ¡ay! los busco ansiosamente en la vida real y no puedo, no puedo encontrarlos.

—Justo, porque esos tiempos pasaron, y ya no hay Lindarajas, ni Tarfes, ni Bravoneles, ni Melisendras —afirmé, reconociendo que me había equivocado en mi juicio anterior respecto a la enfermedad de la Pajarita—. ¿Pero de veras se ha empeñado usted en encontrar en la vida real los romances? por ejemplo, aquellas moritas vestidas de verde que se asomaban a las rejas de plata para despedir a sus galanes cuando iban a la guerra, aquellos mancebos que salían al redondel con listón amarillo o morado, aquellos barbudos reyes de Jaén o Antequera que...

—Caballero —dijo con gravedad interrumpiéndome— ¿habéis leído los romances de Bernardo del Carpio?

—Señora —respondí turbado— confieso mi ignorancia. No los conozco. Me parece que los he oído pregonar a los ciegos; pero nunca los compré. He descuidado mucho mi instrucción, miss Fly.

80

—Pues yo los sé todos de memoria, desde

> En los reinos de León
> el quinto Alfonso reinaba;
> hermosa hermana tenía,
> doña Jimena se llama,

hasta la muerte del héroe, donde hay aquello de

> Al pie de un túmulo negro
> está Bernardo del Carpio.

¡Incomparable poesía! Después de la *Ilíada* no se ha compuesto nada mejor. Pues bien. ¿No conocéis ni siquiera de oídas el romance en que *Bernardo liberta de los moros a su amada Estela, y al Carpio que tenían cercado*?

—Eso ha de ser bonito.

—Parece que resucitan los tiempos —dijo miss Fly con cierta vaguedad inexplicable, al modo de expresión profética en el semblante— parece que salen de su sepultura los hombres, revistiendo forma antigua, o que el tiempo y el mundo dan un paso atrás para aliviar su tristeza, renovando por un momento las maravillas pasadas... La Naturaleza, aburrida de la vulgaridad presente, se viste con las galas de su juventud, como una vieja que no quiere serlo... Retrocede la Historia, cansada de hacer tonterías, y con pueril entusiasmo hojea las páginas de su propio diario y luego busca la espada en el cajón de los olvidados y sublimes juguetes... ¿pero no veis esto, Araceli, no lo veis?

—Señora, ¿qué quiere usted que vea?

—El romance de Bernardo y de la hermosa Estela, que por segunda vez...

Al decir esto, el caballo que arrastraba no sin trabajo el carricoche de la poética Athenais, empezó a cojear, sin duda porque no podía reverdecer, como la Historia, las lozanas robusteces y agilidades de su juventud. Pero la inglesa no paró mientes en esto, y con gravedad suma continuó así:

—También tiene ahora aplicación el romance de don Galván, que no está escrito; pero que puede recogerse de boca del pueblo como lo he hecho yo. En él, sin embargo, don Galván no hubiera podido sacar de la torre a la infanta, sin el auxilio de una hada o dama desconocida que se le apareció...

El caballo entonces, que ya no podía con su alma, tropezó cayendo de rodillas.

—Mi estimable hada, aquí tiene usted la realidad de la vida —le dije—. Este caballo no puede seguir.

—¡Cómo! —exclamó con ira la inglesa—. Andará. Si no enganchad el vuestro al carricoche, e iremos juntos aquí.

—Imposible, señora, imposible.

—¡Qué desolación! Bien decía mistress Mitchell, que este animal no sirve para nada. A mí, sin embargo, me pareció digno del carro de Faetonte.

Levantamos al animal, que dio algunos pasos y volvió a caer al poco trecho.

—Imposible, imposible —exclamé—. Señora me veo obligado muy a pesar mío a abandonar a usted.

—¡Abandonarme! —dijo la inglesa.

En sus hermosos ojos brilló un rayo de aquella cólera augusta que los poetas atribuyen a las diosas de la antigüedad.

—Sí, señora; lo siento mucho. Va a anochecer. De aquí a Salamanca hay diez leguas, el miércoles a las doce tengo que estar de vuelta en Bernuy. No necesito decir más.

—Bien, caballero —dijo con temblor en los labios y acerba reconvención en la mirada—. Marchaos. No os necesito para nada.

—El deber no me permite detenerme ni una hora más —dije volviendo a montar en mi caballo, después que, ayudado por el aldeanillo, puse sobre sus cuatro patas al de miss Fly—. El ejército aliado no tardará... ¡Ah! ya están aquí. En aquella loma aparecen las avanzadas... Las manda Simpson su amigo de usted, el coronel Simpson... Conque deme usted su licencia... No dirá usted, señora mía, que la dejo sola... Allí viene un jinete. Es Simpson en persona.

Miss Fly miró hacia atrás con despecho y tristeza.

—Adiós, hermosa señora mía —grité picando espuelas—. No puedo detenerme. Si vivo contaré a usted lo que me ocurra.

Apresurado por mi deber, me alejé a todo escape.

XIV

Marché aquella tarde y parte de la noche, y después de dormir unas cuantas horas en Castrejón, dejé allí el caballo, y habiendo adquirido gran cantidad de hortalizas, con más un asno flaquísimo y tristón, hice mi repuesto y emprendí la marcha por una senda que conducía directamente, según me indicaron, al camino de Vitigudino. Halleme en este al medio día del lunes: mas una vez que lo reconocí, aparteme de él, tomando por atajos y vericuetos hasta llegar al Tormes, que pasé para coger el camino de Ledesma y lugar de Villamayor. Por varios aldeanos que encontré en un mesón jugando a la calva y a la rayuela, supe que los franceses no dejaban entrar a quien no llevase carta de seguridad dada por ellos mismos, y que aun así detenían a los vendedores en la plaza sin dejarlos pasar adelante para que no pudiesen ver los fuertes.

—No me han quedado ganas de volver a Salamanca, muchacho —me dijo el charro fornido y obeso, que me dio tan lisonjeros informes después de convidarme a beber en la puerta del mesón—. Por milagro de Dios y de María Santísima está vivo el señor Baltasar Cipérez, o sea yo mismo.

—¿Y por qué?

—Porque... verás. Ya sabes que han mandado vayan a trabajar a las fortificaciones todos los habitantes de estos pueblos. El lugar que no envía a su gente es castigado con saqueo y a veces con degüello... Bien dicen que el diablo es sutil. La costumbre es que mientras los aldeanos trabajan, los soldados estén quietos, hablando y fumando, y de trecho en trecho hay sargentos que con látigo en mano que están allí con mucho ojo abierto para ver el que se distrae o mira al cielo o habla a su compañero... Bien dijo el otro, que el diablo no duerme y todo lo añasca... En cuanto se descuida uno tanto así... ¡plas!...

—Le toman la medida de las espaldas.

—Yo tengo mala sangre —añadió Cipérez— y no creo haber nacido para esclavo. Soy aldeano rico, estoy acostumbrado a mandar y no a que me den latigazos. A perro viejo no hay tus tus... Así es que cuando aquel Lucifer me...

—Si soy yo el azotado, allí mismo lo tiendo.

—Yo cerré los ojos; yo no vi más que sangre, yo me metí entre todos porque... ¡Baltasar Cipérez azotado por un francés!... Yo daba mojicones...

83

quien no puede dar en el asno da en la albarda. En fin, allí nos machacamos las liendres durante un cuarto de hora... Mira las resultas.

El rico aldeano, apartando la anguarina puesta del revés, según uso del país, mostrome su brazo vendado y sostenido en un pañuelo al modo de cabestrillo.

—¿Y nada más? ¡Pues yo creí que le habían ahorcado a usted!

—No, tonto, no me ahorcaron. ¿De veras lo creías tú? Habríanlo hecho si no se hubiera puesto de parte mía un soldado francés, llamado Molichard, que es buen hombre y un tanto borracho. Como éramos amigos y habíamos bebido tantas copas juntos, se dio sus mañas, y sacándome del calabozo me puso salvo, aunque no sano, en la puerta de Zamora. ¡Pobre Molichard, tan borracho y tan bueno! Cipérez el rico no olvidará su generosa conducta.

—Señor Cipérez —dije al leal salamanquino—, yo voy a Salamanca y no tengo carta de seguridad. Si su merced me proporcionara una...

—¿Y a qué vas a allá?

—A vender estas verduras —repuse mostrando mi pollino.

—Buen comercio llevas. Te lo pagarán a peso de oro. ¿Llevas lo que ellos llaman *jericó*?

—¿Habichuelas? Sí. Son de Castrejón.

El aldeano me miró con atención algo suspicaz.

—¿Sabes por dónde anda el ejército inglés? —me preguntó clavando en mí los ojos—. Por la uña se saca al león...

—Cerca está, señor Cipérez. ¿Conque me da su merced la carta de seguridad?...

—Tú no eres lo que pareces —dijo con malicia el aldeano—. ¡Vivan los buenos patriotas y mueran los franceses, todos los franceses, menos Molichard, a quien pondré sobre las niñas de mis ojos!

—Sea lo que quiera... ¿me da su merced la carta de seguridad?

—Baltasarillo —gritó Cipérez— llégate aquí.

Del grupo de los jugadores salió un joven como de veinte años, vivaracho y alegre.

—Es mi hijo —dijo el charro—. Es un acero... Baltasarillo, dame tu carta de seguridad.

—Entonces...

—No, no vayas mañana a Salamanca. Vuelve conmigo a Escuernavacas. ¿No dices que tu madre quedó muy triste?

—Madre tiene miedo a las moscas; pero yo no.

—¿Tú no?

—Por miedo de gorriones no se dejan de sembrar cañamones —replicó el mancebo—. Quiero ir a Salamanca.

—A casa, a casa. Te mandaré mañana con un regalito para el señor Molichard... Dame tu carta.

El joven sacó su documento y entregómelo el padre diciendo:

—Con este papel te llamarás Baltasarillo Cipérez, natural de Escuernavacas, partido de Vitigudino. Las señas de los dos mancebos allá se van. El papel está en regla y lo saqué yo mismo hace dos meses, la última vez que mi hijo estuvo en Salamanca con su hermana María, cuando la fiesta del rey Copas.

—Pagaré a su merced el servicio que me ha hecho —dije echando mano a la bolsa, cuando Baltasarito se apartó de mí.

—Cipérez el rico no toma dinero por un favor —dijo con nobleza—. Creo que sirves a la patria, ¿eh? Porque a pesar de ese pelaje... Tan bueno es como el rey y el Papa el que no tiene capa... Todos somos unos. Yo también...

—¿Cómo recibirán estos pueblos al *lord* cuando se presente?

—¿Cómo le han de recibir...? ¿Le has visto? ¿Está cerca? —preguntó con entusiasmo.

—Si su merced quiere verle, pásese el miércoles por Bernuy.

—¡Bernuy! Estar en Bernuy es estar en Salamanca —exclamó con exaltado gozo—. El refrán dice: «Aquí caerá Sansón»; pero yo digo: «Aquí caerá Marmont y cuantos con él son.» ¿Has visto los estudiantes y los mozos de Villamayor?

—No he visto nada, señor.

—Tenemos armas —dijo con misterio—. Ténganos el pie al herrar y verá del que cojeamos... Cuando el *lord* nos vea...

Y luego, llevándome aparte con toda reserva, añadió:

—Tú vas a Salamanca mandado por el *lord*, ¿eh?... como si lo viera... No haya miedo. El que tiene padre alcalde, seguro va a juicio. Bien, amigo... has de saber que en todos estos pueblos estamos preparados, aunque no lo parece. Hasta las mujeres saldrán a pelear... Los franceses quieren que les ayudemos, pero lo que has de dar al mur dalo al gato, y sacarte ha de cuidado. Yo serví algún tiempo con Julián Sánchez, y muchas veces entré en la ciudad como espía... Mal oficio... pero en manos está el pandero que lo saben bien tañer.

—Señor Cipérez —dije—. ¡Vivan los buenos patriotas!

—No esperamos más que ver al inglés para echarnos todos al campo con escopetas, hoces, picos, espadas y cuanto tenemos recogido y guardado.

—Y yo me voy a Salamanca. ¿Me dejarán trabajar en las fortificaciones?

—Peligrosillo es. ¿Y el látigo? Quien a mí me trasquiló, las tijeras le quedaron en la mano... Pero si ahora no trabajan los aldeanos en los fuertes.

—¿Pues quién?

—Los vecinos de la ciudad.

—¿Y los aldeanos?

—Los ahorcan si sospechan que son espías. Que ahorquen. Al freír de los huevos lo verán, y a cada puerco le llega su San Martín... Por mí nada temo ahora, porque en salvo está el que repica.

—Pero yo...

—Ánimo, joven... Dios está en el cielo... y con esto me voy hacia Valverdón, donde me esperan doscientos estudiantes y más de cuatrocientos aldeanos. ¡Viva la patria y Fernando VII! ¡Ah! por si te sirvo de algo, puedes decir en Salamanca que vas a buscar hierro viejo para tu señor padre Cipérez el rico... adiós...

—Adiós, generoso caballero.

—¿Caballero yo? Poco va de Pedro a Pedro... Aunque las calzo no las ensucio... Adiós, muchacho, buena suerte. ¿Sabes bien el camino? Por aquí adelante, siempre adelante. Encontrarás pronto a los franceses; pero siempre adelante, adelante siempre. Aunque mucho sabe la zorra, más sabe el que la toma.

Nos despedimos el bravo Cipérez y yo dándonos fuertes apretones de manos, y seguí a buen paso mi camino.

XV

Detúveme a descansar en Cabrerizos ya muy alta la noche del lunes al martes, y al amanecer del día siguiente, cuando me disponía a hacer mi entrada en la ciudad, insigne maestra de España y de la civilización del mundo, los franceses, que hasta entonces no me habían incomodado, aparecieron en el camino. Era un destacamento de dragones que custodiaba cierto convoy enviado por Marmont desde Fuentesaúco. A pesar de que no había motivo para creer que aquellos señores se metieran conmigo, yo temía una desgracia; mas disimulé mi zozobra y recelo, arreando el pollino, y afectando divertir la tristeza del camino con cantares alegres.

No me engañó el corazón, pues los invasores de la patria ¡que comidos de los lobos sean antes, ahora y después! sin intentar hacerme manifiesto daño, antes bien un beneficio aparente, contrariaron mi plan de un modo lastimoso.

—Hermosas hortalizas —dijo en francés un cabo llevando su caballo al mismo paso que mi pollino.

No dije nada, y ni siquiera le miré.

—¡Eh, imbécil! —gritó en lengua híbrida, dándome con su sable en la espalda— ¿llevas esas verduras a Salamanca?

—Sí, señor —respondí afectando toda la estupidez que me era posible.

Un oficial detuvo el paso y ordenó al cabo que comprase toda mi mercancía.

—Todo, lo compramos todo —dijo el cabo sacando un bolsillo de trapo mugriento—. *¿Combien?*

Hice señas negativas con la cabeza.

—¿No llevas eso a Salamanca para venderlo?

—No, señor, es para un regalo.

—¡Al diablo con los regalos! Nosotros compramos todo, y así, gran imbécil, podrás volverte a tu pueblo.

Comprendí que resistir a la venta era infundir sospechas, y les pedí un sentido por las verduras, cuya escasez era muy grande en aquella época y en aquel país. Mas enfurecido el soldado, amenazome con abrirme bonitamente en dos: subió luego el precio más de lo ofrecido, bajé yo un tantico, y nos ajustamos. Recibí el dinero, mi pollino se quedó sin carga, y yo sin motivo aparente para justificar mi entrada en la ciudad, porque a los que no iban con víveres les daban con la puerta en los hocicos. Seguí, sin embargo, hacia adelante, y el cabo me dijo:

—¡Eh, buen hombre! ¿No os volvéis a vuestro pueblo? No he visto mayor estúpido.

—Señor —repuse— voy a cargar mi burro de hierro viejo.

—¿Tienes carta de seguridad?

—¿Pues no la he de tener? Cuando estuve en Salamanca hace dos meses, para ver las fiestas del rey, me la dieron... Pero como ahora no llevo carga puede que no me dejen entrar a recoger el hierro viejo. Si el señor cabo quiere que vaya con su merced para que diga cómo me compró las verduras... pues, y que voy por hierro viejo.

—Bueno, *saco de papel*: pon tu burro al paso de mi caballo y sígueme; mas no sé si te dejarán entrar, porque hay órdenes muy rigurosas para evitar el espionaje.

Llegamos a la puerta de Zamora y allí me detuvo con muy malos modos el centinela.

—Déjalo pasar —dijo mi cabo—; le he comprado las verduras y va a cargar de hierro su jumento.

Mirome el cabo de guardia con recelo, y al ver retratada en mi semblante aquella beatífica estupidez propia de los aldeanos que han vivido largo tiempo en lo más intrincado de selvas y dehesas, dijo así:

—Estos palurdos son muy astutos. ¡Eh! *monsieur le badaud*. En esta semana hemos ahorcado a tres espías.

Yo fingí no comprender, y él añadió:

—Puedes entrar si tienes carta de seguridad.

Mostré el documento y entonces me dejaron pasar.

Atravesé una calle larga, que era la de Zamora, y me condujo en derechura a una grande y hermosa plaza de soportales, ocupada a la sazón por gran gentío de vendedores. Busqué en las inmediaciones posada donde dejar mi burro para poder dedicarme con libertad al objeto de mi viaje, y cuando hube encontrado un mesón, que era el mejor de la ciudad, y acomodado en él con buen pienso de paja y cebada a mi pacífico compañero, salí a la calle. Era la de la Rúa, según me dijo una muchacha a quien pregunté. Mi afán era trasladarme al recinto amurallado para recorrerlo todo. De pronto vi multitud de personas de diversas clases que marchaban en tropel llevando cada cual al hombro azadón o pico. Escoltábanles soldados franceses, y no iban ciertamente muy a gusto aquellos señores.

—Son los habitantes de la ciudad que van a trabajar a las fortificaciones —dije para mí—. Los franceses les llevan a la fuerza.

Apárteme a un lado por temor a que mi curiosidad infundiese sospechas, y andando sin rumbo ni conocimiento de las calles, llegué a un convento, por cuyas puertas entraban a la sazón algunas piezas de artillería. De repente sentí una pesada mano sobre mi hombro, y una voz que en mal castellano me decía:

—¿No tomáis una azada, holgazán? Venid conmigo a casa del comisario de policía.

—Yo soy forastero —repuse—; he venido con mi borriquito...

—Venid y se sabrá quién sois —continuó mirándome atentamente—. Si *par exemple*, fueseis *espion*...

Mi primer intento fue resistirme a seguirle; pero hubiérame vendido la resistencia, y parecía más prudente ceder. Afectando la mayor humildad seguí a mi extraño aprehensor, el cual era un soldado pequeño y vivaracho, ojinegro, morenito y oficioso, cuyo empaque y modos me hacían poquísima gracia. En el recodo que hacía una calle tortuosa y oscura, traté de burlarle, quedándome un instante atrás para poner los pies en polvorosa con la ligereza que me era propia; mas adivinando el menguado mis intenciones, asiome del brazo y socarronamente me dijo:

—¿Creéis que soy menos listo que vos? Adelante y no deis coces, porque os levanto la tapa de los sesos, señor patán. Ya no me queda duda que sois *espion*. Estabais observando la artillería de las monjas Bernardas. Estabais midiendo la muralla. Sabed que aquí hay unos funcionarios muy astutos que espían a los espías, y yo soy uno de ellos. ¿No habéis bailado nunca al extremo de una cuerda?

Nuevamente sentí impulsos de librarme de aquel hombre por la violencia; mas por fortuna tuve tiempo de reflexionar, sofocando mi cólera, y fiando mi salvación a la astucia y al disimulo. Llevome el endemoniado francesillo a un vasto edificio, en cuyo patio vi mucha tropa, y deteniéndose conmigo ante un grupo formado de cuatro robustos y poderosos militares de brillantes uniformes, bigotazos retorcidos e imponente apostura, me señaló con expresión de triunfo.

—¿Qué traes, *Tourlourou*? —preguntó con fastidio el más viejo de todos.

—Un *crapaud* pescado ahora mismo.

Quiteme el sombrero, y con aire contrito y humildísimo hice varias reverencias a aquellos apreciables sujetos.

—¡Un*crapaud*! —repitió el viejo oficial, dirigiéndose a mí con fieros ojos—. ¿Quién sois?

—Señor —dije cruzando las manos—. Ese señor soldado me ha tomado por un espía. Yo vengo de Escuernavacas a buscar hierro viejo, tengo mi burro en el mesón de una tal tía Fabiana, y me llamo Baltasar Cipérez para lo que vuecencia guste mandar. Si quieren ahorcarme, ahórquenme... —y luego sollozando del modo más lastimero y exhalando gritos de dolor que hubieran conmovido al mismísimo bronce, exclamé —: ¡Adiós, madre querida; adiós, padre de mi corazón; ya no veréis más a vuestro hijito; adiós, Escuernavacas de mi alma, adiós, adiós! Pero yo, ¿qué he hecho, qué he hecho yo, señores?

El oficial anciano dijo con calma imperturbable. Molichard, sargento Molichard, mandad que le encierren en el calabozo. Después le interrogaremos. Ahora estoy muy ocupado. Voy a ver al *Maréchal de Logis*, porque se dice que esta tarde saldremos de Salamanca.

Presentose otro francés alto como un poste, derecho como un huso, flaco y duro y flexible cual caña de Indias, de fisonomía curtida y burlona, ojos vivos, lacios y negros bigotes, y manos y pies de descomunal magnitud. Cuando vi a aquel pedazo de militar, de cuya osamenta pendía el uniforme como de una percha; cuando oí su nombre, una idea salvadora iluminó súbito mi cerebro, y pasando del pensamiento a la ejecución con la rapidez de la voluntad humana en casos de apuro, lancé una exclamación en que al mismo tiempo puse afectadamente sorpresa y júbilo; corrí hacia él, me abracé con vehemente ardor a sus rodillas, y llorando dije:

—¡Oh, señor Molichard de mi alma, señor Molichard, queridísimo y reverenciadísimo! Al fin le encuentro. Y ¡cuánto le he buscado sin que estos pícaros me dieran razón de su merced! Déjeme que le abrace, que bese sus rodillas y que le reverencie y acate y venere... ¡Oh, Santa Virgen María: qué gozo tan grande!

—Creo que estáis loco, buen hombre —dijo el francés sacudiendo sus piernas.

—Pero, ¿no me conoce usía? —añadí—. Pero, ¿cómo me ha de conocer, si no me ha visto nunca? Deme esa mano que la bese y viva mil años el buen señor Molichard que salvó a mi padre de la muerte. Soy Baltasar Cipérez, mire la carta de seguridad, soy hijo del tío Baltasar a quien llaman Cipérez el rico, natural de Escuernavacas. Bendito sea el señor Molichard. Estoy en Salamanca porque hame mandado mi padre con un obsequio para su merced.

—¡Un obsequio! —exclamó el sargento con alborozado semblante.

—Sí señor, un obsequio miserable, pues lo que usía ha hecho no lo pagará mi padre con los pobres frutos de su huerta.

—¡Verduras! ¿Y dónde están? —dijo Molichard volviendo en derredor los ojos.

—Me las quitó en el camino un cabo de dragones, cuyo nombre no sé; pero que debe de andar por aquí y podrá dar testimonio de lo que digo. Pues poco le gustaron a fe. Regostose la vieja a los bledos, no dejó verdes ni secos.

—¡Oh, peste de dragones! —exclamó con furia el protector de mi padre—. Yo se las sacaré de las tripas.

—Me obligó a que se las vendiera —continué—; pero puedo dar a usía el dinero que me entregó; además, de que en el primer viaje que haga a Salamanca traeré, no una, sino dos cargas para el señor Molichard. Mas no es el único obsequio que traigo a su merced. Mi padre no sabía qué hacer, porque quien da luego da dos veces; mi madre, que no ha venido en persona a ponerse a los pies de usía, porque le están echando cintas nuevas a la mantilla, quería que padre echase la casa por la ventana para obsequiar a su protector, y cuando me puse en camino pensaron los dos que la verdura era regalo indigno de su agradecido corazón, liberalidad y mucha hacienda; por cuya razón diéronme tres doblones de oro para que en Salamanca comprase para usía un tercio de vino de la Nava, que aquí lo hay bueno, y el del pueblo revuelve los hígados.

—El señor Cipérez es hombre generoso —dijo el francés pavoneándose ante sus amigos, que no estaban menos absortos y gozosos que él.

—Lo primero que hice en Salamanca esta mañana fue contratar el tercio en el mesón de la tía Fabiana. Conque vamos por él...

—El vino de la tía Fabiana no puede ser mejor que el que hay en la taberna de la Zángana. Puedes comprarlo allí.

—Daré aína el dinero a su merced para que lo compre a su gusto. Bien dicen que al que Dios quiere bien, en casa le traen de comer. ¡Cuánto trabajo para encontrar al señor Molichard! Preguntaba a todo el mundo sin que nadie me diera razón, hasta que este buen amigo me tomó por espía y trájome aquí... no hay mal que por bien no venga... ¡Al fin he tenido el gusto de abrazar al amigo de mi padre! ¡Qué casualidad! Ojos que se quieren bien, desde lejos se ven... Señor Molichard, cuando me deje su merced en el calabozo, donde el oficial mandó que me pusieran, puede ir a escoger el vino que más le acomode. ¡Bendito sea Dios que hizo rico a mi buen padre para poder pagar con largueza los beneficios! Mi padre quiere mucho al señor Molichard. Quien te da el hueso no quiere verte muerto.

—En lo de ensartar refranes —dijo Molichard—, se conoce la sangre del señor Cipérez.

—Si bien canta el cura, no le va en zaga el monaguillo.

Molichard pareció indeciso y después de consultar a sus compañeros con la vista y algún monosílabo que no entendí, me dijo:

—Yo bien quisiera no encerraros en el calabozo, porque, en verdad, cuando le obsequian a uno de parte del señor Cipérez... pero...

—No... no se apure por mí el señor Molichard —dije con la mayor naturalidad del mundo—. Ni quiero que por mí le riña el señor oficial. Al calabozo. Como estoy seguro de que el señor oficial y todos los oficiales del mundo se convencerán de que no soy malo.

—En el calabozo lo pasaréis mal, joven... —dijo el francés—. Veremos. Se le dirá al oficial que...

—El oficial no se acuerda ya de lo que mandó —afirmó Tourlourou, quien, por encantamiento, había olvidado sus rencores contra mí.

—¡Eh! Jean-Jean —gritó Molichard llamando a un compañero que cercano al lugar de la escena pasaba, y en cuya pomposa figura conocí al cabo de dragones que comprara mis verduras en el camino.

Acercose Jean-Jean, por quien fui al punto reconocido.

—Buen amigo —le dije—, me parece que fue su merced quien me compró las verduras que traje para el señor.

—¿Para Molichard?...

—¿No dije que eran para un regalo?

—A saber que eran para este *chauve souris* —dijo Jean-Jean—, no os hubiera dado un céntimo por ellas.

—Jean-Jean —dijo Molichard en francés—, ¿te gusta el vino de la Nava?

—Verlo no. ¿Dónde lo hay?

—Mira, Jean-Jean. Este joven me ha regalado un trago. Pero tenemos que ponerle a él en el calabozo...

—¡En el calabozo!

—Sí, *mon vieux*, le han tomado por espía sin serlo.

—Vámonos a la taberna los cuatro —dijo Tourlourou— y luego el señor se quedará en su calabozo.

—Yo no quiero que por mí se indispongan sus mercedes con los jefes —dije con humildad y apocamiento—. Llévenme a la prisión, enciérrenme... Cada lobo en su senda y cada gallo en su muladar.

—¿Qué es eso de encerrar? —gritó Molichard en tono campechano y tocando las castañuelas con los dedos—. A casa de la Zángana, *messieurs*. Cipérez, nosotros respondemos de ti.

—¿Y si se enfada el oficial? Yo no me muevo de aquí.

—Un francés, un soldado de Napoleón —dijo Tourlourou con un gesto parecido al de Bonaparte señalando las pirámides—, no bebe tranquilo mientras que su amigo español se muere de sed en una mazmorra. Bravo, Cipérez —añadió abrazándome—, sois el primero entre mis camaradas. Abracémonos... Bien, así... amigos hasta la muerte. Señores, ved juntos aquí *l'aigle de l'Empire et le lion de l'Espagne*.

Francamente, a mí, león de España, me hacían poquísima gracia, como aquella, los brazos del águila del imperio.

Y con esto y otros excesos verbales de los tres servidores del gran imperio, me sacaron fuera del cuartel y en procesión lleváronme a un ventorrillo cercano a las fortificaciones de San Vicente.

XVI

—Señor Molichard, aparte del tercio de lo de la Nava, que es regalo de mi señor padre, yo pago todo el gasto —dije al entrar.

En poco tiempo, Tourlourou, Molichard y Jean-Jean, regalaron sus venerandos cuerpos con lo mejor que había en la bodega, y helos aquí que por grados perdían la serenidad, si bien el cabo de dragones parecía tener más resistencia alcohólica que sus ilustres compañeros de armas y de vino.

—¿Tiene mucha hacienda vuestro padre? —me preguntó Molichard.

—Bastante para pasar —respondí con modestia.

—Llámanle Cipérez el rico.

—Cierto, y lo es... Veo que mi obsequio parece poco... Por ahí se empieza. Ya sabemos que sobre un huevo pone la gallina.

—No digo eso. ¡A la salud de *monsieurrrr* Cipérez!

—Esto que hoy he traído, es porque como venía a mercar hierro viejo... Pero mi padre y mi madre y toda la familia, vendrán en procesión *solene* con algo mejor. Señor Molichard, mi hermana quiere conocer al señor Molichard...

—Es una linda muchacha, según decía Cipérez. ¡A la salud de María Cipérez!

—Muy guapa. Parece un Sol, y cuantos la ven la tienen por princesa.

—Y una buena dote... Si al fin irá uno a dejar su pellejo en España. Digamos como Luis XIV: «Ya no hay *Pirrineos*.» Bebed, Baltasarico.

—Yo tengo muy floja la cabeza. Con tres medias copas que he bebido, ya estoy como si me hubieran metido a toda Salamanca entre sien y sien —dije fingiendo el desvanecimiento de la embriaguez.

Jean-Jean cantaba:

> *Le crocodile en partant pour la guerre*
> *disait adieux a ses petits enfants.*
> *Le malheureux*
> *traînant sa queue*
> *dans la poussière...*

Tourlourou, después de remedar el gato y el perro, púsose de pie y con gesto majestuoso exclamó:

—Camaradas, desde lo alto de esta botella *quarrrrente siècles vous contemplent.*

Yo dije a Molichard:

—Señor sargento, como no acostumbro a beber, me he mareado de tal modo... Voy a salir un momento a tomar el aire. ¿Ha escogido usted su vino de la Nava?

Y sin esperar contestación, pagué a la Zángana.

—Bien; vamos un momento afuera —repuso Molichard tomándome del brazo.

Al salir encontreme en un sitio que no era plaza, ni patio, ni calle; sino más bien las tres cosas juntas. A un lado y otro veíanse altas paredes, unas a medio derribar, otras en pie todavía, sosteniendo los techos destrozados. Al través de estos se distinguía el interior abierto de los que fueron templos, cuyos altares habían quedado al aire libre; y la luz del día, iluminando de lleno las pinturas y dorados, daba a estos el aspecto de viejos objetos de prendería cuando los anticuarios de feria los amontonan en la calle. Soldados y paisanos trabajaban llevando escombros, abriendo zanjas, arrastrando cañones, amontonando tierra, acabando de demoler lo demolido a medias, o reparando lo demolido con exceso. Vi todo esto, y acordándome de lord Wellington, puse mi alma toda en los ojos. Yo hubiera querido abarcar de un solo golpe de vista lo que ante mí tenía y guardarlo en mi memoria, piedra por piedra, arma por arma, hombre por hombre.

—¿Qué es esto que hacen aquí, señor Molichard? —pregunté cándidamente.

—¡Fortificaciones, animal! —dijo el sargento, que después que se llenó el cuerpo con mi vino, había empezado a perderme el respeto.

—Ya, ya comprendo —repuse afectando penetración—. Para la guerra. ¿Y cómo llaman este sitio?

—Esto en que estamos es el fuerte de San Vicente, y aquí había un convento de benedictinos, que se derribó. Una guarida de mochuelos, mi amiguito.

—¿Y qué van a hacer aquí con tanto cañón? —pregunté estupefacto.

—Pues no eres poco bestia. ¿Qué se ha de hacer? Fuego.

—¡Fuego! —dije medrosamente—. ¿Y todos a la vez?

—Te pones pálido, cobarde.

—Uno, dos, tres, cuatro... allí traen otro. Son cinco. Y esa tierra, mi sargento, ¿para qué es?

—No he visto un animal semejante. ¿No ves que se están haciendo escarpa y contra escarpa?

—¿Y aquel otro caserón hecho pedazos que se ve más allá?

—Es el castillo árabe-romano. *¡Foudre et tonnerre!* Eres un ignorante... Dame la mano, que San Cayetano me baila delante.

—¿San Cayetano?

—¿No lo ves, zopenco? Aquel convento grande que está a la derecha. También lo estamos fortificando.

—Esto es muy bonito, señor Molichard. Será gracioso ver esto cuando empiece el fuego. ¿Y aquellos paredones que están derribando?

—El colegio Trilingüe... *triquis lingüis* en latín, esto es, *de tres lenguas.* Todavía no han acabado el camino cubierto que baja a la Alberca.

—Pero aquí han derribado calles enteras, señor Molichard —dije avanzando más y dándole el brazo para que no se cayese.

—Pues no parece sino que viene del Limbo, *¡Ventre de boeuf!* ¿No ves que hemos echado al suelo la calle larga para poder esparcir los fuegos de San Vicente?...

—Y allí hay una plaza...

—Un baluarte.

—Dos, cuatro, seis, ocho cañones nada menos. Esto da miedo.

—Juguetes... Los buenos son aquellos cuatro, los del rebellín.

—Y por aquí va un foso...

—Desde la puerta hasta los Milagros, bruto.

¿Y detrás?... Jesús, María y José ¡qué miedo!

—Detrás el parapeto donde están los morteros.

—Vamos ahora por aquel lado.

—¿Por San Cayetano?... ¡Oh!... Veo que eres curioso, curiosito... *Saperlotte.* Te advierto que si sigues haciendo tales preguntas y mirando con esos ojos de buey... me harás creer que ciertamente eres espía... y a la verdad, amiguito, sospecho...

El sargento me miró con descaro y altanería. Llegó a la sazón Tourlourou en lastimoso estado, y mal sostenido por su amigo Jean-Jean, que entonaba una canción guerrera.

—¡*Espion*, sí, *espion*! —dijo Tourlourou señalándome—. Sostengo que eres *espion*. ¡Al calabozo!

—Francamente, caballero Cipérez —dijo Molichard— yo no quisiera faltar a la disciplina, ni que el jefe me pusiera en el nicho por ti.

—Tiene este mancebo —afirmó Jean-Jean sentándome la mano en el hombro con tanta fuerza, que casi me aplastó— cara de tunante.

—Desde que le vi sospeché algo malo —dijo Molichard—. No está uno seguro de nadie en esta maldita tierra de España. Salen espías de debajo de las piedras...

Yo me encogí de hombros, fingiendo no entender nada.

—¿Pero no os dije que estaba observando el convento de Bernardas, cuya muralla se está aspillerando? —dijo Tourlourou.

Comprendí que estaba perdido; pero esforceme en conservar la serenidad. De pronto entró en mi alma un rayo de esperanza al oír pronunciar a Jean-Jean las siguientes palabras en mal castellano:

—Sois unos bestias. Dejadme a mí al señor Cipérez, que es mi amigo.

Pasó un brazo por encima de mi hombro con familiaridad cariñosa aunque harto pesada.

—Volvámonos al cuartel —dijo Molichard—. Yo entro de guardia a las diez.

Y asiéndome por el brazo añadió:

—¡*Peste, mille pestes!*... ¿Queríais escapar?

—En el cuartel se le registrará —exclamó Tourlourou.

—Fuera de aquí *goguenards* —dijo con energía Jean-Jean—. El señor Cipérez es mi amigo y le tomo bajo mi protección. Andad con mil demonios y dejádmelo aquí.

Tourlourou reía; pero Molichard mirome con ojos fieros, e insistió en llevarme consigo; mas aplicole mi improvisado protector tan fuerte porrazo en el hombro que al fin resolvió marcharse con su compañero, ambos describiendo eses y otros signos ortográficos con sus desmayados cuerpos. He referido con alguna minuciosidad los hechos y dichos de aquellos bárbaros, cuya abominable figura no se borró en mucho tiempo de mi memoria. Al reproducir los primeros no me he separado de la verdad lo más mínimo. En cuanto a las palabras, imposible sería a la retentiva más prodigiosa conservarlas tal y como de aquellas embriagadas bocas salieron, en jerga horrible que no era español ni francés. Pongo en castellano la mayor parte, no omitiendo aquellas voces extranjeras que más impresas han quedado en mi memoria, y conservo el tratamiento de *vos*, que comúnmente nos daban los franceses poco conocedores de nuestro modo de hablar.

¿La protección de Jean-Jean era desinteresada o significaba un nuevo peligro mayor que los anteriores? Ahora se verá si tienen mis amigos paciencia para seguir oyendo el puntual relato de mis aventuras en Salamanca el día 16 de junio de 1812, las cuales, a no ser yo mismo protagonista y actor principal de todas ellas, las diputara por hechuras engañosas de la fantasía o invenciones de novelador para entretener al vulgo.

XVII

El señor Jean-Jean me tomó el brazo y llevándome adelante por entre aquellas tristes ruinas, díjome:

—Amigo Cipérez, he simpatizado con vos; nos pasearemos juntos... ¿Cuándo pensáis dejar a Salamanca? Os juro que lo sentiré.

Tan relamidas expresiones fueron funestísimo augurio para mí, y encomendé mi alma a Dios. En mi turbación, ni siquiera reparé en el aparato de guerra que a mi lado había, y olvideme ¡oh Jesús divino! de lord Wellington, de Inglaterra y de España.

—Mucho me agrada su compañía —dije afectando valor—. Vamos a donde usted quiera.

Sentí que el brazo del francés, cual máquina de hierro, apretaba fuertemente el mío. Aquel apretón quería decir: «No te me escaparás, no.» A medida que avanzábamos, noté que era más escasa la gente y que los sitios por donde lentamente discurríamos, estaban cada vez más solitarios. Yo no llevaba más armas que una navaja. Jean-Jean, que era hombre robustísimo y de buena estatura, iba acompañado de un poderoso sable. Con rápida mirada observé hombre y arma para medirlos y compararlos con la fuerza que yo podía desplegar en caso de lucha.

—¿A dónde me lleva usted? —pregunté deteniéndome al fin, resuelto a todo.

—Seguid, mi buen amigo —dijo con burlesco semblante—. Nos pasearemos por la orilla del Tormes.

—Estoy algo cansado.

Parose, y clavando sus pequeños ojos en mí, me dijo:

—¿No queréis seguir al que os ha librado de la horca?

Con esa llama de intuición que súbitamente nos ilumina en momentos de peligro, con la perspicacia que adquirimos en la ocasión crítica en que la voluntad y el pensamiento tratan de sobreponerse con angustioso esfuerzo a obstáculos terribles, leí en la mirada de aquel hombre la idea que ocupaba su alma. Indudablemente Jean-Jean había conocido que yo llevaba conmigo mayor cantidad de dinero que la que mostré en la taberna, y ya me creyese espía, ya el verdadero Baltasar Cipérez, tentó mi caudal su codicia, y el fiero dragón ideó fáciles medios para apropiárselo. Aquel equívoco aspecto suyo, aquel solitario paraje por donde me conducía, indicaban su criminal proyecto, bien fuese este matarme para dar luego con mi cuerpo en el río, bien fuese expoliarme, denunciándome después como espía.

Por un instante sentí cobarde y vencida el alma, trémulo y frío el cuerpo: la sangre toda se agolpó a mi corazón, y vi la muerte, un fin horrible y oscuro, cuyo aspecto afligió mi alma más que mil muertes en el terrible y glorioso campo de batalla... Miré en derredor y todo estaba desierto y solo. Mi verdugo y yo éramos los únicos habitantes de aquel lugar triste, abandonado y desnudo. A nuestro lado ruinas deformes iluminadas por la claridad de un Sol que me parecía espantoso; delante el triste río, donde el agua remansada y quieta no producía, al parecer, ni corriente ni ruido; más allá la verde orilla opuesta. No se oía ninguna voz humana, ni paso de hombre ni de bruto, ni más rumor que el canto de los pájaros que alegremente cruzaban el Tormes para huir de aquel sitio de desolación en busca de la frescura y verdor de la otra ribera. No podía pedir auxilio a nadie más que a Dios.

Pero sentí de pronto la iluminación de una idea divina, divina, sí, que penetró en mi mente, lanzada como rayo invisible de la inmortal y alta fuente del pensamiento; sentí no sé qué dulces voces en mi oído, no sé qué halagüeñas palpitaciones en mi corazón, un brío inexplicable, una esperanza que me llenaba todo, y sentir esto, y pensarlo, y formar un plan, fue todo uno. He aquí cómo.

Bruscamente y disimulando tanto mi recelo cual si fuera yo el criminal y él la víctima, detuve a Jean-Jean, tomé una actitud severa, resuelta y grave; le miré como se mira a cualquier miserable que va a prestarnos un servicio, y en tono muy altanero le dije:

—Señor Jean-Jean: este sitio me parece muy a propósito para hablar a solas.

El hombre se quedó lelo.

—Desde que le vi a usted, desde que le hablé, le tuve por hombre de entendimiento, de actividad, y esto precisamente, esto, es lo que yo necesito ahora.

Vaciló un momento, y al fin estúpidamente me dijo:

—De modo que...

—No, no soy lo que parezco. Se puede engañar a esos imbéciles Tourlourou y Molichard; pero no a usted.

—Ya me lo figuraba —afirmó—, sois espía.

—No. Extraño que un entendimiento como el tuyo haya incurrido en esa vulgaridad —dije tuteándole con desenfado—. Ya sabes que los espías son siempre rústicos labriegos que por dinero exponen su vida. Mírame bien. A pesar del vestido, ¿tengo cara de labriego?

—No, a fe mía. Sois un caballero.

—Sí, un caballero, un caballero, y tú también lo eres, pues la caballerosidad no está reñida con la pobreza.

—Ciertamente que no.

—¿Y has oído nombrar al marqués de Rioponce?

—No... sí... sí me parece que le he oído nombrar.

—Pues ese soy yo. ¿Podré vanagloriarme de haber encontrado en este día aciago para mí, un hombre de buenos sentimientos que me sirva, y al cual demostraré mi gratitud recompensándole con lo que él mismo nunca ha podido soñar?... Porque tú como soldado eres pobre, ¿no es cierto?

—Pobre soy —dijo, no disimulando la avaricia que por las claras ventanas de sus ojos asomaba.

—Escasa es la cantidad que llevo sobre mí; pero para la empresa que hoy traigo entre manos he traído suma muy respetable, hábilmente encerrada dentro del pelote que rellena el aparejo de mi cabalgadura.

—¿Dónde dejasteis vuestro pollino? —preguntó.

Me quería comer con los ojos.

—Eso se queda para después.

—Si sois espía, no contéis conmigo para nada, señor marqués —dijo con cierta confusión—. No haré nunca traición a mis banderas.

—Ya he dicho que no soy espía.

—*C'est drôle.* ¿Pues qué demonios os trae a Salamanca en ese traje, vendiendo verduras y haciéndoos pasar por un campesino de Escuernavacas?

—¿Qué me trae? Una aventura amorosa.

Dije esto y lo anterior con tal acento de seguridad, tanto aplomo y dominio de mí mismo, que en los ojos del que había querido ser mi asesino observé, juntamente con la avaricia, la convicción.

—¡Una aventura amorosa! —dijo asaltado nuevamente por la duda, después de breve meditación—. ¿Y por qué no habéis venido tal y como sois? ¿Para qué ocultaros así de toda Salamanca?

—¡Qué pregunta!... A fe que en ciertos momentos pareces un niño inocente. Si la aventura amorosa fuera de esas que se vienen a la mano por fáciles y comunes, tendrías razón; pero esta de que me ocupo es peligrosa y tan difícil, que es indispensable ocultar por completo mi persona.

—¿Es que algún francés os ha quitado vuestra novia? —preguntó el dragón sonriendo por primera vez en aquel diálogo.

—Casi, casi... parece que vas acertando. Hay en Salamanca una persona que amo y a quien me llevaré conmigo, si puedo; ¡otra que aborrezco y a quien mataré si puedo!

—¿Y esa segunda persona es quizás alguno de nuestros queridos generales? —dijo con sequedad—. Señor marqués, no contéis conmigo para nada.

—No, esa persona no es ningún general, ni siquiera es francés. Es un español.

—Pues si es un español, *le diable m'emporte*... podéis tratarle todo lo mal que os agrade. Ningún francés os dirá una palabra.

—No, porque ese hombre es poderoso, y aunque español ha tiempo que sirve la causa francesa. Es travieso como ninguno, y si me hubiera presentado aquí dando a conocer mi nombre, habríame sido imposible evitar una persecución rápida y terrible, o quizás la muerte.

—En una palabra, señor mío —dijo con impaciencia—, ¿qué es lo que queréis que yo haga para serviros?

—Primero que no me denuncies, estúpido —exclamé tratándole despóticamente para establecer mejor aún mi superioridad—; después que me ayudes a buscar el domicilio de mi enemigo.

—¿No lo sabéis?

—No. Es esta la primera vez que vengo a Salamanca. Como vuestros groseros camaradas quisieron prenderme, no he tenido tiempo de nada.

—Ahora que nombráis a mis camaradas... —dijo Jean-Jean con mucho recelo— me ocurre... Cuidado que hicisteis bien el papel de aldeano. No me he olvidado de los refranes. Si ahora también...

—¿Sospechas de mí? —grité con altanería.

—Nada de soberbia, señor marquesito —repuso con insolencia—. Ved que puedo denunciaros.

—Si me denuncias, solo experimento la contrariedad de no poder llevar adelante mi proyecto; pero tú perderás lo que yo pudiera darte.

—No hay que reñir —dijo en tono benévolo—. Referidme en qué consiste esa aventura amorosa, pues hasta ahora no me habéis dicho más que vaguedades.

—Un miserable hijo de Salamanca, un perdido, un *sans culotte* ha robado de la casa paterna a cierta gentil doncella, de la más alta nobleza de España, un ángel de belleza y de virtud...

—¡La ha robado!... Pues qué, ¿así se roban doncellas?

—La ha robado por satisfacer una venganza, que la venganza es el único goce de su alma perversa; por retener en su poder una prenda que le permita amenazar a la más honrada y preclara casa de Andalucía, como retienen los ladrones secuestradores la persona del rico, pidiendo a la familia la suma del rescate. Por largo tiempo ha sido inútil toda mi diligencia y la de los parientes de esa desgraciada joven para averiguar el lugar donde la esconde su fementido secuestrador; pero una casualidad, un suceso insignificante al parecer, pero que ha sido aviso de Dios, sin duda, me ha dado a conocer que ambos están en Salamanca. Él no habita sino en las ciudades ocupadas por los franceses, porque teme la ira de sus paisanos, porque es un hombre maldito, traidor a su patria, irreligioso, cruel, un mal español y un mal hijo, Jean-Jean, que, devorado por impío rencor hacia la tierra en que nació, le hace todo el daño que puede. Su vida tenebrosa, como la de los topos, empléase en fundar y en propagar sociedades de masonería, en sembrar discordias, en levantar del fondo de la sociedad la hez corrompida que duerme en ella, en arrojar la simiente de las turbaciones de los pueblos. Favorécenle ustedes porque favorecen todo lo que divida, aniquile y desarme a los españoles. Él corre de pueblo en pueblo, ocultando en sus viajes nombre, calidad y ocupación para no provocar la ira de los naturales, y cuando no puede viajar acompañado por las tropas francesas, se oculta con los más indignos disfraces. Últimamente ha venido de Plasencia a Salamanca fingiéndose cómico, y su cuadrilla imitaba tan perfectamente una compañías de la legua, que pocos en el tránsito sospecharon el engaño...

—Ya sé quién es —dijo súbitamente y sonriendo Jean-Jean—. Es Santorcaz.

—El mismo, don Luis de Santorcaz.

—A quien algunos españoles tienen por brujo, encantador y nigromante. Y para entenderos con ese mal sujeto —añadió el francés— ¿os disfrazáis de ese modo? ¿Quién os ha dicho que Santorcaz es poderoso entre nosotros? Lo sería en Madrid; pero no aquí. Las autoridades le consienten, pero no le protegen. Hace tiempo que ha caído en desgracia.

—¿Le conoces bien?

—Pues ya; en Madrid éramos amigos. Le escolté cuando salió a Toledo a conferenciar con la junta, y nos hemos reconocido después en Salamanca. Estuvo aquí hace tres meses, y después de una ausencia corta, ha vuelto... Caballero marqués, o lo que seáis, para luchar contra semejante hombre no necesitáis llevar ese vestido burdo ni disimular vuestra nobleza; podéis hacer con él lo que mejor os convenga, incluso matarle, sin que el gobierno francés os estorbe. Oscuro, olvidado y no muy bien quisto, Santorcaz se consuela con la masonería, y en la logia de la calle de Tentenecios unos cuantos perdidos españoles y franceses, lo peor sin duda de ambas naciones, se entretienen en exterminar al género humano, volviendo al mundo patas arriba, suprimiendo la aristocracia y poniendo a los reyes una escoba en la mano, para que barran las calles. Ya veis que esto es ridículo. Yo he ido varias veces allí en vez de ir al teatro, y en verdad que no debieran disfrazarse de cómicos porque realmente lo son.

—Veo que eres un hombre de grandísimo talento.

—Lo que soy —dijo el soldado en tono de alarmante sospecha— es un hombre que no se mama el dedo. ¿Cómo es posible que siendo vuestro único enemigo un hombre tan poco estimado y siendo vos marqués de tantas campanillas, necesitéis venir aquí vendiendo verdura y engañando a todo el pueblo, cual si no hubierais de luchar con un intrigante de baja estofa, sino con todos nosotros, con nuestro poder, nuestra policía, y el mismo gobernador de la plaza, el general Thiebaut-Tibo?

Jean-Jean razonaba lógicamente, y por breve rato no supe qué contestarle.

—*Connu, connu...* Basta de farsas. Sois espía —exclamó con acento brutal—. Si después de venir aquí como enemigo de la Francia os burláis de mí, juro...

—Calma, calma, amigo Jean-Jean —dije procurando esquivar el gran peligro que me amenazaba, después que lo creí conjurado—. Ya te dije que una aventura amorosa... ¿No has reparado que Santorcaz lleva consigo una joven...

—Sí, ¿y qué? Dicen que es su hija...

—¡Su hija! —exclamé afectando una cólera frenética—; ¿ese miserable se atreve a decir que es su hija? No puede ser.

—Así lo dicen, y en verdad que se le parece bastante —repuso con calma mi interlocutor.

—¡Oh! por Dios, amigo mío, por todos los santos, por lo que más ames en el mundo, llévame a casa de ese hombre, y si delante de mí se atreve a decir que Inés es su hija le arrancaré la lengua.

—Lo que puedo aseguraros es que la he visto paseando por la ciudad y sus alrededores, dando el brazo a Santorcaz, que está muy enfermo, y la muchacha, muy linda por cierto, no tenía modos de estar descontenta al lado del masón, pues cariñosamente le conduce por las calles y le hace mimos y monerías... Y ahora, *mon petit*, salís con que es vuestra novia, y una señora encantada o*princesse d' Araucaine*, según habéis dado a entender... Bueno, ¿y qué?

—Que he venido a Salamanca para apoderarme de ella y restituirla a su familia, empresa en la cual espero que me ayudarás.

—Si ha sido robada, ¿por qué esa familia, que es tan poderosa, no se ha quejado al rey José?

—Porque esa familia no quiere pedir nada al rey José. Eres más preguntón que un fiscal, y yo no puedo sufrirte más —grité sin poder contener mi impaciencia y enojo—. ¿Me sirves, sí o no?

Jean-Jean, viendo mi actitud resuelta, vaciló un momento y después me dijo:

—¿Qué tengo que hacer? ¿Llevaros a la calle del Cáliz, donde está la casa de Santorcaz, entrar, acogotarle y coger en brazos a la princesa encantada?

—Eso sería muy peligroso. Yo no puedo hacer eso sin ponerme antes de acuerdo con ella, para que prepare su evasión con prudencia y sin escándalo. ¿Puedes tú entrar en la casa?

—No muy fácilmente, porque el señor Santorcaz tiene costumbres de anacoreta y no gusta de visitas; pero conozco a Ramoncilla, una de las dos criadas que le sirven, y podría introducirme en caso de gran interés.

—Pues bien; yo escribo dos palabras, haces que lleguen a manos de la señorita Inés, y una vez que esté prevenida...

—Ya os entiendo, tunante —dijo con malicia de zorro y burlándose de mí—. Queréis que me quite de vuestra presencia para escaparos.

—¿Todavía dudas de mi sinceridad? Atiende a lo que escribo con lápiz en este papel.

Apoyando un pedazo de papel en la pared escribí lo siguiente que por encima de mi hombro leía Jean-Jean:

«Confía en el portador de este escrito, que es un amigo mío y de tu mamá la condesa de •••, y al cual señalarás el sitio y hora en que puedo verte, pues habiendo venido a Salamanca decidido a salvarte, no saldré de aquí sin ti. —*Gabriel.*»

—¿Nada más que esto? —dijo tomando el papel y observándolo con la atención profunda del anticuario que quiere descifrar una inscripción oscura.

—Concluyamos. Tú llevas ese papel; procuras entregarlo a la señorita Inés; y si me traes en el dorso del mismo una sola letra suya, aunque sea trazada con la uña, te entregaré los seis doblones que llevo aquí, dejando para recompensar servicios de más importancia, lo que guardé en el mesón.

—¡Sí, bonito negocio! —dijo el francés con desdén—. Yo voy a la calle del Cáliz, y en cuanto me aleje, vos que no deseáis sino perderme de vista, echáis a correr, y...

—Iremos juntos y te esperaré en la puerta...

—Es lo mismo, porque si subo y os dejo fuera...

—¡Desconfías de mí, miserable! —exclamé inflamado por la indignación, que se mostró de un modo terrible en mi voz y en mi gesto.

—Sí, desconfío... En fin, voy a proponeros una cosa, que me dará garantía contra vos. Mientras voy a la calle del Cáliz, os dejaré encerrado en paraje muy seguro, del cual es imposible escapar. Cuando vuelva de mi comisión os sacaré y me daréis el dinero.

La ira se desbordaba en mí, mas viendo que era imposible escapar del poder de tan vil enemigo, acepté lo que me proponía, reconociendo que entre morir y ser encerrado durante un espacio de tiempo que no podía ser largo; entre la denuncia como espía y una retención pasajera, la elección no era dudosa.

—Vamos —le dije con desprecio— llévame a donde quieras.

Sin hablar más, Jean-Jean marchó a mi lado y volvimos a penetrar en aquel laberinto de ruinas, de edificios medio demolidos y revueltos escombros donde empezaban las fortificaciones. Vimos primero alguna gente en nuestro camino, y después la multitud que iba y venía, y trabajaba en los parapetos, amontonando tierra y piedras, es decir, fabricando la guerra con los festos de la religión. Ambos silenciosos llegamos a un pórtico vasto, que parecía ser de convento o colegio, y nos dirigimos a un claustro, donde vi hasta dos docenas de soldados, que tendidos por el suelo jugaban y reían con bullicio, gente feliz en medio de aquella nacionalidad destruida, pobres jóvenes sencillos e ignorantes de las causas que les habían movido a convertir en polvo la obra de los siglos.

—Este es el convento de la Merced Calzada —me dijo Jean-Jean—. No se ha podido acabar de demoler, porque había mucha faena por otro lado. En lo que queda nos acuartelamos doscientos hombres. ¡Buen alojamiento! Benditos sean los frailes. ¡*Charles le téméraire*! —gritó después llamando a uno de los soldados que estaban en el corro.

—¿Qué hay? —dijo adelantándose un soldado pequeño y gordinflón—. ¿A quién traes contigo?

—¿Dónde está mi primo?

—Por ahí anda. ¡*Pied-de-mouton*!

Presentose al poco rato un sargento bastante parecido a mi acompañante maldito, y este le dijo:

—*Pied-de-mouton*, dame la llave de la torre.

XVIII

Un instante después, Jean-Jean entraba conmigo en un aposento que no era ni oscuro ni húmedo, como suelen ser los destinados a encerrar prisioneros.

—Permitidme, *señor pequeño marqués* —me dijo con burlona cortesía— que os encierre aquí mientras voy a la calle del Cáliz. Si me dais antes de partir los doblones prometidos, os dejaré libre.

—No —repuse con desprecio—. Para tener la recompensa sin el servicio, necesitas matarme, vil. Inténtalo y me defenderé como pueda.

—Pues quedaos aquí. No tardaré en volver.

Marchose, cerrando por fuera la puerta que era gruesísima. Al verme solo, toqué los muros, cuyo espesor de dos varas anunciaba una solidez de construcción a prueba de terremotos... ¡Triste situación la mía! Cerca del medio día, y antes de que pudiera adquirir todos los datos que mi general deseaba, encontrábame prisionero, imposibilitado de recorrer solo y a mis anchas la población. Hablando en plata, Dios no me había favorecido gran cosa, y a tales horas, poco sabía yo, y nada había hecho.

Senteme fatigado, alcé la cabeza para explorar lo que había encima, y vi una escalera que, arrancando del suelo, seguía doblándose en los ángulos y arrollándose hasta perderse en alturas que no distinguía claramente mi vista. Los negros tramos de madera subían por el prisma interior, articulándose en las esquinas como una culebra con coyunturas, y las últimas vueltas perdíanse arriba en la alta región de las campanas. Una luz vivísima, entrando por las rasgadas ventanas sin vidrios, iluminaba aquel largo tubo vertical, en cuya parte inferior me encontraba. Atracción poderosa llamábame hacia arriba, y subí corriendo. Más que subir, aquella veloz carrera mía fue como si me arrojara en un pozo vuelto del revés.

Saltando los escalones de dos en dos, llegué a un piso donde varios aparatos destruidos me indicaron que allí había existido un reloj. Por fuera una flecha negra que estuvo dando vueltas durante tres siglos, señalaba con irónica inmovilidad una hora que no había de correr más. Por todas partes pendían cuerdas; pero no había campanas. Era aquello el cadáver de una cristiana torre, mudo e inerte como todos los cadáveres. El reloj había cesado de latir marcando la oscilación de la vida, y las lenguas de bronce habían sido arrancadas de aquellas gargantas de piedra que por tanto tiempo clamaran en los espacios, saludando el alba naciente, ensalzando al Señor en sus grandes días y pidiendo una oración para los muertos. Seguí subiendo, y en lo más alto dos ventanas, dos enormes ojos miraban atónitos el vasto cielo y la ciudad y el país, como miran los espantados ojos de los muertos, sin brillo y sin luz. Al asomarme a aquellas cavidades, lancé un grito de júbilo.

Debajo de mi vista se desarrollaba un mapa de gran parte de la ciudad y sus contornos, su río y su campiña.

Un viento suave mugía en la bóveda de la torre solitaria, articulando en aquel cráneo vacío sílabas misteriosas. Figurábaseme que la mole se tambaleaba como una palmera, amenazando caer antes que las piquetas de los franceses la destruyeran piedra a piedra. A veces me parecía que se elevaba más, más todavía, y que la ciudad ilustre, la insigne *Roma la chica*, se desvanecía allá abajo perdiéndose entre las brumas de la tierra. Vi otras torres, los tejados, las calles, la majestuosa masa de las dos catedrales, multitud de iglesias de diferentes formas que habían tenido el privilegio de sobrevivir; innumerables ruinas, donde centenares de hombres, parecidos a hormigas que arrastran granos de trigo, corrían y se mezclaban; vi el Tormes, que se perdía en anchas curvas hacia Poniente, dejando a su derecha la ciudad y faldeando los verdes campos del Zurguen por la otra orilla; vi las plataformas, las escarpas y contra-escarpas, los rebellines, las cortinas, las troneras, los cañones, los muros aspillerados, los parapetos hechos con columnatas de los templos, los espaldones amasados con el polvo y la tierra que fueron huesos y carne de venerables monjas y frailes; vi los cañones enfilados hacia afuera, los morteros, el foso, las zanjas, los sacos de tierra, los montones de balas, los parques al aire libre... ¡Oh, Dios poderoso, me diste más de lo que yo pedía! Vagaba por la ciudad imposibilitado de cumplir con mi deber, amenazado de muerte, expuesto a mil peligros, vendido, perdido, condenado, sin poder ver, sin poder mirar, sin poder escuchar, sin poder adquirir idea exacta ni aun confusa de lo que me rodeaba, hasta que un brazo de piedra, recogiéndome de entre las ruinas del suelo, alzome en los aires para que todo lo viese.

—Bendito sea el Señor omnipotente y misericordioso —exclamé—. Después de esto no necesito más que ojos, y afortunadamente los tengo.

110

La torre de la Merced tenía suficiente elevación para observar todo desde ella. Casi a sus pies estaba el colegio del Rey; seguía San Cayetano; después, en dirección al ocaso, el colegio mayor de Cuenca, y por último, los Benitos; en la elevación de enfrente vi una masa de edificios arruinados, cuyos nombres no conocía, pero cuyas murallas se podían determinar perfectamente, con las piezas de artillería que las guarnecían. Volviéndome al lado opuesto, vi lo que llamaban Teso de San Nicolás, los Mostenses, el Monte Olivete, y entre estas posiciones y aquellas, el foso y los caminos cubiertos que bajaban al puente.

Desde la puerta de San Vicente, donde estaba el rebellín con los cuatro cañones giratorios de que habló Molichard, partía un foso que se enlazaba con los Milagros. En la parte anterior y superior del foso había una línea de aspilleras sostenida por fuerte estacada. Todo el edificio de San Vicente estaba aspillerado, y sus fuegos podían dirigirse al interior de la ciudad y al campo. San Cayetano era imponente. Demolido casi por completo, habían formado espacioso terraplén con baterías de todos calibres, y sus fuegos podían barrer la plazuela del Rey, el puente y la explanada del Hospicio.

Aunque el recelo de que mi carcelero volviese pronto me obligó a trazar con mucha precipitación el dibujo que deseaba, este no salió mal, y en él representé imperfectamente, pero con mucha claridad, lo mucho y bueno que veía. Hícelo ocultándome tras el antepecho de la torre, y aunque la proyección geométrica dejaba algo que desear como obra de ciencia, no olvidé detalle alguno, indicando el número de cañones con precisión escrupulosa. Terminado mi trabajo, guardélo muy cuidadosamente y bajé hasta la entrada de la torre. Echándome sobre el primer escalón, aguardé al r. Jean-Jean, con intento de fingir que dormía cuando él llegase.

Tardó bastante tiempo, poniéndome en cuidado y zozobra; mas al fin apareció, y le recibí haciendo como que me despertaba de largo y sabroso sueño. La expresión de su rostro pareciome de feliz augurio. Dios había empezado a protegerme, y hubiera sido crueldad divina torcer mi camino en aquella hora cuando tan fácil y transitable se presentaba delante de mí, llevándome derechamente a la buena fortuna.

—Podéis seguirme —dijo Jean-Jean—. He visto a vuestra adorada.

—¿Y qué? —pregunté con la mayor ansiedad.

—Me parece que os ama, señor marqués —dijo en tono de lisonja y sonriendo con el servilismo propio de quien todo lo hace por dinero—. Cuando le di vuestro billete, se quedó más blanca que el papel en que lo escribisteis... El señor Santorcaz, que está muy enfermo, dormía. Yo llamé a Ramoncilla, le prometí un doblón si hacía venir a la niña delante de mí para darle el billete; pero ¡cosa imposible! La niña está encerrada y el amo cuando duerme, guarda la llave debajo de la almohada... Insistí, prometiendo dos doblones... Entró la muchacha, hizo señas, apareció por un ventanillo una hermosísima figura, que alargó la mano... Subime a un tonel... no era bastante y puse sobre el tonel una silla... ¡Oh, señor marqués! Después de leer el papel me dijo que fueseis al momento y luego como le indicase que necesitabais ver dos letras suyas para creerme, trazó con un pedazo de carbón esto que aquí veis... si he ganado bien mis seis doblones —añadió lisonjeándome con una de esas cortesías que solo saben hacer los franceses—, vuecencia lo dirá.

El pícaro había cambiado por completo en gesto y modales para conmigo. Tomé el papel y decía: «*Ven al instante*», trazado en caracteres que reconocí al momento. Los garabatos con que los ángeles deben de escribir en el libro de ingresos del cielo el nombre de los elegidos, no me hubieran alegrado más.

Sin hacerme repetir la súplica indirecta, pagué a Jean-Jean.

Salimos a toda prisa de la torre, atalaya de mi espionaje, y luego del claustro y convento arruinado; enderezando nuestros pasos por calles o callejuelas, pasamos por delante de la catedral, y luego nos internamos de nuevo por varias angostas vías, hasta que al fin parose Jean-Jean y dijo:

—Aquí es. Entremos despacito, aunque sin miedo, porque nadie nos estorba llegar hasta el patio. Ramoncilla nos dejará pasar. Después Dios dirá.

Atravesamos el portal oscuro, y empujando una puerta divisamos un patio estrecho y húmedo, donde se nos apareció Ramoncilla, la cual gravemente hizo señas de que no metiésemos ruido, y luego inclinó su cabeza sobre la palma de la mano, para indicar sin duda que el señor seguía durmiendo. Avanzamos paso a paso, y Jean-Jean, sin abandonar su sonrisa de lisonja, señalome una estrecha ventana que se abría en uno de los muros del patio. Miré, pero nadie asomó por ella. Mi emoción era tan grande que me faltaba el aliento, y dirigía con extravío los ojos a todos lados como quien ve fantasmas.

Sentí un ruido extraño, rumor como el de las alas de un insecto cuando surca el aire junto a nuestra cabeza, o el roce de una sutil tela con otra. Alcé la vista y la vi, vi a Inés en la ventana, sosteniendo la cortina con la mano izquierda y fijo en la boca el índice de la derecha para imponerme silencio. Su semblante expresaba un temor semejante al que nos sobrecoge cuando nos vemos al borde de un hondo precipicio sin poder detener ya la gravitación que nos empuja hacia él. Estaba pálida como la muerte, y el mirar de sus espantados ojos me volvía loco.

Vi una escalera a mi derecha y me precipité por ella, pero la criada y el francés dijéronme más con signos que con palabras que subiendo por allí no podía entrar. Moví los brazos ordenando a Inés que bajase; pero hizo ella signos negativos que me desesperaron más.

—¿Por dónde subo? —pregunté.

La infeliz llevose ambas manos a la cabeza, lloró, y repitió su negativa. Luego parecía quererme decir que esperase.

—Subiré —dije al francés, buscando algún objeto que disminuyese la distancia.

Pero Jean-Jean, oficioso y solícito, como quien ha recibido seis doblones, había ya rodado el tonel que en un ángulo del patio estaba y puéstolo bajo la ventana. Aquel auxilio era pequeño, pues aún faltaba gran trecho sin apoyo ni asidero alguno. Yo devoraba con los ojos la pared, o más que pared, inaccesible montaña, cuando Jean-Jean, rápido, diligente y risueño, subió al tonel señalándome sus robustos hombros. Comprender su idea y utilizarla fue obra del mismo momento, y trepando por aquella escalera de carne francesa, así con mis trémulas manos el antepecho de la ventana. Estaba arriba.

XIX

Encontreme frente a Inés que me miraba, confundiendo en sus ojos la expresión de dos sentimientos muy distintos: la alegría y el terror. No se atrevía a hablarme; puso violentamente su mano en mi boca cuando quise articular la primera palabra; inundó de lágrimas ardientes mi pecho, y luego, indicándome con movimientos de inquietud que yo no podía estar allí, me dijo:

—¿Y mi madre?

—Buena... ¿qué digo buena?... medio muerta por tu ausencia... ven al instante... estás en mi poder... ¿Lloras de alegría?

La estreché con vehemente cariño en mis brazos y repetí:

—¡Sígueme al momento... pobrecita!... Te ahogas aquí... tanto tiempo buscándote... ¡Huyamos, vida y corazón mío!

La noticia de mi próxima muerte no me hubiera producido tanto dolor como las palabras de Inés cuando, temblando en mis brazos, me dijo:

—Márchate tú. Yo no.

Separeme de ella y la miré como se mira un misterio que espanta.

—¿Y mi madre? —repitió ella.

Su voz débil y quejumbrosa apenas se oía. Resonaba tan solo en mi alma.

—Tu madre te aguarda. ¿Ves esta carta? Es suya.

Arrebatándome la carta de las manos, la cubrió de besos y lágrimas y se la guardó en el seno. Luego con rapidez suma se apartó de mí, señalándome con insistencia el patio.

El espíritu que va consentido al cielo y encuentra en la puerta a San Pedro que le dice: «Buen amigo, no es este vuestro destino; tomad por aquella senda de la izquierda»; ese espíritu que equivoca el camino, porque ha equivocado su suerte, no se quedará tan absorto como me quedé yo.

En mi alma se confundían y luchaban también sentimientos diversos; primero una inmensa alegría, después la zozobra, mas sobre todos dominaron la rabia y el despecho, cuando vi que aquella criatura tan amada, a quien yo quería devolver la libertad, me despedía sin que se pudiera traslucir el motivo. ¡Era para volverse loco! ¡Encontrarla después de tantos afanes, entrever la posibilidad de sacarla de allí para devolverla a su angustiada madre, a la sociedad, a la vida; recobrar el perdido tesoro del corazón, tomarlo en la mano y sentir rechazada esta mano!...

—¡Ahora mismo vas a salir de aquí conmigo! —dije sin bajar la voz y estrechando tan fuertemente su brazo que, a causa del dolor, no pudo reprimir un ligero grito.

Arrojose a mis plantas y tres veces, tres veces, señores, con acento que heló la sangre en mis venas, repitió:

—No puedo.

—¿No me mandaste que viniera? —dije recordando el papel escrito con carbón.

Tomó de una mesa un largo pliego escrito recientemente, y dándomelo, me dijo:

—Toma esa carta, vete y haz lo que te digo en ella. Te veré otro día por esta ventana.

—No quiero —grité haciendo pedazos el papel—. No me voy sin ti.

Me asomé por la ventana y vi que Jean-Jean y Ramoncilla habían desaparecido. Inés se arrodilló de nuevo ante mí.

—¡La llave, trae pronto la llave! —dije bruscamente—. Levántate del suelo... ¿oyes?...

—No puedo salir —murmuró—. Vete al momento.

Sus grandes ojos abiertos con espanto, me expulsaban de la casa.

—¡Estás loca! —exclamé—. Dime «muere», pero no digas «vete...» Ese hombre te impide salir conmigo; tiene tanto poder sobre ti que te hace olvidar a tu madre y a mí que soy tu hermano, tu esposo, ¡a mí que he recorrido media España buscándote, y cien veces he pedido a Dios que tomara mi vida en cambio de tu libertad!... ¿Te niegas a seguirme?... Dime dónde está ese verdugo, porque quiero matarle; no he venido más que a eso.

Su turbación hizo expirar las palabras en mi garganta. Estrechó amorosamente mi mano, y con voz angustiosa que apenas se oía, me dijo:

—Si me quieres todavía, márchate.

Mi furor iba a estallar de nuevo con mayor violencia, cuando un acento lejano, un eco que llegaba hasta nosotros debilitado por la distancia, clamó repetidas veces:

—Inés, Inés.

Una campanilla sonó al mismo tiempo con discorde vibración.

Levantose ella despavorida, trató de componer su rostro y cabello secando las lágrimas de sus ojos, vino hacia mí poniendo en la mirada toda su alma para decirme que callase, que estuviese quieto, que la obedeciese retirándome, y partió velozmente por un largo pasadizo que se abría en el fondo de la habitación.

Sin vacilar un instante la seguí. En la oscuridad, servíanme de guía su forma blanca que se deslizaba entre las dos negras paredes, y el ruido de su vestido al rozar contra una y otra en la precipitada marcha. Entró en una habitación espaciosa y bien iluminada, en donde entré también. Era su dormitorio, y al primer golpe de vista advertí la agradable decencia y pulcritud de aquella estancia, amueblada con arte y esmero. El lecho, las sillas, la cómoda, las láminas, la fina estera de colores, los jarros de flores, el tocador, todo era bonito y escogido.

Cuando puse mis pies en la alcoba, ella que iba mucho más a prisa que yo, había pasado a otra pieza contigua por una puerta vidriera, cuya luz cubrían cortinas blancas de indiana con ramos azules. Allí me detuve y la vi avanzar hacia el fondo de una vasta estancia medio oscura, en cuyo recinto resonaba la voz de Santorcaz. El rencor me hizo reconocerle en la penumbra de la ancha cuadra, y distinguí la persona del miserable, doloridamente recostada en un sillón con las piernas extendidas sobre un taburete y rodeado de almohadas y cojines.

También pude ver que la forma blanca de Inés se acercaba al sillón: durante corto rato ambos bultos estuvieron confundidos y enlazados, y sentí el estallido de amorosos besos que imprimían los labios del hombre sobre las mejillas de la mujer.

—Abre, abre esas maderas, que está muy oscuro el cuarto —dijo Santorcaz— y no puedo verte bien.

Inés lo hizo así, y la copiosa y rica luz del Mediodía iluminó la estancia. Mis ojos la escudriñaron en un segundo, observando todo, personajes y escena. A Santorcaz con la barba crecida y casi enteramente blanca, el rostro amarillo, hundidos los ojos de fuego, surcada de arrugas la hermosa y vasta frente, huesosas las manos, fatigado el aliento, no le hubiera conocido otro que yo, porque tenía grabadas en la mente sus facciones con la claridad del rostro aborrecido. Estaba viejo, muy viejo. La pieza contenía armas puestas en bellas panoplias, algunos muebles antiguos de gastado entalle, muchos libros, diversos armarios, arcones, un lecho cuyo dosel sostenían torneadas columnas, y un ancho velador lleno de papeles en confusión revueltos.

Inés se juntó al hombre a quien por su vejez prematura puedo llamar anciano.

—¿Por qué has tardado en venir? —dijo Santorcaz con acento dulce y cariñoso, que me causó gran sorpresa.

—Estaba leyendo aquel libro... aquel libro... ya sabes —dijo la muchacha con turbación.

El anciano tomando la mano de Inés la llevó a sus labios con inefable amor.

—Cuando mis dolores —prosiguió— me permiten algún reposo y duermo, hija mía, en el sueño me atormenta una pena angustiosa; me parece que te vas y me dejas solo, que te vas huyendo de mí. Quiero llamarte y no puedo proferir voz alguna, quiero levantarme para seguirte y mi cuerpo convertido en estatua de hierro no me obedece...

Callando un momento para reposar su habla fatigosa, prosiguió luego así:

—Hace un instante dormía con sueño indeciso. Me parecía que estaba despierto. Sentí voces en la habitación que da al patio; te vi dispuesta a huir, quise gritar; un peso horroroso, una montaña, oprimía mi pecho... todavía moja mi frente el sudor frío de aquella angustia... Al despertar eché de ver que todo era una nueva repetición del mismo sueño que me atormenta todas las noches... Di, ¿me abandonarás? ¿abandonarás a este pobre enfermo, a este hombre ayer joven, hoy anciano y casi moribundo, que te ha hecho algún daño, lo confieso, pero que te ama, te adora como no suelen amar los hombres a sus semejantes, sino como se adora a Dios o a los ángeles? ¿Me abandonarás, me dejarás solo?...

—No —dijo Inés.

Aquel monosílabo apenas llegó hasta mí.

—¿Y me perdonas el mal que te he hecho, la libertad que te he quitado? ¿Olvidas las grandezas vanas y falaces que has perdido por mí...?

—Sí —contestó la muchacha.

—Pero no me amarás nunca como yo te amo. La prevención, el horror que te inspiré en los primeros días no podrá borrarse de tu corazón, y esto me desespera. Todos mis esfuerzos para complacerte, mi empeño en hacerte agradable esta vida, el bienestar tranquilo que te he proporcionado, todo es inútil... La odiosa imagen del ladrón no te dejará ver en mí la venerable faz del padre. ¿No estás aún convencida de que soy un hombre bueno, honrado, leal, cariñoso, y no un monstruo abominable, como creen algunos necios?

Inés no contestó. La observé dirigiendo inquietas miradas a los vidrios, tras los cuales yo me ocultaba.

—Si por algo temo la muerte, es por ti —continuó el anciano—. ¡Oh! si pudiera llevarte conmigo sin quitarte la vida... Pero ¿quién asegura que moriré...? No; mi enfermedad no es mortal. Viviré muchos años a tu lado, mirándote y bendiciéndote, porque has llenado el vacío de mi existencia. ¡Bendito sea el *Ser Supremo*! Viviré, viviremos, hija mía; yo te prometo que serás feliz... ¿Pero no lo eres ahora? ¿Qué te falta...? ¿No me respondes...? Estás aterrada, te causo miedo...

El anciano calló un momento, y durante breve rato no se oyó en la habitación más que el batir de las tenues alas de una mosca que se sacudía contra los cristales, engañada por la transparencia de estos.

—¡Dios mío! —exclamó él con amargura—. ¿Seré yo tan criminal como dicen? ¿Lo crees tú así? Dímelo con franqueza... ¿Me juzgas un malvado? Hay en mi vida hechos extraños, hija mía, ya lo sabes; pero todo se explica y se justifica en este mundo... ¿Qué razón hay para que te posea tu madre que durante tanto tiempo te tuvo abandonada pudiendo recogerte, y no te posea yo, que te amo por lo menos tanto como ella? no, que te amo más, muchísimo más, porque en la condesa pudo siempre el orgullo más que la maternidad, y jamás te llamó hija. Te tenía a su lado como un juguete precioso o fútil pasatiempo. Hija mía, la holgazanería, la corrupción y la vanidad de esos grandes, tan despreciables por su carácter, no tiene límites. Aborrece a esa gente, convéncete de la superioridad que tienes sobre ellos por la nobleza de tu alma; no les hagas el honor de ocupar tu entendimiento con una idea relativa a su vil orgullo. Haz tus alegrías con sus tormentos, y espera con deleite el día en que todos ellos caigan en el lodo. Apacienta tu fantasía con el espectáculo de reparación y justicia de esa gran caída que les espera, y acostúmbrate a no tener lástima de los explotadores del linaje humano, que han hecho todo lo posible para que el pueblo baile sobre sus cuerpos, después de muertos... ¿Pero estás llorando, Inés...? Siempre dices que no entiendes esto. No puedo borrar de tu alma el recuerdo de otros días...

Inés no contestó nada.

—Ya... —dijo Santorcaz con amarga ironía, después de breve pausa—. La señorita no puede vivir sin carroza, sin palacio, sin lacayos, sin fiestas y sin pavonearse como las cortesanas corrompidas en los palacios de los reyes... Un hombre del *estado llano* no puede dar esto a una señorita, y la señorita desprecia a su padre.

La voz de Santorcaz tomó un acento duro y reprensivo.

—Quizás esperes volver allá... —añadió—. Quizás trames algún plan contra mí... ¡Ah! ingrata; si me abandonas, si tu corazón se deja sobornar por otros amores, si menosprecias el cariño inmenso, infinito, de este desgraciado... Inés, dame la mano, ¿por qué lloras...? vamos, vamos, basta de gazmoñerías... Las mujeres son mimosas y antojadizas... Vamos, hijita, ya sabes que no quiero lágrimas. Inés, quiero un rostro alegre, una conformidad tranquila, un ademán satisfecho...

El anciano besó a su hija en la frente, y después dijo:

—Acerca una mesa, que quiero escribir.

No pudiendo contenerme más, empujé las vidrieras para penetrar en la habitación.

XX

—¡Un hombre, un ladrón! —gritó Santorcaz.

—El ladrón eres tú —afirmé adelantando con resolución.

—¡Oh! Te conozco, te conozco... —exclamó el anciano levantándose no sin trabajo de su asiento y arrojando a un lado almohadas y cojines.

Inés al verme lanzó un grito agudísimo, y abrazando a su padre:

—No le hagas daño —dijo— se marchará.

—Necio —gritó él—. ¿Qué buscas aquí? ¿Cómo has entrado?

—¿Qué busco? ¿Me lo preguntas, malvado? —exclamé poniendo todo mi rencor en mis palabras—. Vengo a quitarte lo que no es tuyo. No temas por tu miserable vida, porque no me ensañaré en ese infeliz cuerpo a quien Dios ha dado el merecido infierno con anticipación; pero no me provoques, ni detengas un momento más lo que no te pertenece, reptil, porque te aplasto.

Al mirarme, los ojos de Santorcaz envenenaban y quemaban. ¡Tanta ponzoña y tanto fuego había en ellos!

—Te esperaba... —gritó—. Sirves a mis enemigos. Hijo del pueblo que comes las sobras de la mesa de los grandes, sabe que te desprecio. Enfermo e inválido estoy; mas no te temo. Tu vil condición y el embrutecimiento que da la servidumbre te impulsarán a descargar sobre mí la infame mano con que cargas la litera de los nobles. Desprecio tus palabras. Tu lengua, que adula a los poderosos e insulta a los débiles, solo sirve para barrer el polvo de los palacios. Insúltame o mátame; pero mi adorada hija, mi hija que lleva en sus venas la sangre de un mártir del despotismo, no te seguirá fuera de aquí.

—Vamos —grité a Inés ordenándole imperiosamente que me siguiera, y despreciando aquel gárrulo estilo revolucionario que tan en boga estaba entonces entre afrancesados y masones—. Vamos fuera de aquí.

Inés no se movía. Parecía la estatua de la indecisión. Santorcaz, gozoso de su triunfo, exclamó:

—¡Lacayo, lacayo! Di a tus indignos amos que no sirves para el caso.

Al oír esto, una nube de sangre cubrió mis ojos; sentí llamas ardientes dentro de mi pecho, y abalancéme hacia aquel hombre. El rayo, al caer, debe de sentir lo que yo sentí. Alargó su brazo para coger una pistola que en la cercana mesa había, y al dirigirla contra mi pecho, Inés se interpuso tan violentamente, que si dispara, hubiérala muerto sin remedio.

—¡No le mates, padre! —gritó.

Aquel grito, el aspecto del anciano enfermo, que arrojó el arma lejos de sí, renunciando a defenderse, me sobrecogieron de tal modo, que quedé mudo, helado y sin movimiento.

—Dile que nos deje en paz —murmuró el enfermo abrazando a su hija—. Sé que conoces hace tiempo a ese desgraciado.

La muchacha ocultó en el pecho del padre su rostro lleno de lágrimas.

—Joven sin corazón —me dijo Santorcaz con voz trémula—. Márchate; no me inspiras ni odio ni afecto. Si mi hija quiere abandonarme y seguirte, llévatela.

Clavó en su hija los ojos ardientes, apretando con su mano huesosa, no menos dura y fuerte que una garra, el brazo de la infeliz joven:

—¿Quieres huir de mi lado y marcharte con ese mancebo? —añadió soltándola y empujándola suavemente lejos de sí.

Di algunos pasos hacia adelante para tomar la mano de Inés.

—Vamos —le dije—. Tu madre te espera. Estás libre, querida mía, y se acabaron para ti el encierro y los martirios de esta casa, que es un sepulcro habitado por un loco.

—No, no puedo salir —me dijo Inés corriendo al lado del anciano, que le echó los brazos al cuello y la besó con ternura.

—Bien, señora —dije con un despecho tal, que me sentí impulsado a no sé qué execrables violencias—. Saldré. Nunca más me verá usted; nunca más verá usted a su madre.

—Bien sabía yo que no eras capaz de la infamia de abandonarme —exclamó el anciano llorando de júbilo.

Inés me lanzó una mirada encendida y profunda, en la cual sus negras pupilas, al través de las lágrimas, dijéronme no sé qué misterios, manifestáronme no sé qué enigmáticos pensamientos que en la turbación de aquel instante no pude entender. Ella quiso sin duda decirme mucho; pero yo no comprendí nada. El despecho me ahogaba.

—Gabriel —dijo el anciano recobrando la serenidad—. Aquí no haces falta. Ya has oído que te marches. Supongo que habrás traído escala de cuerda;

mas para que bajes más seguro, toma la llave que hay sobre esa mesa, abre la puerta que hay en el pasillo, y por la escalera que veas baja al patio. Te ruego que dejes la llave en la puerta.

Viendo mi indecisión y perplejidad, añadió con punzante y cruel ironía:

—Si puedo serte útil en Salamanca, dímelo con franqueza. ¿Necesitas algo? Parece que no has comido hoy, pobrecillo. Tu rostro indica vigilias, privaciones, trabajos, hambre... En la casa del hombre del *estado llano* no falta un pedazo de pan para los pobres que vienen a la puerta. ¿Sucede lo mismo en casa de los nobles?

Inés me miró con tanta compasión, que yo la sentí por ella, pues no se me ocultaba que padecía horriblemente.

—Gracias —respondí con sequedad—; no necesito nada. El pedazo de pan que he venido a buscar no ha caído en mi mano; pero volveré por él... Adiós.

Y tomando la llave, salí bruscamente de la estancia, de la escalera, del patio, de la horrible casa; pero padre, hija, estancia, patio y casa, todo lo llevaba dentro de mí.

XXI

Cuando me encontré en la calle traté de reflexionar, para que la razón, enfriando mi sofocante ira, iluminara un poco mi entendimiento sobre aquel inesperado suceso; pero en mí no había más que pasión, una irritación salvaje que me hacía estúpido. Fuera ya de la escena, lejos ya de los personajes, traté de recordar palabra por palabra todo lo dicho allí; traté de recordar también la expresión de las fisonomías, para escudriñar antecedentes, indagar causas y secretos. Estos no pueden salir desde el fondo de las almas a la superficie de los apasionados discursos en un diálogo vivo entre personas que con ardor se aman o se odian.

A veces sentía no haber estrangulado a aquel hombre envejecido por las pasiones; a veces sentía hacia él inexplicable compasión. La conducta de Inés, tan desfavorable para mi amor propio, infundíame a ratos una ira violenta, ira de amante despreciado, y a ratos un estupor secreto con algo de la instintiva admiración que producen las grandezas de la Naturaleza cuando está uno cerca de ellas, cuando sabe uno que las va a ver, pero no las ha visto todavía.

Mi cerebro estaba lleno con la anterior entrevista. Pasaba el tiempo, pasaba yo maquinalmente de un sitio a otro, y aún los tenía a los dos ante la vista, a ella afligida y espantada, queriendo ser buena conmigo y con su padre; a Santorcaz furioso, irónico, díscolo e insultante conmigo, tierno y amoroso con ella. Observando bien a Inés, ahondando en aquel dolor suyo y en aquella su patética simpatía por la miseria humana, no había realmente nada de nuevo. En él sí, mucho.

Yo traía el pasado y lo ponía delante; registraba toda aquella parte de mi vida en que tuviera relación con ambos personajes. Finalmente, hice respecto a mi propio pensar y sentir en aquella ocasión un raciocinio que iluminó un poco mi espíritu.

—Largo tiempo, y hoy mismo al encontrarme frente a él —dije— he considerado a ese hombre como un malvado, y no he considerado que es un padre.

Sin duda me había acostumbrado a ver aquel asunto desde un punto de vista que no era el más conveniente.

Así pensando y sintiendo, con el cerebro lleno, el corazón lleno, proyectando en redor mío mi agitado interior, lo cual me hacía ver de un modo extraño lo que me rodeaba, sin vivir más que para mí mismo, olvidado en absoluto lo que me llevara a Salamanca, discurrí por varias calles que no conocía.

De improviso ante mi cara apareció una cara. La vi con la indiferencia que inspira un figurón pintado, y tardé mucho tiempo en llegar al convencimiento de que yo conocía aquel rostro. En las grandes abstracciones del alma, el despertar es lento y va precedido de una serie de raciocinios en que aquella disputa con los sentidos sobre si reconoce o no lo que tiene delante. Yo razoné al fin, y dije para mí:

—Conozco estos ojuelos de ratón que delante tengo.

Recobrando poco a poco mi facultad de percepción, hablé conmigo de este modo:

—Yo he visto en alguna parte esta nariz insolente y esta boca infernal que se abre hasta las orejas para reír con desvergüenza y descaro.

Dos manos pesadas cayeron sobre mis hombros.

—Déjame seguir, borracho —exclamé, empujando al importuno, que no era otro que Tourlourou.

—*¡Satané farceur!* —gritó Molichard, que acompañaba por mi desgracia al otro—. Venid al cuartel.

—*Drôle de pistolet...* venid —dijo Tourlourou riendo diabólicamente—. Caballero Cipérez, el coronel Desmarets os aguarda...

—*¡Ventre de biche!...* os escapasteis cuando ibais a ser encerrado.

—Y sacasteis la navaja para asesinarnos.

—*Monseigneur* Cipérez, *vous serez coffré et niché.*

Intenté defenderme de aquellos salvajes; pero me fue imposible, pues aunque borrachos, juntos tenían más fuerza que yo. Al mismo tiempo, como la escena en la casa de Santorcaz embargaba de un modo lastimoso mis facultades intelectuales, no me ocurría ardid ni artificio alguno que me sacase de aquel nuevo conflicto, más grave sin duda que los vencidos anteriormente.

Lleváronme, mejor dicho, arrastráronme hasta el cuartel, donde por la mañana tuve el honor de conocer a Molichard, y en la puerta detúvose Tourlourou, mirando al extremo de la calle.

—*Dame...* —chilló— allí viene el coronel Desmarets.

Cuando mis verdugos anunciaron la proximidad del coronel encargado de la policía de la ciudad, encomendé mi alma a Dios, seguro de que si por casualidad me registraban y hallaban sobre mí el plano de las fortificaciones, no tardaría un cuarto de hora en bailar al extremo de una cuerda, como ellos decían. Volví angustiado los ojos a todas partes, y pregunté:

—¿No está por ahí el señor Jean-Jean?

Aunque el dragón no era un santo, le consideré como la única persona capaz de salvarme.

El coronel Desmarets se acercaba por detrás de mí. Al volverme... ¡oh asombro de los asombros!... le vi dando el brazo a una dama, señores míos, a una dama que no era otra que la mismísima miss Fly, la mismísima Athenais, la mismísima Pajarita.

Quedeme absorto, y ella al punto saludome con una sonrisa vanagloriosa que indicaba su gran placer por la sorpresa que me causaba.

Molichard y su vil compañero adelantáronse hacia el coronel, hombre grave y de más que mediana edad, y con todo el respeto que su embrutecedora embriaguez les permitiera, dijéronle que yo era espía de los ingleses.

—¡Insolentes! —exclamó con indignación y en francés miss Fly—. ¿Os atrevéis a decir que mi criado es espía? Señor coronel, no hagáis caso de esos miserables a quienes rebosa el vino por los ojos. Este muchacho es el que ha traído mi equipaje, y el que con vuestra ayuda he buscado inútilmente hasta ahora por la ciudad... Di, tonto, ¿dónde has puesto mi maleta?

—En el mesón de la Fabiana, señora —respondí con humildad.

—Acabáramos. Buen paseo he hecho dar al señor coronel que me ha ayudado a buscarte... Dos horas recorriendo calles y plazas...

—No se ha perdido nada, señora —le dijo Desmarets con galantería—. Así habéis podido ver lo más notable de esta interesantísima ciudad.

—Sí; pero necesitaba sacar algunos objetos de mi maleta, y este idiota... Es idiota, señor coronel...

—Señora —dije señalando a mis dos crueles enemigos—. Cuando iba en busca de su excelencia, estos borrachos me llevaron engañado a una taberna, bebieron a mi costa, y luego que me quedé sin un real, dijeron que yo era espía y querían ahorcarme.

Miss Fly miró al coronel con enfado y soberbia, y Desmarets, que sin duda deseaba complacer a la bella amazona, recogió todo aquel femenino enojo para lanzarlo militarmente sobre los dos bravos franchutes, los cuales al verse convertidos de acusadores en acusados, parecían más beodos que antes y más incapaces de sostenerse sobre sus vacilantes piernas.

—¡Al cuartel, canalla! —gritó el jefe con ira—. Yo os arreglaré dentro de un rato.

Molichard y Tourlourou, asidos del brazo, confusos y tan lastimosamente turbados en lo moral como en lo físico, entraron en el edificio dando traspiés, y recriminándose el uno al otro.

—Os juro que castigaré a esos pícaros —dijo el bravo oficial—. Ahora, puesto que habéis encontrado vuestra maleta, os conduciré a vuestro alojamiento.

—Sí, lo agradeceré —dijo miss Fly poniéndose en marcha, ordenándome que la siguiera.

—Y luego —añadió Desmarets— daré una orden para que se os permita visitar el hospital. Tengo idea de que no ha quedado en él ningún oficial inglés. Los que había hace poco, sanaron y fueron canjeados por los franceses que estaban en Fuente-Aguinaldo.

—¡Oh, Dios mío! ¡Entonces habrá muerto! —exclamó con afectada pena miss Fly—. ¡Desgraciado joven! Era pariente de mi tío el vizconde de Marley... ¿Pero no me acompañáis al hospital?

—Señora, me es imposible. Ya sabéis que Marmont ha dado orden para que salgamos hoy mismo de Salamanca.

—¿Evacuáis la ciudad?

—Así lo ha dispuesto el general. Estamos amenazados de un sitio riguroso. Carecemos de víveres, y como las fortificaciones que se han hecho son excelentes, dejamos aquí ochocientos hombres escogidos que bastarán para defenderlas. Salimos hacia Toro para esperar a que nos envíen refuerzos del Norte o de Madrid.

—¿Y marcháis pronto?

—Dentro de una hora. Solo de una hora puedo disponer para serviros.

—Gracias... Siento que no podáis ayudarme a buscar a ese valiente joven, paisano mío, cuyo paradero se ignora y es causa de este mi intempestivo y molesto viaje a Salamanca. Fue herido y cayó prisionero en Arroyomolinos. Desde entonces no he sabido de él... Dijéronme que tal vez estaría en los hospitales franceses de esta ciudad.

—Os proporcionaré un salvo-conducto para que visitéis el hospital, y con esto no necesitáis de mí.

—Mil gracias; creo que llegamos a mi alojamiento.

—En efecto, este es.

Estábamos en la puerta del mesón de la Lechuga, distante no más de veinte pasos de aquel donde yo había dejado mi asno. Desmarets despidiose de miss Fly, repitiendo sus cumplidos y caballerescos ofrecimientos.

—Ya veis —me dijo Athenais cuando subíamos a su aposento— que hicisteis mal en no permitir que os acompañase. Sin duda habéis pasado mil contrariedades y conflictos. Yo, que conozco de antiguo al bravo Desmarets, os los hubiera evitado.

—Señora de Fly, todavía no he vuelto de mi asombro, y creo que lo que tengo delante no es la verídica y real imagen de la hermosa dama inglesa, sino una sombra engañosa que viene a aumentar las confusiones de este día. ¿Cómo ha venido usted a Salamanca, cómo ha podido entrar en la ciudad, cómo se las ha compuesto para que ese viejo relamido, ese Desmarets?...

—Todo eso que os parece raro, es lo más natural del mundo. ¡Venir a Salamanca! Existiendo el camino, ¿os causa sorpresa? Cuando con tanta grosería y vulgares sentimientos me abandonasteis, resolví venir sola. Yo soy así. Quería ver cómo os conducíais en la difícil comisión, y esperaba poder prestaros algún servicio, aunque por vuestra ingratitud no merecíais que me ocupara de vos.

—¡Oh! Mil gracias, señora. Al dejar a usted lo hice por evitarle los peligros de esta expedición. Dios sabe cuánta pena me causaba sacrificar el placer y el honor de ser acompañado por usted.

—Pues bien, señor aldeano, al llegar a las puertas de la ciudad, acordeme del coronel Desmarets, a quien recogí del campo de batalla después de la

Albuera, curando sus heridas y salvándole la vida: pregunté por él, salió a mi encuentro, y desde entonces no tuve dificultad alguna ni para entrar aquí ni para buscar alojamiento. Le dije que me traía el afán de saber el paradero de un oficial inglés, pariente mío, perdido en Arroyomolinos y como deseaba encontraros, fingí que uno de los criados que traía conmigo, portador de mi maleta, había desaparecido en las puertas de la ciudad. Deseando complacerme, Desmarets me llevó a distintos puntos. ¡Dos horas paseando!... Estaba desesperada... Yo miraba a un lado y otro diciendo: «¿Dónde estará ese bestia?... Se habrá quedado lelo mirando los fuertes... Es tan bobo...»

—¿Y el mozuelo que acompañaba a usted?

—Entró conmigo. ¿Os burlabais del carricoche de mistress Mitchell? Es un gran vehículo, y tirado por el caballo que me dio Simpson, parecía el carro de Apolo... Veamos ahora, señor oficial, cómo habéis empleado el tiempo, y si se ha hecho algo que justifique la confianza del señor duque.

—Señora, llevo sobre mí un plano de las fortificaciones muy oculto... Además poseo innumerables noticias que han de ser muy útiles al general en jefe. He experimentado mil contratiempos; pero al fin, en lo relativo a mi comisión militar, todo me ha salido bien.

—¡Y lo habéis hecho sin mí! —dijo la Mariposa con despecho.

—Si tuviera tiempo de referir a usted las tragedias y comedias de que he sido actor en pocas horas... pero estoy tan fatigado que hasta el habla me va faltando. Los sustos, las alegrías, las emociones, las cóleras de este día abatirían el ánimo más esforzado y el cuerpo más vigoroso, cuanto más el ánimo y cuerpo míos, que están el uno aturdido y apesadumbrado, el otro, tan vacío de toda sólida sustancia, como quien no ha comido en dieciséis horas.

—En efecto, parecéis un muerto —dijo entrando en su habitación—. Os daré algo de comer.

—Es una felicísima idea —respondí— y pues tan milagrosamente nos hemos juntado aquí, lo cual prueba la conformidad de nuestro destino, conviene que nos establezcamos bajo un mismo techo. Voy a traer mi burro, en cuyas alforjas dejé algo digno de comerse. Al instante vuelvo. Pida usted en tanto a la mesonera lo que haya... pero pronto, prontito...

Fui al mesón donde había dejado mi asno, y al entrar en la cuadra sentí la voz del mesonero muy enfrascada en disputas con otra que reconocí por la del venerable señor Jean-Jean.

—Muchacho —me dijo el mesonero al entrar— este señor francés se quería llevar tu burro.

—¡Excelencia! —afirmó cortésmente aunque muy turbado Jean-Jean— no me quería llevar la bestia... preguntaba por vos.

Acordeme de la promesa hecha al dragón, y del ánima de la albarda, invención mía para salir del paso.

—Jean-Jean —dije al francés— todavía necesito de ti. Hoy salen los franceses, ¿no es verdad?

—Sí señor, pero yo me quedo. Quedamos veinte dragones para escoltar al gobernador.

—Me alegro —dije disponiéndome a llevar el burro conmigo—. Ahora, amigo Jean-Jean, necesito saber si el tal jefe de los masones se dispone a salir hoy también de Salamanca. Es lo más probable.

—Lo averiguaré, señor.

—Estoy en el mesón de al lado, ¿sabes?

—La *Lechuga*, sí.

—Allí te espero. Tenemos mucho que hacer hoy, amigo Jean-Jean.

—No deseo más que servir a su excelencia.

—Y yo pago bien a los que me sirven.

XXII

Miss Fly, pretextando que la criada del mesón no debía enterarse de lo que hablábamos, me sirvió la frugal comida ella misma, lo cual, si no era conforme a los cánones de la etiqueta inglesa, concordaba perfectamente con las circunstancias.

—Vuestra tristeza —dijo la inglesa— me prueba que si en la comisión militar salisteis bien, no sucede lo mismo en lo demás que habéis emprendido.

—Así es en efecto señora —repuse— y juro a usted que mi pesadumbre y descorazonamiento son tales que nunca he sentido cosa igual en ninguna ocasión de mi vida.

—¿No está vuestra princesa en Salamanca?

—Está, señora —repliqué— pero de tal manera, que más valdría no estuviese aquí ni en cien leguas a la redonda. Porque ¿de qué vale hallarla si la encuentro...

—Encantada —dijo la inglesa, interrumpiéndome con picante jovialidad— y convertida, como Dulcinea, en rústica y fea labradora la que era señora finísima.

—Allá se va una cosa con otra —dije— porque si mi princesa no ha perdido nada de la gallardía de su presencia, ni de la sin igual belleza de su rostro, en cambio ha sufrido en su alma transformación muy grande, porque no ha querido aceptar la libertad que yo le ofrecí, y prefiriendo la compañía de su bárbaro carcelero, me ha puesto bonitamente en la puerta de la calle.

—Eso tiene una explicación muy sencilla —me dijo la dama riendo con verdadero regocijo— y es que vuestra archiduquesa prisionera ya no os ama. ¿No habéis pensado en el inconveniente de presentaros ante ella con ese vestido? El largo trato con su raptor le habrá inspirado amor hacia este. No os riáis, caballero. Hay muchos casos de damas robadas por los bandidos de Italia y Bohemia, que han concluido por enamorarse locamente de sus secuestradores. Yo misma he conocido a una señorita inglesa que fue robada en las inmediaciones de Roma, y al poco tiempo era esposa del jefe de la partida. En España, donde hay ladrones tan poéticos, tan caballerescos, que casi son los únicos caballeros del país, ha de suceder lo mismo. Lo que me contáis, señor mío, no tiene nada de absurdo y cuadra perfectamente con las ideas que he formado de este país.

—La grande imaginación de usted —le dije—, tal vez se equivoque al querer encontrar ciertas cosas fuera de los libros; pero de cualquier modo que sea, señora, lo que me pasa es bien triste... porque...

—Porque amáis más a vuestra niña, desde que ella adora a ese pachá de tres colas, a ese Fra-Diávolo, en quien me figuro ver un grandísimo ladrón, pero hermoso como los más hermosos tipos de Calabria y Andalucía, más valiente que el Cid, gran jinete, espadachín sublime, algo brujo, generoso con los pobres, cruel con los ricos y malvados, rico como el gran turco, y dueño de inmensas pedrerías que siempre le parecen pocas para su amada. También me lo figuro como Carlos Moor, el más poético e interesante de los salteadores de caminos.

—¡Oh! miss Fly, veo que usted ha leído mucho. Mi enemigo no es tal como usted le pinta, es un viejo enfermo.

—Pues entonces, señor Araceli —dijo Athenais con disgusto—, no tratéis de engañarme pintando a esa joven como una persona principal, porque si se ha aficionado al trato de un viejo enfermo, habrá sido por avaricia, cualidad propia de costureras, doncellas de labor, cómicas u otra gente menuda, a cuyas respetables clases creo desde ahora que pertenecerá esa tan decantada señora que adoráis.

—No he engañado a usted respecto a la elevación de su clase. Respecto a la afición que ha podido sentir hacia su secuestrador, no tiene nada de vituperable, porque es su padre.

—¡Su padre! —exclamó con asombro—. Eso sí que no estaba escrito en mis libros. ¿Y a un padre que retiene consigo a su hija le llamáis ladrón? Eso sí que es extraño. No hay país como España para los sucesos raros y que en todo difieren de lo que es natural y corriente en los demás países. Explicadme eso, caballero.

—Usted cree que todos los lances de amor y de aventura han de pasar en el mundo conforme a lo que ha leído en las novelas, en los romances, en las obras de los grandes poetas y escritores, y no advierte que las cosas extrañas y dramáticas suelen verse antes en la vida real que en los libros, llenos de ficciones convencionales y que se reproducen unas a otras. Los poetas copian de sus predecesores, los cuales copiaron de otros más antiguos, y mientras fabrican este mundo vano, no advierten que la naturaleza y la sociedad van creando a escondidas del público y recatándose de la imprenta mil novedades que espantan o enamoran.

Yo hacía esfuerzos de ingenio por sostener de algún modo un coloquio en que miss Fly con su ardoroso sentimiento poético me llevaba ventaja, y a cada palabra mía su atrevida imaginación se inflamaba más volando en pos de sucesos raros, desconocidos, novelescos, fuente de pasión y de idealismo. No puedo negar que Athenais me causaba sorpresa, porque yo, en mi ignorancia, no conocía el sentimentalismo que entonces estaba en moda entre la gente del Norte, invadiendo literatura y sociedad de un modo extraordinario.

—Referidme eso —me dijo con impaciencia.

Sin temor de cometer una indiscreción, conté punto por punto a mi hermosa acompañante, todo lo que el lector sabe. Oíame tan atentamente y con tales apariencias de agrado, que no omití ningún detalle. Algunas veces creí distinguir en ella señales más bien de entusiasmo varonil, que de emoción femenina, y cuando puse punto final en mi relato, levantose y con ademán resuelto y voz animosa, hablome así:

—¿Y vivís con esa calma, caballero, y referís esos dramas de vuestra vida como si fueran páginas de un libro que habéis leído la noche anterior? No sois español, no tenéis en las venas ese fuego sublime que impulsa al hombre a luchar con las imposibilidades. Os estáis ahí mano sobre mano contemplando a una inglesa y no se os ocurre nada, no se os ocurre entrar en esa casa, arrancar a esa infeliz mujer del poder que la aprisiona; echar una cuerda al cuello de ese hombre para llevarle a una casa de locos; no se os ocurre comprar una espada vieja y batiros con medio mundo, si medio mundo se opone a vuestro deseo; romper las puertas de la casa, pegarle fuego si es preciso; coger a la muchacha sin tratar de persuadirla a que os siga, y llevarla donde os parezca conveniente; matar a todos los alguaciles que os salgan al paso, y abriros camino por entre el ejército francés si el ejército francés en masa se opone a que salgáis de Salamanca. Confieso que os creí capaz de esto.

—Señora —repliqué con ardor— dígame usted en qué libro ha leído eso tan bonito que acaba de decirme. Quiero leerlo también, y después probaré si tales hazañas son posibles.

—¿En qué libro, menguado? —repuso con exaltación admirable—. En el libro de mi corazón, en el de mi fantasía, en el de mi alma. ¿Queréis que os enseñe algo más?

—Señora —afirmé confundido—, el alma de usted es superior a la mía.

Vamos al instante a esa casa —dijo tomando un látigo, y disponiéndose a salir.

Miré a miss Fly con admiración; pero con una admiración que no era enteramente seria, quiero decir que algo se reía dentro de mí.

—¿A dónde, señora, a dónde quiere usted que vayamos?

—¡Y lo pregunta! —exclamó Athenais—. Caballero, si os hubiera creído capaz de hacerme esa pregunta que indica las indecisiones de vuestra alma, no hubiera venido a Salamanca.

—No, si comprendo perfectamente —respondí, no queriendo aparecer inferior a mi interlocutora—. Comprendo... vamos... pues... a hacer una barbaridad, una que sea sonada... yo me atrevo a ello, y aun a cosas mayores.

—Entonces...

—Precisamente pensaba en eso. Yo no conozco el miedo.

—Ni los obstáculos, ni el peligro, ni nada. Así, así, caballero, así se responde —gritó con acalorado y sonoro acento.

Su inflamado semblante, sus brillantes ojos, el timbre de su patética voz, ejercían extraño poder sobre mí, y despertaban no sé qué vagas sensaciones de grandeza, dormidas en el fondo de mi corazón, tan dormidas que yo no creía que existiesen. Sin saber lo que hacía, levanteme de mi asiento, gritando con ella:

—¡Vamos, vamos allá!

—¿Estáis preparado?

—Ahora recuerdo que necesito una espada... vieja.

—O nueva... No será malo ver a Desmarets.

—Yo no necesito de nadie, me basto y me sobro —exclamé con brío y orgullo.

—Caballero —dijo ella con entusiasmo— eso debiera decirlo yo para parecerme a Medea.

—Decía que no podemos entrar con Desmarets —indiqué pensando un poco en lo positivo— porque sale hoy de Salamanca.

En aquel momento sentimos ruido en el exterior. Era el ejército francés que salía. Los tambores atronaban la calle. Apagaba luego sus retumbantes clamores el paso de los escuadrones de caballería, y por último, el estrépito de las cureñas hacía retemblar las paredes cual si las conmoviera un terremoto. Durante largo tiempo estuvieron pasando tropas.

—Espero ser yo quien primero lleve a lord Wellington la noticia de que los franceses han salido de Salamanca —dije en voz baja a miss Fly, mirando el desfile desde nuestra ventana.

—Allí va Desmarets —repuso la inglesa fijando su vista en las tropas.

En efecto, pasaba a caballo Desmarets al frente de su regimiento, y saludó a miss Fly con galantería.

—Hemos perdido un protector en la ciudad —me dijo—; pero no importa; no lo necesitaremos.

En este momento sonaron algunos golpecitos en la puerta; abrí, y se nos presentó el señor Jean-Jean, que sombrero en mano, hizo varios arqueos y cortesías...

—Excelencia, la mesonera me dijo que estabais aquí, y he venido a deciros...

—¿Qué?

Jean-Jean miró con recelo a miss Fly; pero al punto le tranquilicé, diciéndole:

—Puedes hablar, amigo Jean-Jean.

—Pues venía a deciros —prosiguió el soldado— que ese señor Santorcaz saldrá de la ciudad. Como Salamanca va a ser sitiada, huyen esta noche muchas familias, y el masón no será de los últimos, según me ha dicho Ramoncilla. Ha salido hace un momento de su casa, sin duda para buscar carros y caballerías.

—Entonces se nos va a escapar —dijo miss Fly con viveza.

—No saldrán —repuso— hasta después de media noche.

—Amigo Jean-Jean, quiero que me proporciones un sable y dos pistolas.

—Nada más fácil, excelencia —contestó.

—Y además una capa... Luego que sea de noche, prepararás el coche...

—No se encuentra ninguno en la ciudad.

—Abajo tenemos uno. Enganchas el caballo, que también está abajo, y lo llevas a la puerta más próxima a la calle del Cáliz.

—Que es la de Santi-Spíritus... Os advierto que Santorcaz ha vuelto a su casa; le he visto acompañado de sus cinco amigotes, cinco hombres terribles, que son capaces de cualquier cosa...

—¡Cinco hombres!...

—Que no permiten se juegue con ellos. Todas las noches se reúnen allí y están bien armados.

—¿Tienes algún amigo que quiera ganarse unos cuantos doblones y que además sea valiente, sereno y discreto?

—Mi primo *Pied-de-mouton* es bueno para el caso, pero está algo enfermo. No sé si *Charles le Téméraire* querrá meterse en tales fregados; se lo diré.

—No necesitamos de vuestros amigos —dijo miss Fly—. No queremos a nuestro lado gente soez. Iremos enteramente solos.

—Dentro de un momento tendréis las armas —afirmó Jean-Jean—. ¿Y no me decís nada de vuestro asno?

—Te lo regalaré con albarda y todo... mas no busques ya nada en ella. Lo que merezcas te lo daré cuando nos hallemos sin peligro fuera de las puertas de la ciudad.

Jean-Jean me miró con expresión sospechosa; pero, o renació pronto en su pecho la confianza, o supo disimular su recelo, y se marchó. Cuando de nuevo se me puso delante al anochecer y me trajo las armas, ordenele que me esperase en la calle del Cáliz, con lo cual dimos la inglesa y yo por terminados los preparativos de aquel estupendo y nunca visto suceso, que verá el lector en los capítulos siguientes.

XXIII

Al llegar a esta parte de mi historia, oblígame a detenerme cierta duda penosa que no puedo arrojar lejos de mí, aunque de mil maneras lo intento. Es el caso que, a pesar de la fidelidad y veracidad de mi memoria, que tan puntualmente conserva los hechos más remotos, dudo si fui yo mismo quien acometió la temeridad en cuestión, apretado a ello por el poético y voluntarioso ascendiente de una hermosa mujer inglesa, o si habiéndolo yo soñado, creí que lo hice, como muchas veces sucede en la vida, por no ser fácil deslindar lo soñado de lo real; o si en vez de ser mi propia persona la que a tales empeños se lanzara, fue otro yo quien supo interpretar los fogosos sentimientos y caballerescas ideas de la hechicera Athenais. Ello es que, teniéndome por cuerdo hoy, como entonces, me cuesta trabajo determinarme a afirmar que fui yo propio el autor de tal locura, aunque todos los datos, todas las noticias y las tradiciones todas concuerden en que no pudo ser otro. Ante la evidencia inclino la frente y sigo contando.

Vino, pues, la noche, envolviendo en sus sombras todo el ámbito de *Roma la chica*. Salimos miss Fly y yo, y atravesando la Rúa, nos internamos por las oscuras y torcidas calles que nos debían llevar al lugar de nuestra misteriosa aventura. Bien pronto, ignorantes ambos de la topografía de la ciudad, nos perdimos y marchamos al acaso, procurando brujulearnos por los edificios que habíamos visto durante el día; mas con la oscuridad no distinguíamos bien la forma de aquellas moles que nos salían al paso. A lo mejor nos hallábamos detenidos por una pared gigantesca, cuya eminencia se perdía allá en los cielos; luego creeríase que la enorme masa se apartaba a un lado para dejarnos libre el paso de una calleja alumbrada a lo lejos por las lamparillas de la devoción, encendidas ante una imagen.

Seguíamos adelante creyendo encontrar el camino buscado, y tropezábamos con un pórtico y una torre que en las sombras de la noche venían cada cual de distinto punto y se juntaban para ponérsenos delante. Al fin conocimos la catedral entre aquellas montañas de oscuridad que nos cercaban. Dintinguimos perfectamente su vasta forma irregular, sus torres, que empiezan en una edad del arte y acaban en otra, sus ojivas, sus cresterías, su cúpula redonda, y detrás del nuevo edificio, la catedral vieja, acurrucada junto a él como buscando abrigo. Quisimos orientarnos allí, y tomando la dirección que creímos más conveniente, bien pronto tropezamos con los pórticos gemelos de la Universidad, en cuyo frontispicio las grandes cabezas de los Reyes Católicos nos contemplaron con sus absortos ojos de piedra. Deslizándonos por un costado del vasto edificio, nos hallamos cercados de murallas por todas partes, sin encontrar salida.

—Esto es un laberinto, miss Fly —dije no sin mal humor—; busquemos hacia la espalda de la catedral esa dichosa calle. Si no, pasaremos la noche andando y desandando calles.

—¿Os apuráis por eso? Cuanto más tarde mejor.

—Señora, lord Wellington me espera mañana a las doce en Bernuy. Me parece que he dicho bastante... Veremos si aparece algún transeúnte que nos indique el camino.

Pero ningún alma viviente se veía por aquellos solitarios lugares.

—¡Qué hermosa ciudad! —dijo miss Fly con arrobamiento contemplativo—. Todo aquí respira la grandeza de una edad ilustre y gloriosa. ¡Cuán excelsos, cuán poderosos no fueron los sentimientos que han necesitado tanta, tantísima piedra para manifestarse! ¿Para vos no dicen nada esas altas torres, esas largas ojivas; esos techos; esos gigantes que alzan sus manos hacia el cielo, esas dos catedrales, la una anciana y de rodillas, arrugada, inválida, agazapada contra el suelo y al arrimo de su hija, la otra flamante y en pie, hermosa, inmensa, lozana, respirando vida en su robusta mole? ¿Para vos no dicen nada esos cien colegios y conventos, obra de la ciencia y la piedra reunidas? ¿Y esos palacios de los grandes señores, esas paredes llenas de escudos y rejas, indicio de soberbia y precaución? ¡Dichosa edad aquella en que el alma ha encontrado siempre de qué alimentar su insaciable hambre! Para las almas religiosas el monasterio, para las heroicas la guerra, para las apasionadas el amor, más hermoso cuanto más contrariado, para todas la galantería, los grandes afectos, los sacrificios sublimes, las muertes gloriosas... La sociedad vive impulsada por una sola fuerza, la pasión... El cálculo no se ha inventado todavía. La pasión gobierna el mundo y en él pone su sello de fuego. El hombre lo atropella todo por la posesión del objeto amado, o muere luchando ante las puertas del hogar que se le cierran... Por una mujer se encienden guerras y dos naciones se destrozan por un beso... La fuerza que aparentemente impera no es el empuje brutal de los modernos, sino un aliento poderoso, el resoplido de los dos pulmones de la sociedad, que son el honor y el amor.

—No vendría mal el discursito —murmuré— si al fin encontráramos...

Cuando esto decía habíamos perdido de vista la catedral, y nos internábamos por calles angostas y oscuras, buscando en vano la del Cáliz. Vimos una anciana que apoyándose en un palo marchaba lentamente arrimada a la pared, y le pregunté:

—Señora, ¿puede usted decirme dónde está la calle del Cáliz?

—¿Buscan la calle del Cáliz y están en ella? —repuso la vieja con desabrimiento—. ¿Van a la casa de los masones o a la logia de la calle de Tentenecios? Pues sigan adelante y no mortifiquen a una pobre vieja que no quiere nada con el demonio.

—¿Y la casa de los masones, cuál es, señora?

—Tiénela en la mano y pregunta... —contestó la anciana—. Ese portalón que está detrás de usted es la entrada de la vivienda de esos bribones; ahí es donde cometen sus feas herejías contra la religión, ahí donde hablan pestes de nuestros queridos reyes... ¡Malvados! ¡Ay, con cuánto gusto iría a la Plaza mayor para veros quemar! Dios querrá quitarnos de en medio a los franceses que tales suciedades consienten... Masones y franceses todos son unos, la pata derecha y la izquierda de Satanás.

Marchose la vieja hablando consigo misma, y al quedarnos solos reconocí en el portalón que cerca teníamos la casa de Santorcaz.

—¡Cuántas veces habremos pasado por aquí sin conocer la casa! —dijo miss Fly—. Si yo la hubiese visto una sola vez... Pero parece que sois torpe, Araceli.

La puerta era un antiquísimo arco bizantino, compuesto por seis u ocho curvas concéntricas, por donde corrían misteriosas formas vegetales, gastadas por el tiempo, cascabeles y entrelazadas cintas; y en la imposta unos diablillos, monos o no sé qué desvergonzados animales que hacían cabriolas confundiendo sus piernecillas enjutas con los tallos de la hojarasca de piedra. Letras ininteligibles y que sin duda expresaban la época de la construcción, dejaban ver sus trazos grotescos y torcidos, como si un dedo vacilante las trazara al modo de conjuro. Estaba reforzada la puerta con garabatos de hierro tan mohosos como apolilladas y rotas las mal juntas tablas, y un grueso llamador en figura de culebrón enroscado pendía en el centro, aguardando una impaciente mano que lo moviese.

Yo interrogué a miss Fly con la mirada, vi que acercaba su mano al aldabón.

—¿Ya, señora? —dije deteniendo su movimiento.

—¿Pues a qué esperáis?

—Conviene explorar primero al enemigo... La casa es sólida... Jean-Jean dijo que había dentro... ¿cuántos hombres?

—Cincuenta, si no recuerdo mal... pero aunque sean mil...

—Es verdad, aunque sea un millón.

Vimos que se acercaba un hombre, y al punto reconocí a Jean-Jean.

—Vienen refuerzos, señora —dije—. Verá usted qué pronto despacho.

Miss Fly, asiendo el aldabón, dio un golpe.

Yo toqué mis armas, y al ver que no se me habían olvidado, no pude evitar un sentimiento que no sé si era burla o admiración de mí mismo, porque a la verdad, señores, lo que yo iba a hacer, lo que yo intentaba en aquel momento, o era una tontería o una acción semejante a aquellas perpetuadas en romances y libros de caballería. Yo recordaba haber leído en alguna parte que un desvalido amante llega bonitamente y sin más ayuda que el valor de su brazo, o la protección de tal o cual potencia nigromántica, a las puertas de un castillo donde el más barbudo y zafio moro o gigante de aquellos agrestes confines, tiene encerrada a la más delicada doncella, princesa o emperatriz que ha peinado hebras de oro y llorado líquidos diamantes, y el tal desvalido amante grita desde abajo: «Fiero arráez, o bárbaro sultán, vengo a arrancarte esa real persona que aprisionada guardas, y te conjuro que me la des al instante si no quieres que tu cuerpo sea partido en dos pedazos por esta mi espada; y no te rías ni me amenaces, porque aunque tuvieras más ejércitos que llevó el partho a la conquista de la Grecia, ni uno solo de los tuyos quedará vivo.»

Así, señores, así, ni más o menos, era lo que yo iba a emprender. Cuando toqué las pistolas del cinto, y el tahalí de que pendía la tajante espada y me eché el embozo a la capa, y el ala del ancho sombrero sobre la ceja, confieso que entre los sentimientos que luchaban en mi corazón predominó la burla, y me reí en la oscuridad. Tenía yo un aire de personaje de valentías, guapezas y gatuperios, que habría puesto miedo en el ánimo más valeroso, cuando no mofa y risa; pero miss Fly había leído sin duda las hazañas de don Rodulfo de Pedrajas, de Pedro Cadenas, Lampuga, Gardoncha y Perotudo, y mi catadura le había de parecer más propia para enamorar que para reír.

Viendo que no respondían, cogí el aldabón y repetí los golpes.

Yo no medía la extensión del peligro que iba a afrontar, ni era posible reflexionar en ello, aunque habría bastado un destello de luz de mi razón para esclarecerme el horrible jaleo en que me iba a meter... Yo no pensaba en esto, porque sentía el inexplicable deleite que tiene para la juventud enamorada todo lo que es misterioso y desconocido, más bello y atractivo cuanto más peligroso; porque sentía dentro de mí un deseo de acometer cualquier brutalidad sin nombre, que pusiese mi fuerza y mi valor al servicio de la persona a quien más amaba en el mundo.

No se olvide que aún me duraba el despecho y la sofocación de la mañana. El recuerdo de las escenas que antes he descrito completaba mi ceguera; y realizar por la violencia lo que no pude conseguir por otro medio, era sin duda gran atractivo para mi excitado espíritu. En la calle me aguijoneaba la fantasía, y desde dentro me llamaba el corazón, toda mi vida pasada y cuanto pudiese soñar para el porvenir... ¿Quién no rompe una pared, aunque sea con la cabeza, cuando le impulsan a ello dos mujeres, una desde dentro y otra desde fuera?

No debo negar que la hermosa inglesa había adquirido gran ascendiente sobre mí. No puedo expresar aquel dominio suyo y aquella esclavitud mía, sino empleando una palabra muy usada en las novelas, y que ignoro si indicará de un modo claro mi idea; pero no teniendo a mano otro vocablo, la emplearé. Miss Fly me fascinaba. Aquella grandeza de espíritu, aquel sentimiento alambicado y sin mezcla de egoísmo que había en sus palabras; aquel carácter que atesoraba, tras una extravagancia sin ejemplo, todo el material, digámoslo así, de las grandes acciones, hallaban secreta simpatía en un rincón de mi ser. Me reía de ella y la admiraba; parecíanme disparates sus consejos y los obedecía. Aquella inmensidad de su pensamiento tan distante de la realidad me seducía, y antes que confesarme cobarde para seguir el vuelo de su voluntad poderosa, hubiérame muerto de vergüenza.

Repetí con más fuerza los golpes, y nada se oía en el interior de la casa. Oscuridad y silencio como el de los sepulcros reinaban en ella. El animalejo, lagarto, o culebrón que figuraba la aldaba, alzó (al menos así parecía) su cabeza llena de herrumbre y clavando en mí los verdes ojuelos, abrió la horrible boca para reírse.

—No quieren abrir —me dijo Jean-Jean—. Sin embargo, dentro están: los he visto entrar... Son los principales afrancesados que hay en la ciudad, más masones que el gran Copto, y más ateos que Judas... Mala gente. Mi opinión, señor marqués, es que os marchéis. El coche os aguarda en la puerta de Santi-Spíritus.

—¿Tienes miedo, Jean-Jean?

—Además, señor marqués —continuó este—, debo advertiros que pronto ha de pasar por aquí la ronda... Vos y la señora tenéis todo el aspecto de gente sospechosa... Todavía hay quien cree que sois espía y la señora también.

—¿Yo espía? —dijo miss Fly con desprecio—. Soy una dama inglesa.

—Márchate tú, Jean-Jean, si tienes miedo.

—Hacéis una locura, caballero —repuso el dragón—. Esos hombres van a salir y a todos nos molerán a palos.

Creí sentir el ruido de las maderas de una ventanilla que se abría en lo alto, y grité:

—¡Ah de la casa! Abrid pronto.

—Es una locura, señor marqués —dijo el dragón bruscamente—. Vámonos de aquí...

Entonces noté en el semblante hosco y sombrío de Jean-Jean una alteración muy visible que no era ciertamente la que produce el miedo.

—Repito que os dejo solo, señor marqués... La ronda va a venir... Vamos hacia Santi-Spíritus, o no respondo de vos.

Su insistencia y el empeño de llevarnos hacia las afueras de la ciudad, infundió en mí terrible sospecha.

Miss Fly redobló los martillazos, diciendo:

—Será preciso echar la puerta abajo, si no abren.

Los garabatos de hierro que reforzaban la puerta, se contrajeron, haciendo muecas horribles, signos burlescos, figurando no sé si extrañas sonrisas o mohínes o visajes de misteriosos rostros.

Yo empezaba a perder la paciencia y la serenidad. Jean-Jean me causaba inquietud y temí una alevosía, no por la sospecha de espionaje, como él había dicho, sino por la tentación de robarnos. El caso no era nuevo, y los soldados que guarnecían las poblaciones del pobre país conquistado, cometían impunemente todo linaje de excesos. Además, la aventura iba tomando carácter grotesco, pues nadie respondía a nuestros golpes ni asomaba rostro humano en la alta reja.

—Sin duda no hay aquí rastro de gente. Los masones se han marchado y ese tunante nos ha traído aquí para expoliarnos a sus anchas.

De pronto vi que alguien aparecía en el recodo que hace la calle. Eran dos personas que se fijaron allí como en acecho. Dirigime hacia el dragón; pero este sin esperar a que le hablase, nos abandonó súbitamente para unirse a los otros.

—Ese miserable nos ha vendido —exclamé rugiendo de cólera—. ¡Señora, estamos perdidos! No contábamos con la traición.

—¡La traición! —dijo confusa miss Fly—. No puede ser.

No tuvimos tiempo de razonar, porque los dos que nos observaban y Jean-Jean se nos vinieron encima.

—¿Qué hacéis aquí? —me preguntó uno de ellos, que era soldado de artillería sin distintivo alguno.

—No tengo que darte cuenta —respondí—. Deja libre la calle.

—¿Es ésta la tarasca inglesa? —dijo el otro dirigiéndose a miss Fly con insolencia.

—¡Tunante! —grité desenvainando—. Voy a enseñarte cómo se habla con las señoras.

—El marquesito ha sacado el asador —dijo el primero—. Jóvenes, venid al cuerpo de guardia con nosotros, y vos, *milady sauterelle*, dad el brazo a *Charles le Téméraire* para que os conduzca al palacio del cepo.

—Araceli —me dijo miss Fly—, toma mi látigo y échalos de aquí.

—*Pied-de-mouton*, atraviésalo —vociferó el artillero.

Pied-de-mouton como sargento de dragones, iba armado de sable. *Carlos el Temerario* era artillero y llevaba un machete corto, arma de escaso valor en aquella ocasión. En un momento rapidísimo, mientras Jean-Jean vacilaba entre dirigirse a la inglesa o a mí, acuchillé a *Pied-de-mouton* con tan buena suerte, con tanto ímpetu y tanta seguridad, que le tendí en el suelo. Lanzando un ronco aullido cayó bañado en sangre... Me arrimé a la pared para tener guardadas las espaldas y esperé a Jean-Jean que, al ver la caída de su compañero, se apartó de miss Fly, mientras Carlos el Temerario se inclinaba a reconocer el herido. Rápida como el pensamiento, Athenais se bajó a recoger el sable de este. Sin esperar a que Jean-Jean me atacase y viéndole algo desconcertado, fuime sobre él; mas sobrecogido dio algunos pasos hacia atrás, bramando así:

—*¡Corne du Diable! ¡Mille millions de bombardes!*... ¿Creéis que os tengo miedo?

Diciéndolo apretó a correr a lo largo de la calle, y más ligero que el viento le siguió Carlos. Ambos gritaban:

—¡A la guardia, a la guardia!

—Cerca hay un grupo de guardia, señora. Huyamos. Aquí dio fin el romance.

Corrimos en dirección contraria a la que ellos tomaron, mas no habíamos andado siete pasos, cuando sentimos a lo lejos pisadas de gente y distinguimos un pelotón de soldados que a toda prisa venía hacia nosotros.

—Nos cortan la retirada, señora —dije retrocediendo—. Vamos por otro lado.

Buscamos una boca-calle que nos permitiera tomar otra dirección y no la encontramos. La patrulla se acercaba. Corrimos al otro extremo, y sentí la voz de nuestros dos enemigos, gritando siempre:

—¡A la guardia!...

—Nos cogerán —dijo miss Fly con serenidad incomparable, que me inspiró aliento—. No importa. Entreguémonos.

En aquel instante, como pasáramos junto al pórtico en cuyo aldabón habíamos martillado inútilmente, vi que la puerta se abría y asomaba por ella la cabeza de un curioso, que sin duda no había podido dominar su anhelo de saber lo que resultaba de la pendencia... El cielo se abría delante de nosotros. La patrulla estaba cerca, pero como la calle describía un ángulo muy pronunciado, los soldados que la formaban no podían vernos. Empujé aquella puerta y al hombre, que curiosamente y con irónica sonrisa en el rostro se asomaba; y aunque ni una ni otro quisieron ceder al principio, hice tanta fuerza, que bien pronto miss Fly y yo nos encontramos dentro, y con presteza increíble corrí los pesados cerrojos.

XXIV

—¿Qué hace usted? —preguntó con estupor un hombre a quien vi delante de mí, y que alumbraba el angosto portal con su linterna.

—Salvarme y salvar a esta señora —respondí atendiendo a los pasos que un rato después de nuestra entrada sonaban en la calle, fuera de la puerta—. La patrulla se detiene...

—Ahora examina el cuerpo...

—No nos han visto entrar...

—Pero, o yo estoy tonto, o es Araceli el que tengo delante —dijo aquel hombre, el cual no era otro que Santorcaz.

—El mismo, señor don Luis. Si su intento es denunciarme, puede hacerlo entregándome a la patrulla; pero ponga usted en lugar seguro a esta señora hasta que pueda salir libremente de Salamanca... Todavía están ahí —añadí con la mayor agitación—. ¡Cómo gruñen!... parece que recogen el cuerpo... ¿Estará muerto o tan solo herido?...

—Se marchan —dijo Athenais—. No nos han visto entrar... Creerán que ha sido una pendencia entre soldados, y mientras aquellos pícaros no expliquen...

—Adelante, señores —dijo Santorcaz con petulancia—. El primer deber del hijo del pueblo es la hospitalidad, y su hogar recibe a cuantos han menester el amparo de sus semejantes. Señora, nada tema usted.

—¿Y quién os ha dicho que yo temo algo? —dijo con arrogancia miss Fly.

—Araceli, ¿eres tú quien me echaba la puerta abajo hace un momento?

Vacilé un instante en contestar, y ya tenía la palabra en la boca, cuando miss Fly se anticipó diciendo:

—Era yo.

Santorcaz después de hacer una cortesía a la dama inglesa, permaneció mudo y quieto, esperando oír los motivos que había tenido la señora para llamar tan reciamente.

—¿Por qué me miráis con la boca abierta? —dijo bruscamente miss Fly—. Seguid y alumbrad.

Santorcaz me miró con asombro. ¿Quién le causaría más sorpresa, yo o ella? A mi vez yo no podía menos de sentirla también, y grande, al ver que el jefe de los masones nos recibía con urbanidad.

Subimos lentamente la escalera. Desde esta oíanse ruidosas voces de hombres en lo interior de la casa. Cuando llegamos a una habitación desnuda y oscura, que alumbró débilmente la linterna de Santorcaz, este nos dijo:

—¿Ahora podré saber qué buscan ustedes en mi casa?

—Hemos entrado aquí buscando refugio contra unos malvados que querían asesinarnos. Mi deseo es que oculte usted a esta señora si por acaso insistieran en perseguirla dentro de la casa.

—¿Y a ti? —me preguntó con sorna.

—Yo estimo mi vida —repuse— y no quisiera caer en manos de Jean-Jean; pero nada pido a usted, y ahora mismo saldré a la calle, si me promete poner en seguridad a esta señora.

—Yo no abandono a los amigos —dijo Santorcaz con aquella sandunga y marrullería que le eran habituales—. La dama y su galán pueden respirar tranquilos. Nadie les molestará.

Miss Fly se había sentado en un incómodo sillón de vaqueta, único mueble que en la destartalada estancia había, y sin atender a nuestro diálogo, miraba los dos o tres cuadros apolillados que pendían de las paredes, cuando entró la criada trayendo una luz.

—¿Es esta vuestra hija? —preguntó vivamente la inglesa clavando los ojos en la moza.

—Es Ramoncilla, mi criada —repuso Santorcaz.

—Deseo ardientemente ver a vuestra hija, caballero —dijo la inglesa—. Tiene fama de muy hermosa.

—Después de lo presente —dijo el masón con galantería— no creo que haya otra más hermosa... Pero volviendo a nuestro asunto, señora, si usted y su esposo desean...

—Este caballero no es mi esposo —afirmó miss Fly sin mirar a Santorcaz.

—Bien; quise decir su amigo.

—No es tampoco mi amigo, es mi criado —dijo la dama con enojo—. Sois en verdad impertinente.

Santorcaz me miró, y en su mirada conocí que no daba fe a la afirmación de la dama.

—Bien... ¿Usted y su criado piensan permanecer en Salamanca?...

—No, precisamente lo que queremos es salir sin que nadie nos moleste. No puedo realizar el objeto que me trajo a Salamanca y me marcho...

—Pues a entrambos sacaré de la ciudad antes del día —dijo Santorcaz— porque estoy preparándolo todo para salir a la madrugada.

—¿Y lleváis a vuestra hija? —preguntó con gran interés miss Fly.

—Mi hija me ama tanto —respondió el masón con orgullo— que nunca se separa de mí.

—¿Y a dónde vais ahora?

—A Francia. No pienso volver a poner los pies en España.

—Mal patriota sois...

—Señora... dígame usted su tratamiento para designarle con él. Aunque hijo del pueblo y defensor de la igualdad, sé respetar las jerarquías que establecieran la monarquía y la historia.

—Decidme simplemente *señora*, y basta.

—Bien, puesto que la señora quiere conocer a mi hija, se la voy a mostrar —dijo Santorcaz—. Dígnese la señora seguirme.

Seguímosle, y nos llevó a una sala, compuesta con más decoro que la que dejábamos e iluminada por un velón de cuatro mecheros. Ofreció el anciano un asiento a la inglesa, y luego desapareció volviendo al poco rato con su hija de la mano. Cuando la infeliz me vio, quedose pálida como la muerte, y no pudo reprimir un grito de asombro que por su intensidad, parecía de miedo.

—Hija mía, esta es la señora que acaba de llegar a casa pidiéndome hospitalidad para ella y para el mancebo que la acompaña.

Inés estaba como quien ve fantasmas. Tan pronto miraba a miss Fly como a mí, sin convencerse de que eran reales y tangibles las personas que tenía delante. Yo sonreía tratando de disipar su confusión con el lenguaje de los ojos y las facciones; pero la pobre muchacha estaba cada vez más absorta.

—Sí que es hermosa —dijo miss Fly con gravedad—. Pero no quitáis los ojos de este joven que me acompaña. Sin duda le encontráis parecido a otro que conocéis. Hija mía, es el mismo que pensáis, el mismo.

—Solo que este perillán —dijo Santorcaz sacudiéndome el brazo con familiaridad impertinente— ha cambiado tanto... Cuando era oficial se le podía mirar; pero después que ha sido expulsado del ejército por su cobardía y mal comportamiento y puéstose a servir...

Tan grosera burla no merecía que la contestase, y callé, dejando que Inés se confundiese más.

—Caballero —dijo miss Fly con enojo volviéndose hacia Santorcaz— si hubiera sabido que pensabais insultar a la persona que me acompaña, habría preferido quedarme en la calle. Dije que era mi criado; pero no es cierto. Este caballero es mi amigo.

—Su amigo —añadió don Luis—. Justo, eso decía yo.

—Amigo leal y caballero intachable, a quien agradeceré toda la vida el servicio que me ha prestado esta noche exponiendo su vida por mí.

Nueva confusión de Inés. Mudaba de color su alterado semblante a cada segundo, y todo se le volvía mirar a la inglesa y a mí, como si mirándonos, leyéndonos, devorándonos con la vista, pudiera aclarar el misteriosísimo enigma que tenía delante.

La venganza es un placer criminal, pero tan deleitoso que en ciertas ocasiones es preciso ser santo o arcángel para sofocar esta partícula, para extinguir esta pavesa de infierno que existe en nuestro corazón. Así es que sintiendo yo en mí la quemadura de aquel diabólico fuego del alma que nos induce a mortificar alguna vez a las personas que más amamos, dije con gravedad:

—Señora mía, no merecen agradecimiento acciones comunes que son un deber para todas las personas de honor. Además, si se trata de agradecer, ¿qué podría decir yo, al recordar las atenciones que de usted he merecido en el cuartel general aliado, y antes de que viniésemos ambos a Salamanca?

Miss Fly pareció muy regocijada de estas palabras mías, y en su mirada resplandeció una satisfacción que no se cuidaba de disimular. Inés observaba a la inglesa, queriendo leer en su rostro lo que no había dicho.

—Señor Santorcaz —dijo la Mosquita después de una pausa— ¿no pensáis en casar a vuestra hija?

—Señora, mi hija parece hasta hoy muy contenta de su estado y de la compañía de su padre. Sin embargo, con el tiempo... No se casará con un noble; ni con un militar, porque ella y yo aborrecemos a esos verdugos y carniceros del pueblo.

—Podemos darnos por ofendidos con lo que decís contra dos clases tan respetables —repuso con benevolencia miss Fly—. Yo soy noble y el señor es militar. Con que...

—He hablado en términos generales, señora. Por lo demás, mi hija no quiere casarse.

—Es imposible que siendo tan linda no tenga los pretendientes a millares —dijo miss Fly mirándola—. ¿Será posible que esta hermosa niña no ame a nadie?

Inés en aquel instante no podía disimular su enojo.

—Ni ama ni ha amado jamás a nadie —contestó oficiosamente su padre.

—Eso no, señor Santorcaz —dijo la inglesa—. No tratéis de engañarme, porque conozco de la cruz a la fecha la historia de vuestra adorada niña, hasta que os apoderasteis de ella en Cifuentes.

Inés se puso roja como una cereza, y me miró no sé si con desprecio o con terror. Yo callaba, y midiendo por mi propia emoción la suya, decía para mí con la mayor inocencia: «La pobrecita será capaz de enfadarse.»

—Tonterías y mimos de la infancia —dijo Santorcaz, a quien había sabido muy mal lo que acababa de oír.

—Eso es —añadió la inglesa señalando sucesivamente a Inés y a mí—. Ambos son ya personas formales, y sus ideas así como sus sentimientos han tomando camino más derecho. No conozco el carácter y los pensamientos de vuestra encantadora hija; pero conozco el grande espíritu, el noble entendimiento del joven que nos escucha, y puedo aseguraros que leo en su alma como en un libro.

Inés no cabía en sí misma. El alma se le salía por los ojos en forma de aflicción, de despecho, de no sé qué sentimiento poderoso, hasta entonces desconocido para ella.

—Hace algún tiempo —añadió la inglesa— que nos une una noble, franca y pura amistad. Este caballero posee un espíritu elevado. Su corazón, superior a los sentimientos mezquinos de la vida ordinaria, arde en el deseo fogoso de una vida grandiosa, de lucha, de peligro, y no quiere asociar su existencia a la menguada medianía de un hogar pacífico, sino lanzarla a los tumultos de la guerra, de la sociedad, donde hallará pareja digna de su alma inmensa.

149

No pude reprimir una sonrisa; pero nadie, felizmente, a no ser Inés que me observaba, advirtió mi indiscreción.

—¿Qué decís a esto? —preguntó Athenais a mi novia.

—Que me parece muy bien —contestó allá como Dios le dio a entender, entre atrevida y balbuciente—. Cuando se tiene un alma de tal inmensidad, parece propio afrontar los peligros de una patrulla, en vez de llamar a la primera puerta que se presenta.

—Ya comprenderá usted, señora —dijo don Luis— que mi hija no es tonta.

—Sí; pero lo sois vos —contestó desabridamente miss Fly.

Y diciéndolo, en la casa retumbaron aldabonazos tan fuertes como los que nosotros habíamos dado poco antes.

—¡La patrulla! —exclamé.

—Sin duda —dijo Santorcaz—. Pero no haya temor. He prometido ocultar a ustedes. Si manda la patrulla Cerizy, que es amigo mío, no hay nada que temer. Inés, esconde a la señora en el cuarto de los libros, que yo archivaré a este sujeto en otro lado.

Mientras Inés y miss Fly desaparecieron por una puerta excusada, dejeme conducir por mi antiguo amigo, el cual me llevó a la habitación donde por la mañana le había visto, y en la cual estaban aquella noche y en aquella ocasión cinco hombres sentados alrededor de la ancha mesa. Vi sobre esta libros, botellas y papeles en desorden, y bien podía decirse que las tres clases de objetos ocupaban igualmente a todos. Leían, escribían y echaban buenos tragos, sin dejar de charlar y reír. Observé además que en la estancia había armas de todas clases.

—Otra vez te atruenan la casa a aldabonazos, papá Santorcaz —dijo, al vernos entrar, el más joven, animado y vivaracho de los presentes.

—Es la ronda —respondió el masón—. A ver dónde escondemos a este joven. Monsalud, ¿sabes quién manda la ronda esta noche?

—Cerizy —contestó el interpelado, que era un joven alto, flaco y moreno, bastante parecido a una araña.

—Entonces no hay cuidado —me dijo—. Puedes entrar en esta habitación y esconderte allí, por si acaso quiere subir a beber una copa.

Escondido, mas no encerrado, en la habitación que me designara, permanecí algún tiempo, el necesario para que Santorcaz bajase a la puerta, y por breves momentos conferenciase con los de la ronda, y para que el jefe de esta subiese a honrar las botellas que galantemente le ofrecían.

—Señores —exclamó el oficial francés entrando con Santorcaz— buenas noches... ¿Se trabaja? Buena vida es esta.

—Cerizy —replicó el llamado Monsalud llenando una copa—, a la salud de Francia y España reunidas.

—A la salud del gran imperio galo-hispano —dijo Cerizy alzando la copa—. A la salud de los buenos españoles.

—¿Qué noticias, amigo Cerizy? —preguntó otro de los presentes, viejo, ceñudo y feo.

—Que el lord está cerca... pero nos defenderemos bien. ¿Han visto ustedes las fortificaciones?... Ellos no tienen artillería de sitio... El ejército aliado es un ejército *pour rire*...

—¡Pobrecitos! —exclamó el viejo, cuyo nombre era Bartolomé Canencia—. Cuando uno piensa que van a morir tantos hombres... que se va a derramar tanta sangre...

—Señor filósofo —indicó el francés— porque ellos lo quieren... Convenced a los españoles de que deben someterse...

—Descanse usted un momento, amigo Cerizy.

—No puedo detenerme... Han herido a un sargento de dragones en esta calle...

—Alguna disputa...

—No se sabe... los asesinos han huido... Dicen que son espías.

—¡Espías de los ingleses!... Si Salamanca está llena de espías.

—Han dicho que un español y una inglesa... o no sé si un inglés acompañado de una española... Pero no puedo detenerme. Se me mandó registrar las casas... Decidme: ¿no hay logia esta noche?

—¿Logia? Si nos marchamos...

—¿Se marchan? —dijo el francés—. Y yo que estaba concluyendo a toda prisa mi *Memoria sobre las distintas formas de la tiranía*.

—Léasela usted a sí propio —indicó el filósofo Canencia—. Lo mismo me pasará a mí con mi *Tratado de la libertad individual* y mi traducción de Diderot.

—¿Y por qué es esa marcha?

—Porque los ingleses entrarán en Salamanca —dijo Santorcaz— y no queremos que nos cojan aquí.

—Yo no daría dos cuartos por lo que me quedara de pescuezo después de entrar los aliados —advirtió el más joven y más vivaracho de todos.

—Los ingleses no entrarán en Salamanca, señores —afirmó con petulancia el oficial.

Santorcaz movió la cabeza con triste expresión dubitativa.

—Y pues así echan ustedes a correr, desde que nos hallamos comprometidos, señor Santorcaz —añadió Cerizy con la misma petulancia y cierto tonillo represivo—, sepan que en el cuartel general de Marmont no estarán los masones tan seguros como aquí.

—¿Que no?

—No: porque no son del agrado del general en jefe que nunca fue aficionado a sociedades secretas. Las ha tolerado porque era preciso alentar a los españoles que no seguían la causa insurgente; pero ya sabe usted que Marmont es algo *bigot*.

—Sí...

—Pero lo que no sabe usted es que han venido órdenes apremiantes de Madrid para separar la causa francesa de todo lo que trascienda a masonería, ateísmo, irreligiosidad y filosofía.

—Lo esperaba, porque José es también algo...

—*Bigot*... Conque buen viaje y no fiar mucho del general en jefe.

—Como no pienso parar hasta Francia, mi querido señor Cerizy... —dijo Santorcaz— estoy sin cuidado.

—No se puede vivir en esta abominable nación —afirmó el viejo filósofo—. En París o en Burdeos publicaré mi *Tratado de la libertad individual* y mi traducción de Diderot.

—Buenas noches, señor Santorcaz, señores todos.

—Buenas noches y buena suerte contra el lord, señor Cerizy.

—Nos veremos en Francia —dijo el francés al retirarse—. Qué lástima de logia... Marchaba tan bien... Señor Canencia, siento que no conozca usted mi *Memoria sobre las tiranías*.

Cuando el jefe de la ronda bajaba la escalera, sacome de mi escondite Santorcaz, y presentándome a sus amigos, dijo con sorna:

—Señores, presento a ustedes un espía de los ingleses.

No le contesté una palabra.

—Bien se conoce, amiguito... pero no reñiremos —añadió el masón ofreciéndome una silla y poniéndome delante una copa que llenó—. Bebe.

—Yo no bebo.

—Amigo Ciruelo —dijo don Luis al más joven de los presentes— te quedarás en Salamanca hasta mañana, porque en lugar tuyo va a salir este joven.

—Sí, eso es —objetó Ciruelo mirándome con enojo—. Y si vienen los aliados y me ahorcan... Yo no soy espía de los ingleses.

—¡Ingleses, franceses!... —exclamó el filósofo Canencia en tono sibilítico—... hombres que se disputan el terreno, no las ideas... ¿Qué me importa cambiar de tiranos? A los que como yo combaten por la filosofía, por los grandes principios de Voltaire y Rousseau, lo mismo les importa que reinen en España las casacas rojas o los capotes azules.

—¿Y usted qué piensa? —me dijo Monsalud, observándome con curiosidad—. ¿Entrarán los aliados en Salamanca?

—Sí señor, entraremos —contesté con aplomo.

—Entraremos... luego usted pertenece al ejército aliado.

—Al ejército aliado pertenezco.

—¿Y cómo está usted aquí? —me preguntó con ademán y tono de la mayor fiereza otro de los presentes, que era hombre más fuerte y robusto que un toro.

—Estoy aquí, porque he venido.

Necesitaba hacer grandes esfuerzos para sofocar mi indignación.

—Este joven se burla de nosotros —dijo Ciruelo.

—Pues yo sostengo que los aliados no entrarán en Salamanca —añadió Monsalud—. No traen artillería de sitio.

—La traerán...

—Ignoran con qué clase de fortificaciones tienen que habérselas.

—El duque de Ciudad-Rodrigo no ignora nada.

—Bueno, que entren —dijo Santorcaz—. Puesto que Marmont nos abandona...

—Lo que yo digo —indicó el filósofo—; casacas rojas o casacas azules...
¿qué más da?

—Pero es indigno que favorezcamos a los espías de Wellington —exclamó
con ira el bárbaro Monsalud, levantándose de su asiento.

Yo decía para mí:

—No habrá en esta maldita casa un agujero por donde escapar solo con
ella.

—Siéntate y calla, Monsalud —dijo Santorcaz—. A mí me importa poco que
Narices entre o no en Salamanca. Ponga yo el pie en mi querida Francia...
Aquí no se puede vivir.

—Si siguieran los franceses mi parecer —dijo el joven Ciruelo con la expresión propia de quien está seguro de manifestar una gran idea—, antes de
entregar esta ciudad histórica a los aliados, la volarían. Basta poner seis
quintales de pólvora en la catedral, otros seis en la Universidad, igual dosis
en los Estudios Menores, en la Compañía, en San Esteban, en Santo Tomás
y en todos los grandes edificios... Vienen los aliados, ¿quieren entrar? ¡fuego!
¡Qué hermoso montón de ruinas! Así se consiguen dos objetos; acabar con
ellos, y destruir uno de los más terribles testimonios de la tiranía, barbarie y
fanatismo de esos ominosos tiempos, señores...

—Orador Ciruelo, tú harás revoluciones —dijo Canencia con majestuosa
petulancia.

—Lo que yo afirmo —gruñó Monsalud— es que venzan o no los aliados,
no me marcharé de España.

—Ni yo —mugió el toro.

—Prefiero volverme con los insurgentes —dijo el quinto personaje, que
hasta entonces no había desplegado los bozales labios.

—Yo me voy para siempre de España —afirmó Santorcaz—. Veo malparada
aquí la causa francesa. Antes de dos años Fernando VII volverá a Madrid.

—¡Locura, necedad!

—Si esta campaña termina mal para los franceses, como creo...

—¿Mal? ¿Por qué?

—Marmont no tiene fuerzas.

—Se las enviarán. Viene en su auxilio el rey José con tropas de Castilla la
Nueva.

—Y la división Esteve, que está en Segovia.

—Y el ejército de Bonnet viene cerca ya.

—Y también Cafarelli con el ejército del Norte.

—Todavía no ha venido —dijo Santorcaz con tristeza—. Bien, si vienen esas tropas y ponen los franceses toda la carne en el asador...

—Vencerán.

—¿Qué crees tú, Araceli?

—Que Marmont, Bonnet, Esteve, Cafarelli y el rey José no hallarán tierra por donde correr si tropiezan con los aliados —dije con gran aplomo.

—Lo veremos, caballero.

—Eso es, lo verán ustedes —repuse—. Lo veremos todos. ¿Saben ustedes bien lo que es el ejército aliado que ha tomado a Ciudad-Rodrigo y Badajoz? ¿Saben ustedes lo que son esos batallones portugueses y españoles, esa caballería inglesa?... Figúrense ustedes una fuerza inmensa, una disciplina admirable, un entusiasmo loco, y tendrán idea de esa ola que viene y que todo lo arrollará y destruirá a su paso.

Los seis hombres me miraban absortos.

—Supongamos que los franceses son derrotados; ¿qué hará entonces el Emperador?

—Enviar más tropas.

—No puede ser. ¿Y la campaña de Rusia?

—Que va muy mal, según dicen —indiqué yo.

—No va sino muy bien, caballero —exclamó Monsalud, con gesto amenazador.

—Las últimas noticias —dijo el quinto personaje, que tenía facha de militar, y era hombre fuerte, membrudo, imponente, de mirar atravesado y antipática catadura— son estas... Acabo de leerlas en el papel que nos han mandado de Madrid. El Emperador es esperado en Varsovia. El primer cuerpo va sobre Piegel; el mariscal duque de Regio, que manda el segundo, está en Wehlan; el mariscal duque de Elchingen, en Soldass; el rey de Westphalia en Varsovia...

—Eso está muy lejos y no nos importa nada —dijo Santorcaz con disgusto—. Por bien que salga el Emperador de esa campaña temeraria, no podrá en mucho tiempo mandar tropas a España... y parece que Soult anda muy apretado en Andalucía y Suchet en Valencia.

—Todo lo ves negro —gritó con enojo Monsalud.

—Veo la guerra del color que tiene ahora... De modo que a Francia me voy, y salga el Sol por Antequera.

—Triste cosa es vivir de esta manera —dijo el filósofo—. Somos ganado trashumante. Verdad es que no pasamos por punto alguno sin dejar la semilla del *Contrato social* que germinará pronto poblando el suelo de verdaderos ciudadanos... Y es además de triste vergonzoso vernos obligados a pasar por cómicos de la legua.

—Yo no me vestiré más de payaso, aunque me aspen —declaró Monsalud.

—Y yo, antes de dejarme descuartizar por afrancesado, me volveré con los insurgentes —indicó el que tenía figura y corpulencia de salvaje toro.

—Nada perdemos con adoptar nuestro disfraz —dijo don Luis—. Con que se vista uno y nos siga el carro lleno de trebejos, bastará para que no nos hagan daño en esos feroces pueblos... Conque en marcha, señores. Araceli, dame tus armas, porque nosotros no llevamos ninguna... En caso contrario, no me expondré a sacarte.

Se las di, disimulando la rabia que llenaba mi alma, y al punto empezaron los preparativos de marcha. Unos corrían a cerrar sus breves maletas, más llenas de papeles que de ropas. Arregló Ramoncilla el equipaje de su amo, y no tardaron en atronar las casas los ruidos que caballerías y carros hacían en el patio. Cuando pasé a la habitación donde estaban Inés y miss Fly, sorprendiome hallarlas en conversación tirada, aunque no cordial al parecer, y en el semblante de la primera advertí un hechicero mohín irónico, mezclado de tristeza profunda. Yo ocultaba y reprimía en el fondo de mi pecho una tempestad de indignación, de zozobra. Aun allí, rodeado de tan diversa gente, miraba con angustia a todos los rincones, ansiando descubrir alguna brecha, algún resquicio, por donde escapar solo con ella. Creíame capaz de las hazañas que soñaba el alto espíritu de miss Fly.

Pero no había medio humano de realizar mi pensamiento. Estaba en poder de Santorcaz, como si dijéramos, en poder del demonio. Traté de acercarme a Inés para hablarla a solas un momento, con esperanzas de hallar en ella un amoroso cómplice de mi deseo; pero Santorcaz con claro designio y miss

Fly quizás sin intención, me lo impidieron. Inés misma parecía tener empeño en no honrarme con una sola mirada de sus amantes ojos.

Athenais, conservando su falda de amazona, se había transfigurado, escondiendo graciosamente su busto y hermosa cabeza bajo los pliegues de un manto español.

—¿Qué tal estoy así? —me dijo riendo en un instante que estuvimos solos.

—Bien —contesté fríamente, preocupado con otra imagen que atraía los ojos de mi alma.

—¿Nada más que bien?

—Admirablemente. Está usted hermosísima.

—Vuestra novia, señor Araceli —dijo con expresión festiva y algo impertinente—, es bastante sencilla.

—Un poco, señora.

—Está buena para un pobre hombre... ¿Pero es cierto que amáis... a eso?

—¡Oh! Dios de los cielos —dije para mí sin hacer caso de miss Fly—, ¿no habrá un medio de que yo escape solo con ella?

Iba la inglesa a repetir su pregunta, cuando Santorcaz nos llamó dándonos prisa para que bajásemos. Él y sus amigos habían forrado sus personas en miserables vestidos.

—Las dos señoras en el coche que guiará Juan —dijo don Luis—. Tres a caballo y los otros en el carro. Araceli, entra en el carro con Monsalud y Canencia.

—Padre, no vayas a caballo —dijo Inés—. Estás muy enfermo.

—¿Enfermo? Más fuerte que nunca... Vamos: en marcha... Es muy tarde.

Distribuyéronse los viajeros conforme al programa, y pronto salimos en burlesca procesión de la casa y de la calle y de Salamanca. ¡Oh, Dios poderoso! Me parecía que había estado un siglo dentro de la ciudad. Cuando sin hallar obstáculos en las calles ni en la muralla, me vi fuera de las temibles puertas, me pareció que tornaba a la vida.

Según orden de Santorcaz, el cochecillo donde iban las dos damas marchaba delante, seguían los jinetes, y luego los carros, en uno de los cuales tocome subir con los dos interesantes personajes citados. Al verme en el campo libre, si se calmó mi desasosiego por los peligros que corrí dentro de *Roma la chica*, sentí una aflicción vivísima por causas que se comprenderán fácilmente. Me era forzoso correr hacia el cuartel general, abandonando aquel extraño convoy donde iban los amores de toda mi vida, el alma de mi existencia, el tesoro perdido, encontrado y vuelto a perder, sin esperanza de nueva recuperación. Llevado, arrastrado yo mismo por aquella cuadrilla de demonios, ni aun me era posible seguirla, y el deber me obligaba a separarme en medio del camino. La desesperación se apoderó de mí, cuando mis ojos dejaron de ver en la oscuridad de la noche a las dos mujeres que marchaban delante. Salté al suelo y corriendo con velocidad increíble, pues la hondísima pena parecía darme alas, grité con toda la fuerza de mis pulmones:

—¡Inés, miss Fly!... aquí estoy... parad, parad...

Santorcaz corrió al galope detrás de mí y me detuvo.

—Gabriel —gritó— ya te he sacado de la ciudad y ahora puedes marcharte dejándonos en paz. A mano derecha tienes el camino de Aldea-Tejada.

—¡Bandido! —exclamé con rabia—. ¿Crees que si no me hubieras quitado las armas me marcharía solo?

—¡Muy bravo estás!... Buen modo de pagar el beneficio que acabo de hacerte... Márchate de una vez. Te juro que si vuelves a ponerte delante de mí y te atreves a amenazarme, haré contigo lo que mereces...

—¡Malvado!... —grité abalanzándome al arzón de su cabalgadura y hundiendo mis dedos en sus flacos muslos—. ¡Sin armas estoy y podré dar cuenta de ti!

El caballo se encabritó, arrojándome a cierta distancia.

—¡Dame lo que es mío, ladrón! —exclamé tornando hacia mi enemigo—. ¿Crees que te temo? Baja de ese caballo... devuélveme mi espada y veremos.

Santorcaz hizo un gesto de desprecio, y en el silencio de la noche oí el rumor de su irónica risa. El otro jinete, que era el semejante a un toro, se le unió incontinenti.

—O te marchas ahora mismo —dijo don Luis— o te tendemos en el camino.

—La señora inglesa ha de partir conmigo. Hazla detener —dije sofocando la intensa cólera que a causa de mi evidente inferioridad me sofocaba.

—Esa dama irá a donde quiera.

—¡Miss Fly, miss Fly! —grité ahuecando ambas manos junto a mi boca.

Nadie me respondía, ni aun llegaba a mis oídos el rumor de las ruedas del coche. Corrí largo trecho al lado de los caballos, fatigado, jadeante, cubierto de sudor y con profunda agonía en el alma... Volví a gritar luego diciendo:

—¡Inés, Inés! ¡Aguarda un instante... allá voy!

Las fuerzas me faltaban. Los jinetes se dirigieron en disposición amenazadora hacia mí; pero un resto de energía física que aún conservaba, me permitió librarme de ellos, saltando fuera del camino. Pasaron adelante los caballos, y las carcajadas de Santorcaz y del hombre-toro resonaron en mis oídos como el graznar de pájaros carniceros que revoloteaban junto a mí, describiendo pavorosos círculos en torno a mi cabeza. Si mi cuerpo estaba desmayado y casi exánime, conservaba aún voz poderosa, y vociferé mientras creí que podía ser oído:

—¡Miserables!... ya caeréis en mi poder... ¡Eh, Santorcaz, no te descuides!... ¡allá iré yo!... ¡allá iré!

Bien pronto se extinguió a lo lejos el ruido de herraduras y ruedas. Me quedé solo en el camino. Al considerar que Inés había estado en mi mano y que no me había sido posible apoderarme de ella, sentía impulsos de correr hacia adelante, creyendo que la rabia bastaría a hacer brotar de mi cuerpo las potentes alas del cóndor... En mi desesperada impotencia me arrojaba al suelo, mordía la tierra y clamaba al cielo con alaridos que habrían aterrado a los transeúntes, si por aquella desolada llanura hubiese pasado en tal hora alma viviente... ¡Se me escapaba quizás para siempre! Registré el horizonte en derredor, y todo lo vi negro; pero las imágenes de los dos ejércitos pertenecientes a las dos naciones más poderosas del mundo se presentaron a mi agitada imaginación. ¡Por allí los franceses... por allí los ingleses! Un paso más y el humo y los clamores de sangrienta batalla se elevarán hasta el cielo; un paso más y temblará, con el peso de tanto cuerpo que cae, este suelo en que me sostengo. —¡Oh, Dios de las batallas, guerra y exterminio es lo que deseo! —exclamé—. Que no quede un solo hombre de aquí hasta Francia... Araceli, al cuartel real... Wellington te espera.

Esta idea calmó un tanto mi exaltación y me levanté del suelo en que yacía. Cuando di los primeros pasos experimenté esa suspensión del ánimo, ese asombro indefinible que sentimos en el momento de observar la falta o pérdida de un objeto que poco antes llevábamos.

—¿Y miss Fly? —dije deteniéndome estupefacto—. No lo sé... adelante.

XXV

Seguro de que los franceses habían tomado la dirección de Toro, me encaminé yo hacia el Mediodía buscando el Valmuza, riachuelo que corre a cuatro o cinco leguas de la capital. Marchaba a pie con toda la prisa que me permitían el mucho cansancio corporal y las fatigas del alma, y a las ocho de la mañana entré en Aldea Tejada, después de vadear el Tormes y recorrer un terreno áspero y desigual desde Tejares. Unos aldeanos dijéronme antes de llegar allí que no había franceses en los alrededores ni en el pueblo, y en este oí decir que por Siete Carreras y Tornadizos se habían visto en la noche anterior muchísimos ingleses.

—Cerca están los míos —dije para mí, y tomando algo de lo necesario para sustentarme seguí adelante.

Nada me aconteció digno de notarse hasta Tornadizos, donde encontré la vanguardia inglesa y varias partidas de don Julián Sánchez. Eran las diez de la mañana.

—Un caballo, señores, préstenme un caballo —les dije—. Si no, prepárense a oír al señor duque... ¿Dónde está el cuartel general? Creo que en Bernuy. Un caballo pronto.

Al fin me lo dieron, y lanzándolo a toda carrera primero por el camino y después por trochas y veredas, a las doce menos cuarto estaba en el cuartel general. Vestí a toda prisa mi uniforme, informándome al mismo tiempo de la residencia de lord Wellington, para presentarme a él al instante.

—El duque ha pasado por aquí hace un momento —me dijo Tribaldos—. Recorre el pueblo a pie.

Un momento después encontré en la plaza al señor duque, que volvía de su paseo; conociome al punto, y acercándome a él le dije:

—Tengo el honor de manifestar a vuecencia que he estado en Salamanca y que traigo todos los datos y noticias que vuecencia desea.

—¿Todos? —dijo Wellington sin hacer demostración alguna de benevolencia ni de desagrado.

—Todos, mi general.

—¿Están decididos a defenderse?

—El ejército francés ha evacuado ayer tarde la ciudad, dejando solo ochocientos hombres.

Wellington miró al general portugués Troncoso que a su lado venía. Sin comprender las palabras inglesas que se cruzaron, me pareció que el segundo afirmaba:

—Lo ha adivinado vuecencia.

—Este es el plano de las fortificaciones que defienden el paso del puente —dije, alargando el croquis que había sacado.

Tomolo Wellington, después de examinarlo con profundísima atención, preguntó:

—¿Está usted seguro de que hay piezas giratorias en el rebellín, y ocho piezas comunes en el baluarte?

—Las he contado, mi general. El dibujo será imperfecto; pero no hay en él una sola línea que no sea representación de una obra enemiga.

—¡Oh, oh! Un foso desde San Vicente al Milagro —exclamó con asombro.

—Y un parapeto en San Vicente.

—San Cayetano parece fortificación importante.

—Terrible, mi general.

—Y estas otras en la cabecera del puente...

—Que se unen a los fuertes por medio de estacadas en zig-zag.

—Está bien —dijo con complacencia, guardando el croquis—. Ha desempeñado usted su comisión satisfactoriamente a lo que parece.

—Estoy a las órdenes de mi general.

Y luego, volviendo en derredor la perspicaz mirada, añadió:

—Me dijeron que miss Fly cometió la temeridad de ir también a Salamanca a ver los edificios. No la veo.

—No ha vuelto —dijo un inglés de los de la comitiva.

Interrogáronme todos con alarmantes miradas y sentí cierto embarazo. Hubiera dado cualquier cosa porque la señorita Fly se presentase en aquel momento.

—¿Que no ha vuelto? —dijo el duque con expresión de alarma y clavando en mí sus ojos—. ¿Dónde está?

—Mi general, no lo sé —respondí bastante contrariado—. Miss Fly no fue conmigo a Salamanca. Allí la encontré y después... Nos separamos al salir de la ciudad, porque me era preciso estar en Bernuy antes de las doce.

—Está bien —dijo lord Wellington como si creyese haber dado excesiva importancia a un asunto que en sí no lo tenía—. Suba usted al instante a mi alojamiento para completar los informes que necesito.

No había dado dos pasos, puesto humildemente a la cola de la comitiva del señor duque, cuando detúvome un oficial inglés, algo viejo, pequeño de rostro, no menos encarnado que su uniforme, y cuya carilla arrugada y diminuta se distinguía por cierta vivacidad impertinente, de que eran signos principales una nariz picuda y unos espejuelos de oro. Acostumbrados los españoles a considerar ciertas formas personales como inherentes al oficio militar, nos causaban sorpresa y aun risa aquellos oficiales de artillería y estado mayor que parecían catedráticos, escribanos, vistas de aduanas o procuradores.

Mirome el coronel Simpson, pues no era otro, con altanería; mirele yo a él del mismo modo, y una vez que nos hubimos mirado a sabor de entrambos, dijo él:

—Caballero, ¿dónde está miss Fly?

—Caballero, ¿lo sé yo acaso? ¿Me ha constituido el duque en custodio de esa hermosa mujer?

—Se esperaba que miss Fly regresase con usted de su visita a los monumentos arquitectónicos de Salamanca.

—Pues no ha regresado, caballero Simpson. Yo tenía entendido que miss Fly podía ir y venir y partir y tornar cuando mejor le conviniese.

—Así debiera ser y así lo ha hecho siempre —dijo el inglés—; pero estamos en una tierra donde los hombres no respetan a las señoras, y pudiera suceder que Athenais, a pesar de su alcurnia, no tuviese completa seguridad de ser respetada.

—Miss Fly es dueña de sus acciones —le contesté—. Respecto a su tardanza o extravío, ella sola podrá informar a usted cuando parezca.

Era ciertamente grotesco exigirme la responsabilidad de los pasos malos o buenos de la antojadiza y volandera inglesa, cuando ella no conocía freno alguno a su libertad, ni tenía más salvaguardia de su honor que su honor mismo.

—Esas explicaciones no me satisfacen, caballero Araceli —me dijo Simpson, dignándose dirigir sobre mí una mirada de enojo, que adquiría importancia al pasar por el cristal de sus espejuelos—. El insigne lord Fly, conde de Chichester, me ha encargado que cuide de su hija...

—¡Cuidar de su hija! ¿Y usted lo ha hecho?... Cuando estuvo a punto de perecer en Santi Spíritus, no le vi a su lado... ¡Cuidar de ella! ¿De qué modo se cuida a las señoritas en Inglaterra? ¿Dejando que los españoles les ofrezcan alojamiento, que las acompañen a visitar abadías y castillos?

—Siempre han acompañado a esa señorita dignos caballeros que no abusaron de su confianza. No se temen debilidades de miss Fly, que tiene el mejor de los guardianes en su propio decoro; se temen, caballero Araceli, las violencias, los crímenes que son comunes en las naturalezas apasionadas de esta tierra. En suma, no me satisfacen las explicaciones que usted ha dado.

—No tengo que añadir, respecto al paradero de miss Fly, ni una palabra más a lo que ya tuve honor de manifestar a lord Wellington.

—Basta, caballero —repuso Simpson poniéndome como un pimiento—. Ya hablaremos de esto en ocasión más oportuna. He manifestado mis recelos a don Carlos España, el cual me ha dicho que no era usted de fiar... Hasta la vista.

Apartose de mí vivamente para unirse a la comitiva que estaba muy distante, y dejome en verdad pensativo el venerable y estudioso oficial. Poco después don Carlos España me decía riendo con aquella expresión franca y un tanto brutal que le era propia:

—Picarón redomado, ¿dónde demonios has metido a la amazona? ¿Qué has hecho de ella? Ya te tenía yo por buena alhaja. Cuando el coronel Simpson me dijo que estaba sobre ascuas, le contesté: «No tenga usted duda, amigo mío; los españoles miran a todas las mujeres como cosa propia.»

Traté de convencer al general de mi inocencia en aquel delicado asunto; pero él reía, antes impulsado por móviles de alabanza que de vituperio, porque los españoles somos así. Luego le conté cómo habiendo necesitado del auxilio de los masones para salir de Salamanca, nos acompañamos de ellos hasta salir a buen trecho de la ciudad; mas cuando indiqué que miss Fly les había seguido, ni España ni ninguno de los que me escuchaban quisieron creerme.

Cuando fui al alojamiento del general en jefe para informarle de mil particularidades que él quería conocer relativas a los conventos destruidos, a municiones, a víveres, al espíritu de la guarnición y del vecindario, hallé al duque, con quien conferencié más de hora y media, tan frío, tan severo conmigo, que se me llenó el alma de tristeza. Recogía mis noticias, harto preciosas para el ejército aliado, sin darme claras y vehementes señales, cual yo esperaba, de que mi servicio fuese estimado, o como si estimando el hecho, menospreciara la persona. Hizo elogios del croquis; pero me pareció advertir en él cierta desconfianza y hasta la duda de que aquel minucioso dibujo fuese exacto.

Consternado yo, mas lleno de respeto hacia aquel grave personaje, a quien todos los españoles considerábamos entonces poco menos que un Dios, no osé desplegar los labios en materia alguna distinta de las respuestas que tenía que dar: y cuando el héroe de Talavera me despidió con una cortesía rígida y fría como el movimiento de una estatua que se dobla por la cintura, salí lleno de confusiones y sobresaltos, mas también de ira porque yo comprendía que alguna sospecha tan grave como injusta deslustraba mi buen concepto. ¡Después de tantos trabajos y fatigas por prestar servicio tan grande al ejército aliado, no se me trataba con mayor estima que a un vulgar y mercenario espía! ¡Yo no quería grados ni dinero en pago de mis servicios! Quería consideración, aprecio, y que el *lord* me llamase su amigo, o que desde lo alto de su celebridad y de su genio, dejase caer sobre mi pequeñez cualquier frase afectuosa y conmovedora, como la caricia que se hace al perro leal; pero nada de esto había logrado. Trayendo a mi memoria a un mismo tiempo y en tropel confuso las sofocaciones del día anterior, mi croquis, mis servicios, y mis apuros, los horrendos peligros, y después la fisonomía severa y un tanto ceñuda de lord Wellington, el despecho me inspiraba frases íntimas como la siguiente:

—Quisiera que hubieses estado en poder de Jean-Jean y de Tourlourou, a ver si ponías esa cara... Una cosa es mandar desde la tienda de campaña, y otra obedecer en la muralla... Una cosa es la orden y otra el peligro... Expóngase uno cien veces a morir por un...

XXVI

Esta y otras cosas peores que callo decía yo aquella tarde cuando partimos hacia Salamanca, a cuyas inmediaciones llegamos antes de anochecido, alejándonos después de la ciudad para pasar el Tormes por los vados del Canto y San Martín. Por todas partes oía decir:

—Mañana atacaremos los fuertes.

Yo que los había visto, que los había examinado, conocía que esto no podía ser.

—¡Si creerán ustedes que esos fuertes son juguetes como los que se hicieron en Madrid el 3 de diciembre! —decía yo a mis amigos, dándome cierta importancia—. ¡Si creerán ustedes que la artillería que los defiende es alguna batería de cocina!

Y aquí encajaba descripciones ampulosas, que concluían siempre así:

—Cuando se han visto las cosas, cuando se las ha medido palmo a palmo, cuando se las ha puesto en dibujo con más o menos arte, es cuando puede formarse idea acabada de ellas.

—Di, ¿y a miss Fly también la has visto, la has medido palmo a palmo y la has puesto en dibujo con más o menos arte? —me preguntaban.

Esto me volvía a mis melancolías y *saudades* (hablando en portugués) ocasionadas por el disfavor de lord Wellington y el ningún motivo e injusticia de su frialdad y desabrimiento con un servidor leal y obediente soldado.

Lord Wellington mandó atacar los fuertes por mera conveniencia moral y por infundir aliento a los soldados, que no habían combatido desde Arroyo Molinos. Harto conocía el señor duque que aquellas obras formadas sobre las robustísimas paredes de los conventos no caerían sino ante un poderoso tren de batir, y al efecto hizo venir de Almeida piezas de gran calibre. Esperando, pues, el socorro, y simulando ataques pasaron dos o tres días, en los cuales nada histórico ni particular ocurrió digno de ser contado, pues ni adquirió lord Wellington nuevos títulos nobiliarios, ni pareció miss Fly, ni tuve noticias del rumbo que tomaron los traviesos y mil veces malditos masones.

De lo ocurrido entonces únicamente merecen lugar, y por cierto muy preferente, en estas verídicas relaciones, las miradas que me echaba de vez en cuando el coronel Simpson y sus palabras agresivas, a que yo le contestaba siempre con las peores disposiciones del mundo. Y francamente, señores, yo estaba inquieto, casi tan inquieto como el sabio coronel Simpson, porque pasaban días y continuaba el eclipse de miss Fly. Creí entender que se hacían averiguaciones minuciosas; creí entender ¡oh cielos! que me amenazaba un interrogatorio severo, al cual seguirían rigurosas medidas penales contra mí; pero Dios, para salvarme sin duda de castigos que no merecía, permitió que el día 20 muy de mañana apareciese en los cerros del Norte... no la romancesca e interesante inglesa, sino el mariscal Marmont con 40.000 hombres.

El mismo día en que se nos presentó el francés por el mismo camino de Toro, se suspendió el ataque de los fuertes e hicimos varios movimientos para tomar posiciones si el enemigo nos provocaba a trabar batalla. Mas pronto se conoció que Marmont no tenía ganas de lanzar su ejército contra nosotros, siendo su intento al aproximarse, distraer las fuerzas sitiadoras y tal vez introducir algún socorro en los fuertes. Pero Wellington, aunque no había recibido la artillería de Almeida, persistía con tenacidad sajona en apoderarse de San Vicente y de San Cayetano, los dos formidables conventos arreglados para castillos por una irrisión de la historia. ¡Me parecía estar viéndolos aún desde la torre de la Merced!

La tenacidad, que a veces es en la guerra una virtud, también suele ser una falta, y el asalto de los conventos lo fue manifiestamente, cosa rara en Wellington, que no acostumbraba cometer faltas. La división española se hallaba en Castellanos de los Moriscos, observando al francés que ya se corría a la derecha, ya a la izquierda, cuando nos dijeron que en el asalto infructuoso de San Cayetano habían perecido 120 ingleses y el general Rowes, distinguidísimo en el ejército aliado.

—Ahora se ve cómo también los grandes hombres cometen errores —dije a mis amigos—. A cualquiera se le alcanzaba que San Vicente y San Cayetano no eran corrales de gallinas; pero respetemos las equivocaciones de los de arriba.

—¡Ya está! ¡ya está ahí... albricias! ¡ya la tenemos ahí! —exclamó don Carlos España que a la sazón, de improviso, se había presentado.

—¿Quién, miss Fly? —pregunté con vivo gozo.

—La artillería, señores, la artillería gruesa que se mandó traer de Almeida. Ya ha llegado a Pericalbo, esta tarde estará en las paralelas, se montará mañana y veremos lo que valen esos fuertes que fueron conventos.

—¡Ah, bien venida sea!... creí que hablaba usted de miss Fly, por cuya aparición daría las dos manos que tengo...

Vino efectivamente, no miss Fly, que acerca de esta ni alma viviente sabía palabra, sino la artillería de sitio, y Marmont, que lo adivinó, quiso pasar el río para distraer fuerzas a la izquierda del Tormes. Le vimos correrse a nuestra derecha, hacia Huerta, y al punto recibimos orden de ocupar a Aldealuenga. Como los franceses cruzaron el Tormes, lo pasó también el general Graham, y en vista de este movimiento pusieron los pies en polvorosa. Marmont, que no tenía bastantes fuerzas, careciendo principalmente de caballería, no osaba empeñar ninguna acción formal.

Por lo demás, ante la artillería de sitio, San Vicente y San Cayetano no ofrecieron gran resistencia. Los ingleses (y esto lo digo de referencia, pues nada vi) abrieron brecha el 27 e incendiaron con bala roja los almacenes de San Vicente. Pidieron capitulación los sitiados; mas Wellington, no queriendo admitir condiciones ventajosas para ellos, mandó asaltar la Merced y San Cayetano, escalando el uno y penetrando en el otro por las brechas. Quedó prisionera la guarnición.

Este suceso colmó de alegría a todo el ejército, mayormente cuando vimos que Marmont se alejaba a buen paso hacia el Norte, ignorábamos si en dirección a Toro o a Tordesillas, porque nuestras descubiertas no pudieron determinarlo a causa de la oscuridad de la noche. Pero he aquí que pronto debíamos saberlo, porque la división española y las guerrillas de don Julián Sánchez recibieron orden de dar caza a la retaguardia francesa, mientras todo el ejército aliado, una vez asegurada Salamanca, marchaba también hacia las líneas del Duero.

Era la mañana del 28 de junio, cuando nos encontrábamos cerca de Sanmorales, en el camino de Valladolid a Tordesillas. Según nos dijeron, la retaguardia enemiga y su impedimenta habían salido de dicho lugar pocas horas antes, llevándose, según la inveterada e infalible costumbre, todo cuanto pudieron haber a la mano. Pusiéronse al frente de la división el conde de España y don Julián Sánchez con sus intrépidos guerrilleros que conocían el país como la propia casa, y se mandó forzar la marcha para poder pescar algo del pesado convoy de los franchutes. Sin reparar las fuerzas después del largo caminar de la noche, corrió nuestra vanguardia hacia Babilafuente, mientras los demás rebuscábamos en Sanmorales lo que hubiese sobrado de la reciente limpia y rapiña del enemigo. Provistos, al fin, de algo confortativo, seguimos también hacia aquel punto, y al cabo de dos horas de penosa jornada, cuando calculábamos que nos faltarían apenas otras dos para llegar a Babilafuente, distinguimos este lugar en lontananza, mas no lo determinaba la perspectiva de las lejanas casas, ni ninguna alta torre ni castillete, ni menos colina o bosquecillo, sino una columna de negro y espeso humo, que partiendo de un punto del horizonte, subía y se enroscaba hasta confundirse con la blanca masa de las nubes.

—Los franceses han pegado fuego a Babilafuente —gritó un guerrillero.

—Apretar el paso... en marcha... ¡Pobre Babilafuente!

—Queman para detenernos... creen que nos estorba la tizne... ¡Adelante!

—Pero don Carlos y Sánchez les deben de haber alcanzado —dijo otro—. Parece que se oyen tiros.

—Adelante, amigos. ¿Cuánto podemos tardar en ponernos allá?

—Una hora y minutos.

Viose luego otra negra columna de humo que salía de paraje más lejano, y que en las alturas del cielo parecía abrazarse con la primera.

—Es Villorio que arde también —dijeron—. Esos ladrones queman las trojes después de llevarse el trigo.

Y más cerca, divisamos las rojas llamas oscilando sobre las techumbres, y una multitud de mujeres despavoridas, ancianos y niños corrían por los campos huyendo con espanto de aquella maldición de los hombres, más terrible que las del cielo. Por lo que aquellos infelices nos pudieron decir entre lágrimas y gritos de angustia, supimos que los de España y Sánchez entraban a punto que salían los franceses después de incendiar el pueblo; que se habían cruzado algunos tiros entre unos y otros; pero sin consecuencias, porque los nuestros no se ocuparon más que de cortar el fuego.

Estábamos como a doscientos pasos de las primeras casas de la infortunada aldea, cuando una figura extraña, hermosa, una verdadera y agraciada obra de la fantasía, una gentil persona, tan distinta de las comunes imágenes terrestres como lo son de la vulgar vida las admirables creaciones de la poesía del Norte; una mujer ideal llevada por arrogante y veloz caballo, pasó allá lejos ante la vista, semejante a los gallardos jinetes que cruzan por los rosados espacios de un sueño artístico, sin tocar la tierra, dando al viento cabellera y crin, y modificando según los cambiantes de la luz su majestuosa carrera. Era una figura de amazona, vestida no sé si de negro o de blanco, pero igual a aquellas mujeres galopantes con cuya apostura y arranque ligero, se representa al aire, al fuego, lo que vuela y lo que quema, y que corrían en verdad, animando al corcel con varoniles exclamaciones. Iba la gentil persona fuera del camino, en dirección contraria a la nuestra, por un extenso llano cruzado de zanjas y charcos, que el corcel saltaba con airoso brincar, asociando de tal modo su empuje y brío a la voluntad del jinete, que hembra y caballo parecían una sola persona. Tan pronto se alejaba como volvía la fantástica figura; pero a pesar de su carrera y de la distancia, al punto que la vi, diome un vuelco el corazón, subióseme la sangre con violento golpe al cerebro, y temblé de sorpresa y alegría. ¿Necesito decir quién era?

Lanzando mi caballo fuera del camino, grité:

—Miss Fly, señorita Mariposa... señora Pajarita... señora Mosquita... ¡Carísima Athenais... Athenais!

Pero la Pajarita no me oía y seguía corriendo, mejor dicho, revoloteando, yendo, viniendo, tornando a partir y a volver, y trazando sobre el suelo y en la claridad del espacio caprichosos círculos, ángulos, curvas y espirales.

—¡Miss Fly, miss Fly!

El viento impedía que mi voz llegase hasta ella. Avivé el paso, sin apartar los ojos de la hermosa aparición, la cual creeríase iba a desvanecerse cual caprichosa hechura de la luz o del viento... Pero no: era la misma miss Fly; y buscaba una senda en aquella engañosa planicie, surcada por zanjas y charcos de inmóvil agua verdosa.

—¡Eh... señora Mosquita!... ¡que soy yo!... Por aquí... por este lado.

XXVII

Por último, llegué cerca de ella y oyó mi voz, y vio mi propia persona, lo cual hubo de causarle al parecer mucho gusto y sacarla de su confusión y atolondramiento. Corrió hacia mí riendo y saludándome con exclamaciones de triunfo, y cuando la vi de cerca, no pude menos de advertir la diferencia que existe entre las imágenes transfiguradas y embellecidas por el pensamiento y la triste realidad, pues el corcel que montaba, por cierto a mujeriegas, la intrépida Athenais, distaba mucho de parecerse a aquel volador Pegaso que se me representaba poco antes; ni daba ella al viento la cabellera, cual llama de fuego simbolizando el pensamiento, ni su vestido negro tenía aquella diafanidad ondulante que creí distinguir primero, ni el cuartajo, pues cuartajo era, tenía más cerneja que media docena de mustios y amarillentos pelos, ni la misma miss Fly estaba tan interesante como de ordinario, aunque sí hermosa, y por cierto bastante pálida, con las trenzas mal entretejidas por arte de los dedos, sin aquel concertado desgaire del peinado de las Musas, y finalmente, con el vestido en desorden anti-armónico a causa del polvo, arrugas y jirones que en diversos puntos tenía.

—Gracias a Dios que os encuentro —exclamó alargándome la mano—. Don Carlos España me dijo que estabais en la retaguardia.

Mi gozo por verla sana y libre; lo cual equivalía a un testimonio precioso de mi honradez, me impulsó a intentar abrazarla en medio del campo, de caballo a caballo, y habría puesto en ejecución mi atrevido pensamiento si ella no lo impidiera un tanto suspensa y escandalizada.

—En buen compromiso me ha puesto usted —le dije.

—Me lo figuraba —respondió riendo—. Pero vos tenéis la culpa. ¿Por qué me dejasteis en poder de aquella gente?

—Yo no dejé a usted en poder de aquella gente; ¡malditos sean ellos mil veces!... Desapareció usted de mi vista y el masón me impidió seguir. ¿Y nuestros compañeros de viaje?

—¿Preguntáis por la Inesita? La encontraréis en Babilafuente —dijo poniéndose seria.

—¿En ese pueblo? ¡Bondad divina!... Corramos allí... ¿Pero han padecido ustedes algún contratiempo? ¿Hanse visto en algún peligro? ¿Las han mortificado esos bárbaros?

—No, me he aburrido y nada más. A la hora y media de salir de Salamanca tropezamos con los franceses, que echaron el guante a los masones diciendo que en Salamanca habían hecho el espionaje por cuenta de los aliados. Marmont tiene orden del Rey para no hacer causa común con esos pillos tan odiados en el país. Santorcaz se defendió; mas un oficial llamole farsante y embustero, y dispuso que todos los de la brillante comitiva quedásemos prisioneros. Gracias a Desmarets, me han tratado a mí con mucha consideración.

—¡Prisioneros!

—Sí, nos han tenido desde entonces en ese horrible Babilafuente, mientras el lord tomaba a Salamanca. ¡Y yo que no he visto nada de eso! ¿Se rindieron los fuertes? ¡Qué gran servicio prestasteis con vuestra visita a Salamanca! ¿Qué os dijo milord?

—Sí, sí, hable usted a milord de mí... Contento está su excelencia de este leal servidor... Sepa miss Fly que lejos de agradar al duque, me ha tomado entre ojos y se dispone a formarme consejo de guerra por delitos comunes.

¿Por qué, amigo mío? ¿Qué habéis hecho?

¿Qué he de hacer? Pues nada, señora Pajarita; nada más sino seducir a una honesta hija de la Gran Bretaña, llevármela conmigo a Salamanca, ultrajarla con no sé qué insigne desafuero, y después, para colmo de fiesta, abandonarla pícaramente, o esconderla, o matarla, pues sobre este punto, que es el lado negro de mi feroz delito, no se han puesto aún de acuerdo lord Wellington y el coronel Simpson.

Miss Fly rompió en risas tan francas, tan espontáneas y regocijadas, que yo también me reí. Ambos marchábamos a buen paso en dirección a Babilafuente.

—Lo que me contáis, señor Araceli —dijo, mientras se teñía su rostro de rubor hechicero—, es una linda historia. Tiempo hacía que no se me presentaba un acontecimiento tan dramático, ni tan bonito embrollo. Si la vida no tuviera estas novelas, ¡cuán fastidiosa sería!

—Usted disipará las dudas del general devolviéndome mi honor, miss Fly, pues de la pureza de sentimientos de usted no creo que duden milord ni sir Abraham Simpson. Yo soy el acusado, yo el ladrón, yo el ogro de cuentos infantiles, yo el gigantón de leyenda, yo el morazo de romance.

—¿Y no os ha desafiado Simpson? —preguntó demostrándome cuánta complacencia producía en su alma aquel extraño asunto.

—Me ha mirado con altanería y díchome palabras que no le perdono.

—Le mataréis, o al menos le heriréis gravemente, como hicisteis con el desvergonzado e insolente lord Gray —dijo con extraordinaria luz en la mirada—. Quiero que os batáis con alguien por causa mía. Vos acometéis las empresas más arriesgadas por la simpatía que tienen los grandes corazones con los grandes peligros; habéis dado pruebas de aquel valor profundo y sereno cuyo arranque parte de las raíces del alma. Un hombre de tales condiciones no permitirá que se ponga en duda su dignidad, y a los que duden de ella, les convencerá con la espada en un abrir y cerrar de ojos.

—La prueba más convincente, Athenais, ha de ser usted... Ahora pensemos en socorrer a esos infelices de Babilafuente. ¿Corre Inés algún peligro? ¡Loco de mí! ¡Y me estoy con esta calma! ¿Está buena? ¿Corre algún peligro?

—No lo sé —repuso con indiferencia la inglesa—. La casa en que estaban empezó a arder.

—¡Y lo dice con esa tranquilidad!

—En cuanto se anunció la entrada de los españoles y me vi libre, salí en busca del jefe. Don Carlos España me recibió con agrado, y no tuvo inconveniente en cederme un caballo para volver al cuartel general.

—¿Santorcaz, Monsalud, Inés y demás compañía masónica habrán huido también?

—No todos. El gran capitán de esta masonería ambulante está postrado en el lecho desde hace tres días y no puede moverse. ¿Cómo queréis que huya?

—Eso es obra de Dios —dije con alegría y acelerando el paso—. Ahora no se me escapará. De grado o por fuerza arrancaremos a Inés de su lado y la enviaremos bien custodiada a Madrid.

—Falta que quiera separarse de su padre. Vuestra dama encantada es una joven de miras poco elevadas, de corazón pequeño; carece de imaginación y de... de arranque. No ve más que lo que tiene delante. Es lo que yo llamo un ave doméstica. No, señor Araceli, no pidáis a la gallina que vuele como el águila. Le hablaréis el lenguaje de la pasión y os contestará cacareando en su corral.

—Una gallina, señorita Athenais —le dije, entrando en el pueblo—, es un animal útil, cariñoso, amable, sensible, que ha nacido y vive para el sacrificio, pues da al hombre sus hijos, sus plumas y finalmente su vida; mientras que un águila... pero esto es horroroso, miss Fly... arde el pueblo por los cuatro costados...

—Desde la llanura presenta Babilafuente un golpe de vista incomparable... Siento no haber traído mi álbum.

Las frágiles casas se venían al suelo con estrépito. Los atribulados vecinos se lanzaban a la calle, arrastrando penosamente colchones, muebles, ropas, cuanto podían salvar del fuego, y en diversos puntos la multitud señalaba con espanto los escombros y maderos encendidos, indicando que allí debajo habían sucumbido algunos infelices. Por todas partes no se oían más que lamentos e imprecaciones, la voz de una madre preguntando por su hijo, o de los tiernos niños desamparados y solos que buscaban a sus padres. Muchos vecinos y algunos soldados y guerrilleros se ocupaban en sacar de las habitaciones a los que estaban amenazados de no poder salir, y era preciso romper rejas, derribar tabiques, deshacer puertas y ventanas para penetrar desafiando las llamas, mientras otros se dedicaban a apagar el incendio, tarea difícil porque el agua era escasa. En medio de la plaza don Carlos España daba órdenes para uno y otro objeto, descuidando por completo la persecución de los franceses, a quienes solamente se pudieron coger algunos carros. Gritaba el general desaforadamente y su actitud y fisonomía eran de loco furioso.

Miss Fly y yo echamos pie a tierra en la plaza, y lo primero que se ofreció a nuestra vista fue un infeliz a quien llevaban maniatado cuatro guerrilleros empujándolo cruelmente a ratos o arrastrándole cuando se resistía a seguir. Una vez que lo pusieron ante la espantosa presencia de don Carlos España, este cerrando los puños y arqueando las negras y tempestuosas cejas, gritó de esta manera:

—¿Por qué me lo traen aquí?... Fusilarle al momento. A estos canallas afrancesados que sirven al enemigo se les aplasta cuando se les coge, y nada más.

Observando las facciones de aquel hombre reconocí al señor Monsalud. Antes de referir lo que hice entonces, diré en dos palabras, por qué había venido a tan triste estado y funesta desventura. Sucedió que los pobres masones igualmente malquistos con los franceses que salían y los españoles que entraban en Babilafuente, optaron, sin embargo, por aquellos, tratando de seguirles. Excepto Santorcaz, que seguía en deplorable estado, todos corrieron, pero tuvo tan mala suerte el travieso Monsalud, que al saltar una tapia buscando el camino de Villorio, le echaron el guante los guerrilleros, y como desgraciadamente le conocían por ciertas fechorías, ni santas ni masónicas, que cometiera en Béjar, al punto le destinaron al sacrificio en expiación de las culpas de todos los masones y afrancesados de la Península.

—Mi general —dije al conde, abriéndome paso entre la muchedumbre de soldados y guerrilleros—. Este desgraciado es bastante tuno y no dudo que ha servido a nuestros enemigos; pero yo le debo un favor que estimo tanto como la vida, porque sin su ayuda no hubiera podido salir de Salamanca.

—¿A qué viene ese sermón? —dijo con feroz impaciencia España.

—A pedir a vuecencia que le perdone, conmutándole la pena de muerte por otra.

El pobre Monsalud, que estaba ya medio muerto, se reanimó, y mirándome con vehemente expresión de gratitud, puso toda su alma en sus ojos.

—Ya vienes con boberías, ¡rayo de Dios! Araceli, te mandaré arrestar... —exclamó el conde haciendo extrañas gesticulaciones—. No se te puede resistir, joven entrometido... Quitadme de delante a ese sabandijo, fusiladle al momento... ¡Es preciso castigar a alguien! ¡a alguien!

A pesar de esta viva crueldad, que a veces manifestaba de un modo imponente, España no había llegado aún a aquel grado de exaltación que años adelante hizo tan célebre como espantoso su nombre. Miró primero a la víctima, después a mí y a miss Fly, y luego que hubo dado algún desahogo a su cólera con palabrotas y recriminaciones dirigidas a todos, dijo:

—Bueno, que no le fusilen. Que le den doscientos palos... pero doscientos palos bien dados... Muchachos, os lo entrego... Allí detrás de la iglesia.

—¡Doscientos palos! —murmuró la víctima con dolor—. Prefiero que me den cuatro tiros. Así moriré de una vez.

Entonces aumentó el barullo, y un guerrillero apareció diciendo:

—Arden todas las sementeras y las eras del lado de Villorio, y arde también Villoruela y Riolobos y Huerta.

Desde la plaza, abierta al campo por un costado, se distinguía la horrible perspectiva. Llamas vagas y erráticas surgían aquí y allí del seco suelo, corriendo por sobre las mieses, cual cabellera movible, cuyas últimas negras guedejas se perdían en el cielo. En los puntos lejanos las columnas de humo eran en mayor número y cada una indicaba la troj o panera que caía bajo la planta de fuego del ejército fugitivo. Nunca había yo visto desolación semejante. Los enemigos al retirarse quemaban, talaban, arrancando los tiernos árboles de las huertas, haciendo luminarias con la paja de las eras. Cada paso suyo aplastaba una cabaña, talaba una mies, y su rencoroso aliento de muerte destruía como la cólera de Dios. El rayo, el pedrisco, el simoún, la lluvia y el terremoto obrando de consuno no habrían hecho tantos estragos en poco tiempo. Pero el rayo y el simoún, todas las iras del cielo juntas, ¿qué significan comparadas con el despecho de un ejército que se retira? Fiero animal herido, no tolera que nada viva detrás de sí.

Don Carlos España tomó una determinación rápida.

—A Villorio, a Villorio sin descansar —gritó montando a caballo—. Señor don Julián Sánchez, a ver si les cogemos. Además, hay que auxiliar también a esos otros pueblos.

Las órdenes corrieron al momento, y parte de los guerrilleros con dos regimientos de línea se aprestaron a seguir a don Carlos.

—Araceli —me dijo este—, quédate aquí aguardando mis órdenes. En caso de que lleguen hoy los ingleses, sigues hacia Villorio; pero entre tanto aquí... Apagar el fuego lo que se pueda; salvar la gente que se pueda, y si se encuentran víveres...

—Bien, mi general.

—Y a ese bribón que hemos cogido, cuidado como le perdones un solo palo. Doscientos cabalitos y bien aplicados. Adiós. Mucho orden, y... ni uno menos de doscientos.

XXVIII

Cuando me vi dueño del pueblo y al frente de la tropa y guerrillas que trabajaban en él, empecé a dictar órdenes con la mayor actividad. Excuso decir que la primera fue para librar a Monsalud del horrible tormento y descomunal castigo de los palos; mas cuando llegué al sitio de la lamentable escena, ya le habían aplicado veintitrés cataplasmas de fresno, con cuyos escozores estaba el infeliz a punto de entregar rabiando su alma al Señor. Suspendí el tormento, y aunque más parecía muerto que vivo, aseguráronme que no iría de aquella, por ser los masones gente de siete vidas, como los gatos.

Miss Fly me indicó sin pérdida de tiempo la casa que servía de asilo a Santorcaz, una de las pocas que apenas habían sido tocadas por las llamas. Vociferaban a la puerta algunas mujeres y aldeanos, acompañados de dos o tres soldados, esforzándose las primeras en demostrar con toda la elocuencia de su sexo, que allí dentro se guarecía el mayor pillo que desde muchos años se había visto en Babilafuente.

—El que llevaron a la plaza —decía una vieja— es un santo del cielo comparado con este que aquí se esconde, el capitán general de todos esos luciferes.

—Como que hasta los mismos franceses les dan de lado. Diga usted, señá Frasquita, ¿por qué llaman masones a esta gente? A fe que no entiendo el *voquible*.

—Ni yo; pero basta saber que son muy malos, y que andan de compinche con los franceses para quitar la religión y cerrar las iglesias.

—Y los tales, cuando entran en un pueblo, apandan todas las doncellas que encuentran. Pues digo: también hay que tener cuidado con los niños, que se los roban para criarlos a su antojo, que es en la fe de Majoma.

Los soldados habían empezado a derribar la puerta y las mujeres les animaban, por la mucha inquinaque había en el pueblo contra los masones. Ya vimos lo que le pasó a Monsalud. Seguramente, Santorcaz con ser el pontífice máximo de la secta trashumante, no habría salido mejor librado si en aquella ocasión no hubiese llegado yo. Luego que la puerta cediera a los recios golpes y hachazos, ordené que nadie entrase por ella, dispuse que los soldados, custodiando la entrada, contuvieran y alejasen de allí a las mujeres chillonas y procaces, y subí. Atravesé dos o tres salas cuyos muebles en desorden anunciaban la confusión de la huida. Todas las puertas estaban abiertas, y libremente pude avanzar de estancia en estancia hasta llegar a una pequeña y oscura, donde vi a Santorcaz y a Inés, él tendido en miserable lecho, ella al lado suyo, tan estrechamente abrazados los dos que sus figuras se confundían en la penumbra de sala. Padre e hija estaban aterrados, trémulos como quien de un momento a otro espera la muerte, y se habían abrazado para aguardar juntos el trance terrible. Al conocerme, Inés dio un grito de alegría.

—Padre —exclamó—, no moriremos. Mira quién está aquí.

Santorcaz fijó en mí los ojos que lucían como dos ascuas en el cadavérico semblante, y con voz hueca, cuyo timbre heló mi sangre, dijo:

—¿Vienes por mí, Araceli? ¿Ese tigre carnicero que os manda te envía a buscarme porque los oficiales del matadero están ya sin trabajo?... Ya despacharon a Monsalud, ahora a mí...

—No matamos a nadie —respondí acercándome.

—No nos matarán —exclamó Inés derramando lágrimas de gozo—. Padre, cuando esos bárbaros daban golpes a la puerta, cuando esperábamos verles entrar armados de hachas, espadas, fusiles y guillotinas para cortarnos la cabeza, como dices que hacían en París, ¿no te dije que había creído escuchar la voz de Araceli? Le debemos la vida.

El masón clavaba en mí sus ojos, mirándome cual si no estuviera seguro de que era yo. Su fisonomía estaba en extremo descompuesta, hundidos los ojos dentro de las cárdenas órbitas, crecida la barba, lustrosa y amarilla la frente. Parecía que habían pasado por él diez años desde las escenas de Salamanca.

—Nos perdonan la vida —dijo con desdén—. Nos perdonan la vida cuando me ven enfermo y achacoso, sin poder moverme de este lecho, donde me ha clavado mi enfermedad. El conde de España ¿va a subir aquí?

—El conde de España se ha ido de Babilafuente.

Cuando dije esto, el anciano respiró como si le quitaran de encima enorme peso. Incorporose ayudado por su hija, y sus facciones, contraídas por el terror, se serenaron un poco.

—¿Se ha marchado ese verdugo... hacia Villorio?... Entonces escaparemos por... por... y los ingleses, ¿dónde están?

—Si se trata de escapar, en todas partes hay quien lo impida. Se acabaron las correrías por los pueblos.

—De modo que estoy preso —exclamó con estupor—. ¡Soy prisionero tuyo, prisionero de...! ¡Me has cogido como se coge a un ratón en la trampa, y tengo que obedecerte y seguirte tal vez!

—Sí, preso hasta que yo quiera.

—Y harás de mí lo que se te antoje, como un chiquillo sin piedad que martiriza al león en su jaula porque sabe que este no puede hacerle daño.

—Haré lo que debo, y ante todo...

Santorcaz, al ver que fijé los ojos en su hija, estrechola de nuevo en sus brazos, gritando:

—No la separarás de mí sino matándola, ruin y miserable verdugo... ¿Así pagas el beneficio que en Salamanca te hice?... Manda a tus bárbaros soldados que nos fusilen, pero no nos separes.

Miré a Inés y vi en ella tanto cariño, tan franca adhesión al anciano, tanta verdad en sus demostraciones de afecto filial, que no pude menos de cortar el vuelo a mi violenta determinación.

—Aquí encuentro un sentimiento cuya existencia no sospechaba —dije para mí—; un sentimiento grande, inmenso, que se me revela de improviso y que me espanta y me detiene y me hace retroceder. He creído caminar por sendero continuado y seguro, y he llegado a un punto en que el sendero acaba y empieza el mar. No puedo seguir... ¿Qué inmensidad es esta que ante mí tengo? Este hombre será un malvado, será carcelero de la infeliz niña; será un enemigo de la sociedad, un agitador, un loco que merece ser exterminado; pero aquí hay algo más. Entre estos dos seres, entre estas dos criaturas tan distintas, la una tan buena, la otra odiosa y odiada, existe un lazo que yo no debo ni puedo romper, porque es obra de Dios. ¿Qué haré?

A estas reflexiones sucedieron otras de igual índole, mas no me llevaron a ninguna afirmación categórica respecto a mi conducta, y me expresé de este modo, que me pareció el más apropiado a las circunstancias.

—Si usted varía de conducta podrá tal vez vivir cerca, cuando no al lado de su hija y verla y tratarla.

—¡Variar de conducta!... ¿Y quién eres tú, mancebo ignorante, para decirme que varíe de conducta, y dónde has aprendido a juzgar mis acciones? Estás lleno de soberbia porque el despotismo te ha enmascarado con esa librea y puesto esas charreteras que no sirven sino para marcar la jerarquía de los distintos opresores del pueblo... ¡Qué sabes tú lo que es conducta, necio! Has oído hablar a los frailes y a don Carlos España, y crees poseer toda la ciencia del mundo.

—Yo no poseo ciencia alguna —respondí exasperado—, ¿pero se puede consentir que criaturas inocentes y honradas y dignas por todos conceptos de mejor suerte, vivan con tales padres?

—Y a ti, extraño a ella, extraño a mí, ¿qué te importa ni qué te va en esto? —exclamó agitando sus brazos y golpeando con ellos las ropas del desordenado lecho.

—Señor Santorcaz, acabemos. Dejo a usted en libertad para ir a donde mejor le plazca. Me comprometo a garantizarle la mayor seguridad hasta que se halle fuera del país que ocupa el ejército aliado. Pero esta joven es mi prisionera y no irá sino a Madrid al lado de su madre. Si han nacido por fortuna en usted sentimientos tiernos que antes no conocía, yo aseguro que podrá ver a su hija en Madrid siempre que lo solicite.

Al decir esto, miré a Inés, que con extraordinario estupor dirigía los ojos a mí y a su padre alternativamente.

—Eres un loco —dijo don Luis—. Mi hija y yo no nos separaremos. Háblale a ella de este asunto, y verás cómo se pone... En fin, Araceli, ¿nos dejas escapar, sí o no?

—No puedo detenerme en discusiones. Ya he dicho cuanto tenía que decir. Entre tanto quedarán en la casa y nadie se atreverá a hacerles daño.

—¡Preso, cogido, Dios mío! —clamó Santorcaz antes afligido que colérico, y llorando de desesperación—. ¡Preso, cogido por esta soldadesca asalariada a quien detesto; preso antes de poder hacer nada de provecho, antes de descargar un par de buenos y seguros golpes!... ¡Esto es espantoso! Soy un miserable... no sirvo para nada... lo he dejado todo para lo último... me he ocupado en tonterías... lo grave, lo formal es destruir todo lo que se pueda, ya que seguramente nada existe aquí digno de conservarse.

—Tenga usted calma, que el estado de ese cuerpo no es a propósito para reformar el linaje humano.

—¿Crees que estoy débil, que no puedo levantarme? —gritó intentando incorporarse con esfuerzos dolorosos—. Todavía puedo hacer algo... esto pasará, no es nada... aún tengo pulso... ¡Ay! en lo sucesivo no perdonaré a nadie. Todo aquél que caiga bajo mi mano perecerá sin remedio.

Inés le ponía las manos en los hombros para obligarle a estarse quieto y recogía la ropa de abrigo, que los movimientos del enfermo arrojaban a un lado y otro.

—¡Preso, cogido como un ratón! —prosiguió este—. Es para volverse loco... ¡Cuando había fundado treinta y cuatro logias en que se afiliaba lo más atrevido y lo más revoltoso, es decir, lo mejor y lo más malo de todo el país!... ¡Oh! ¡esos indignos franceses me han hecho traición! Les he servido, y este es el pago... Araceli, ¿dices que estoy preso, que me llevarán a la cárcel de Madrid, a Ceuta tal vez?... ¡Maldigo la infame librea del despotismo que vistes! ¡Ceuta!... Bueno; me escaparé como la otra vez... mi hija y yo nos escaparemos. Aún tengo agilidad, aliento, brío; todavía soy joven... ¡Caer en poder de estos verdugos con charreteras, cuando me creía libre para siempre y tocaba los resultados de mi obra de tantos años!... porque sí, no sois más que verdugos con charreteras, grados falsos y postizos honores. ¡Mujeres de la tierra, parid hijos para que los nobles los azoten, para que los frailes los excomulguen y para que estos sayones los maten!... ¡Bien lo he dicho siempre! La masonería no debe tener entrañas, debe ser cruel, fría, pesada, abrumadora como el hacha del verdugo... ¿Quién dice que yo estoy enfermo, que yo estoy débil, que me voy a morir, que no puedo levantarme más?... Es mentira, cien veces mentira... Me levantaré y ¡ay del que se me ponga delante! Araceli, cuidado, cuidado, aprendiz de verdugo... todavía...

Siguió hablando algún tiempo más; pero le faltaba gradualmente el aliento, y las palabras se confundían y desfiguraban en sus labios. Al fin no oíamos sino mugidos entrecortados y guturales, que nada expresaban. Su respiración era fatigosa, había cerrado los ojos; pero los abría de cuando en cuando con la súbita agitación de la fiebre. Toqué sus manos y despedían fuego.

—Este hombre está muy malo —dije a Inés, que me miraba con perplejidad.

—Lo sé; pero en esta casa no hay nada, ni tenemos remedios, ni comida; en una palabra, nada.

Llamando a mi asistente que estaba en la calle, le di orden de que proporcionase a Inés cuanto fuese preciso y existiera en el lugar.

—Mi asistente no se separará de aquí mientras lo necesites —dije a mi amiga—. La puerta se cerrará. Puedes estar tranquila. En todo el día no saldremos de aquí. Adiós, me voy a la plaza, pero volveré pronto, porque tenemos que hablar, mucho que hablar.

XXIX

Cuando volví, estaba sentada junto al lecho del enfermo, a quien miraba fijamente. Volviendo la cabeza, indicome con un signo que no debía hacer ruido. Levantose luego, acercó su rostro al de Santorcaz y cerciorada de que permanecía en completo y bienhechor reposo, se dispuso a salir del cuarto. Juntos fuimos al inmediato, no cerrando sino a medias la puerta, para poder vigilar al desgraciado durmiente, y nos sentamos el uno frente al otro. Estábamos solos, casi solos.

—¿Has tenido nuevas noticias de mi madre? —me preguntó muy conmovida.

—No, pero pronto la veremos...

—¡Aquí, Dios mío! Tanta felicidad no es para mí.

—Le escribiré hoy diciendo que te he encontrado y que no te me escaparás. Le diré que venga al instante a Salamanca.

—¡Oh! Gabriel... haces precisamente lo mismo que yo deseaba, lo que deseaba hace tanto tiempo... Si hubieras sido prudente en Salamanca; y me hubieras oído antes de...

—Querida mía, tienes que explicarme muchas cosas que no he entendido —le dije con amor.

—¿Y tú a mí? Tú sí que tienes necesidad de explicarte bien. Mientras no lo hagas, no esperes de mí una palabra, ni una sola.

—Hace seis meses que te busco, alma mía, seis meses de fatigas, de penas, de ansiedad, de desesperación... ¡Cuánto me hace trabajar Dios antes de concederme lo que me tiene destinado! ¡Cuánto he padecido por ti, cuánto he llorado por ti! Dios sabe que te he ganado bien.

—Y durante ese tiempo —preguntó con graciosa malicia—, ¿te ha acompañado esa señora inglesa, que te llama su caballero y que me ha vuelto loca a preguntas?

—¿A preguntas?

—Sí; quiere saberlo todo, y para cerrarle el pico he necesitado decirle cómo y cuándo nos conocimos. Lo que se refiere a mí le importa poco; tu vida es lo que le interesa; me ha marcado tanto deseando saber las locuras y sublimidades que has hecho por esta infeliz, que no he podido menos de divertirme a costa suya...

—Bien hecho, querida mía.

—¡Qué orgullosa es...! Se ríe de cuanto hablo y, según ella, no abro la boca más que para decir vulgaridades. Pero la he castigado... Como insistiese en conocer tus empresas amorosas, la he dicho que después de Bailén quisieron robarme veinticinco hombres armados, y que tú solo les mataste a todos.

Inés sonreía tristemente, y yo sofocaba la risa.

—También le dije que en el Pardo, para poder hablarme, te disfrazaste de duque, siendo tal el poder de la falsa vestimenta, que engañaste a toda la corte y te presentaron al Emperador Napoleón, el cual se encerró contigo en su gabinete, y te confió el plan de su campaña contra el Austria.

—Así te vengas tú —dije encantado de la malicia de mi pobre amiga—. Dame un abrazo, chiquilla, un abrazo o me muero.

—Así me vengo yo. También le dije que estando en Aranjuez pasabas el Tajo a nado todas las noches para verme; que en Córdoba entraste en el convento y maniataste a todas las monjas para robarme; que otra vez anduviste ochenta leguas a caballo para traerme una flor; que te batiste con seis generales franceses porque me habían mirado, con otras mil heroicidades, acometimientos y amorosas proezas que se me vinieron a la memoria a medida que ella me hacía preguntas. ¡Eh, caballerito, no dirá usted que no cuido de su reputación!... Te he puesto en los cuernos de la Luna... Puedes creer que la inglesa estaba asombrada. Me oía con toda su hermosa boca abierta... ¿Qué crees? Te tiene por un Cid, y ella cuando menos se figura ser la misma doña Jimena.

—¡Cómo te has burlado de ella! —exclamé acercando mi silla a la de Inés—. ¿Pero has tenido celos?... Dime si has tenido celos para estarme riendo tres días...

—Caballero Araceli —dijo arrugando graciosamente el ceño—, sí, los he tenido y los tengo...

—¡Celos de esa loca!... si es una loca —contesté riendo y el alma inundada de regocijo—. Inés de mi vida, dame un abrazo.

Las lindas manecitas de la muchacha se sacudían delante de mí, y me azotaban el rostro al acercar. Yo pillándolas al vuelo, se las besaba.

—Inesilla, querida mía, dame un abrazo... o te como.

—Hambriento estás.

—Hambriento de quererte, esposa mía. ¿Te parece?... seis meses amando a una sombra. ¿Y tú?...

Yo no sabía qué decir. Estaba hondamente conmovido. Mi desgraciada amiga quiso disimular su emoción; pero no pudo atajar el torrente de lágrimas que pugnaba por salir de sus ojos.

—No te acuerdes de esa mujer, si no quieres que me enfade. Es imposible que tú, con la elevación de tu alma, con tu penetración admirable, hayas podido...

—No, no lloro por eso, querido amigo mío —me dijo mirándome con profundo afecto—. Lloro... no sé por qué. Creo que de alegría.

—¡Oh! Si miss Fly estuviera aquí, si nos viera juntos, si viera cómo nos amamos por bendición especial de Dios, si viera este cariño nuestro, superior a las contrariedades del mundo, comprendería cuánta diferencia hay de sus chispazos poéticos a esta fuente inagotable del corazón, a esta luz divina en que se gozan nuestras almas, y se gozarán por los siglos de los siglos.

—No me nombres a miss Fly... Si en un momento me afligió el conocerla, ya no hago caso de ella... —dijo secando sus lágrimas—. Al principio, francamente... tuve dudas, más que dudas, celos; pero al tratarla de cerca se disiparon. Sin embargo, es muy hermosa, más hermosa que yo.

—Ya quisiera parecerse a ti. Es un marimacho.

—Es además muy rica, según ella misma dice. Es noble... Pero a pesar de todos sus méritos, miss Fly me causaba risa, no sé por qué: yo reflexionaba y decía: «Es imposible, Dios mío. No puede ser... Caerán sobre mí todas las desgracias menos esta...» ¡Oh! esta sí que no la hubiera soportado.

—¡Qué bien pensaste! Te reconozco Inés. Reconozco tu grande alma. Duda de todo el mundo, duda de lo que ven tus ojos; pero no dudes de mí, que te adoro.

—Mi corazón se desborda... —exclamó oprimiéndose el seno con una mano que se escapó de entre las mías—. Hace tiempo que deseaba llorar así... delante de ti... ¡Bendito sea Dios que empieza a hacer caso de lo que le he dicho!

—Inés, yo también he tenido celos, queridita; celos de otra clase, pero más terribles que los tuyos.

—¿Por qué? —dijo mirándome con severidad.

—¡Pobre de mí!... Yo me acordaba de tu buena madre y decía mirándote: «Esta pícara ya no nos quiere.»

—¿Que no os quiero?

—Alma mía: ahora te pregunto como a los niños; ¿a quién quieres tú?

—A todos —contestó con resolución.

Esta respuesta, tan concisa como elocuente, me dejó confuso.

—A todos —repitió—. Si no te creyera capaz de comprenderlo así, ¡cuán poco valdrías a mis ojos!

—Inés, tú eres una criatura superior —afirmé con verdadero entusiasmo—. Tú tienes en tu alma mayor porción de aliento divino que los demás. Amas a tus enemigos, a tus más crueles enemigos.

—Amo a mi padre —dijo con entereza.

—Sí; pero tu padre...

—Vas a decir que es un malvado, y no es verdad. Tú no le conoces.

—Bien, amiga mía, creo lo que me dices; pero las circunstancias en que has ido a poder de ese hombre no son las más a propósito para que le tomaras gran cariño...

—Hablas de lo que no entiendes. Si yo te dijera una cosa...

—Espera... déjame acabar... Ya sé lo que vas a decir. Es que has encontrado en él cuando menos lo esperabas un noble y profundo cariño paternal.

—Sí, pero he encontrado algo más.

—¿Qué?

—La desgracia. Es el hombre más desdichado, más sin ventura que existe en el mundo.

—Es verdad: la nobleza de tu alma no tiene fin... pero dime: seguramente no hallarán eco en ella los sentimientos de odio y el frenesí de este desgraciado.

—Yo espero reconciliarle —dijo sencillamente— con los que odia o aparenta odiar, pues su cólera ante ciertas personas no brota del corazón.

—¡Reconciliarle! —repetí con verdadero asombro—. ¡Oh! Inés, si tal hicieras, si tan grande objeto lograras tú con la sola fuerza de tu dulzura y de tu amor, te tendría por la más admirable persona de todo el mundo... Pero debe de haber ocurrido entre ti y él mucho que ignoro, querida mía. Cuando te viste arrebatada por ese hombre de los brazos de tu madre enferma, ¿no sentiste?...

—Un horror, un espanto... no me recuerdes eso, amiguito, porque me estremezco toda... ¡Qué noche, qué agonía! Yo creí morir, y en verdad pedía la muerte... Aquellos hombres... todos me parecían negros, con el pelo erizado y las manos como garfios... aquellos hombres me encerraron en un coche. Encarecerte mi miedo, mis súplicas, aquel continuo llorar mío durante no sé cuántos días, sería imposible. Unas veces desesperada y loca, les decía mil injurias, otras pedíales de rodillas mi libertad. Durante mucho tiempo me resistí a tomar alimento y también traté de escaparme... Imposible, porque me guardaban muy bien... Después de algunos días de marcha, fuéronse todos, y él quedó solo conmigo en un lugar que llaman Cuéllar.

—¿Y te maltrató?

—Jamás, al principio me trataba con aspereza; pero luego, mientras más me ensoberbecía yo, mayor era su dulzura. En Cuéllar me dijo que nunca volvería a ver a mi madre, lo cual me causó tal desesperación y angustia, que aquella noche intenté arrojarme por la ventana al campo. El suicidio, que es tan gran pecado, no me aterraba... Trájome enseguida a Salamanca, y allí le oí repetir que jamás vería a mi madre. Entonces advertí que mis lágrimas le conmovían mucho... Un día, después que largo rato disputamos y vociferamos los dos, púsose de rodillas delante de mí, y besándome las manos me dijo que él no era un hombre malo.

—Y tú, ¿sospechabas algo de tu parentesco con él?

—Verás... Yo respondí que le tenía por el más malo, el más abominable ser de toda la tierra, y entonces fue cuando me dijo que era mi padre... Esta revelación me dejó tan suspensa, tan asombrada, que por un instante perdí el sentido... Tomome en sus brazos, y durante largo rato me prodigó las más afectuosas caricias... Yo no lo quería creer... En lo íntimo de mi alma acusé a Dios por haberme hecho nacer de aquel monstruo... Después como advirtiese mi duda, mostrome un retrato de mi madre y algunas cartas que escogió entre muchas que tenía... Yo estaba medio muerta... aquello me parecía un sueño. En la angustia y turbación de tan dolorosa escena, fijé la vista en su rostro y un grito se escapó de mis labios.

—¿No le habías observado bien?

—Sí, yo había notado cierto incomprensible misterio en su fisonomía, pero hasta entonces no vi... no vi que su frente era mi frente, que sus ojos eran mis ojos. Aquella noche me fue imposible dormir: entrome una fiebre terrible y me revolvía en el lecho, creyéndome rodeada de sombras o demonios que me atormentaban. Cuando abría los ojos, le hallaba sentado a mis pies, sin apartar de mí su mirada penetrante que me hacía temblar. Me incorporé y le dije: «¿Por qué aborrece usted a mi querida madre?» Besándome las manos, me contestó: «Yo no la aborrezco: ella es la que me aborrece a mí. Por haberla amado soy el más infeliz de los hombres; por haberla amado soy este oscuro y despreciado satélite de los franceses que en mí ves; por haberla adorado te causo espanto hoy en vez de amor.» Entonces yo le dije: «Grandes maldades habrá hecho usted con mi madre, para que ella le aborrezca.» No me contestó... Se esforzaba en calmar mi agitación, y desde aquella noche hasta el fin de la enfermedad que padecí no se apartó de mi lado ni un momento. Cuanto puede inventarse para distraer a una criatura triste y enferma, él lo inventó; contábame historias, unas alegres, otras terribles, todas de su propia vida, y finalmente refiriome lo que más deseaba conocer de esta... Yo temblaba a cada palabra. Había empezado a inspirarme tanta compasión, que a ratos le suplicaba que callase y no dijese más. Poco a poco fui perdiéndole el miedo: me causaba cierto respeto; pero amarle... ¡eso imposible!... Yo no cesaba de afirmar que no podía vivir lejos de mi madre, y esto, si le enfurecía de pronto, era motivo después para que redoblase sus cariños y consideraciones conmigo. Su empeño era siempre convencerme de que nadie en el mundo me quería como él. Un día, impaciente y acongojada por el largo encierro, le hablé con mucha dureza; él se arrojó a mis pies, pidiome perdón del gran daño que me había causado, y lloró tanto, tanto...

—¿Ese hombre ha derramado una lágrima? —dije con sorpresa—. ¿Estás segura? Jamás lo hubiera creído.

—Tantas y tan amargas derramó, que me sentí no ya compasiva, sino también enternecida. Mi corazón no nació para el odio, nació para responder a todos los sentimientos generosos, para perdonar y reconciliar. Tenía delante de mí a un hombre desgraciado, a mi propio padre, solo, desvalido, olvidado; recordaba algunas palabras oscuras y vagas de mi madre acerca de él, que me parecían un poco injustas. Lástima profunda oprimía mi pecho: la adoración, la loca idolatría que aquel infeliz sentía por mí, no podían serme indiferentes, no, de ningún modo, a pesar del daño recibido. Le dije entonces cuantas palabras de consuelo se me ocurrieron, y el pobrecito me las agradeció tanto, tantísimo... Por la primera vez en su vida era feliz.

—¡Ángel del cielo —exclamé con viva emoción—, no digas más! Te comprendo y te admiro.

—Suplicome entonces que le tratase con la mayor confianza, que le dijese *padre* y *tú* al uso de Francia, con lo cual experimentaría gran consuelo, y así lo hice. Ese hombre terrible que espanta a cuantos le oyen y no habla más que de exterminar y de destruir, temblaba como un niño al escuchar mi voz; y olvidado de la guillotina, de los nobles y de lo que él llamaba el *estado llano*, estaba horas enteras en éxtasis delante de mí. Entonces formé mi proyecto, aunque no le dije nada, esperando que el dominio que ejercía sobre él llegase al último grado.

—¿Qué proyecto?

—Volver aquel cadáver a la vida, volverle al mundo, a la familia, desatar aquel corazón de la rueda en que sufría tormento, sacar del infierno aquel infeliz réprobo y extirpar en su alma el odio que le consumía. Durante algún tiempo no hablé de volver al lado de mi madre, ni me quejé de la larga y triste soledad, antes bien aparecía sumisa y aun contenta. Entonces emprendimos esos horribles viajes para fundar logias; empezó la compañía de esos hombres aborrecidos, y no pude disimular mi disgusto. Cuando hablábamos los dos a solas él se reía de las prácticas masónicas, diciendo que eran simples y tontas, aunque necesarias para subyugar a los pueblos. Su odio a los nobles, a los frailes y a los reyes continuaba siempre muy vivo; pero al hablar de mi madre, la nombraba siempre con reserva y también con emoción. Esto era señal lisonjera y un principio de conformidad con mi ardiente deseo. Yo se lo agradecí y se lo pagué mostrándome más cariñosa con él; pero siempre reservada. Los repetidos viajes, las logias y los compañeros de masonería, me inspiraban repugnancia, hastío y miedo. No se lo oculté, y él me decía: «Esto acabará pronto. No conquistaré a los necios sino con esta farsa; y como los franceses se establezcan en España, verás la que armo...» «Padre, le decía yo, no quiero que armes cosas malas ni que mates a nadie, ni que te vengues. La venganza y la crueldad son propias de almas bajas.» Él me ponderaba las injusticias y picardías que rigen a la sociedad de hoy, asegurando que era preciso volver todo del revés, para lo cual era necesario empezar por destruirlo todo. ¡Cuánto hemos hablado de esto! Por último, tales horrores han dejado de asustarme. Tengo la convicción de que mi pobre padre no es cruel ni sanguinario como parece...

—Así será, pues tú lo dices.

—Estábamos en Valladolid, cuando cayó enfermo, muy enfermo. Un afamado médico de aquella ciudad me dijo que no viviría mucho tiempo. Él, sin embargo, siempre que experimentaba algún alivio, se creía restablecido por completo. En uno de sus más graves ataques, hallándonos en Salamanca, me dijo: «Te robé, hija mía, para hacerte instrumento de la horrible cólera que me devora. Pero Dios, que no consiente sin duda la perdición de mi alma, me ha llenado de un profundo y celeste amor que antes no conocía. Has sido para mí el ángel de la guarda, la imagen viva de la bondad divina, y no solo me has consolado, sino que me has convertido. Bendita seas mil veces por esta savia nueva que has dado a mi triste vida. Pero he cometido un crimen: tú no me perteneces; entré como un ladrón en el huerto ajeno y robé esta flor... No, no puedo retenerte ni un momento más al lado mío contra tu gusto.» El infeliz me decía esto con tanta sinceridad, que me sentí inclinada a amarle más. Luego siguió diciéndome: «Si tienes compasión de mí, si tu alma generosa se resiste a dejarme en esta soledad, enfermo y aborrecido, acompáñame y asísteme, pero que sea por voluntad tuya y no por violencia mía. Déjame que te bese mil veces, y márchate después si no quieres estar a mi lado.» No le contesté de otro modo que abrazándole con todas mis fuerzas y llorando con él. ¿Qué podía, qué debía hacer?

—Quedarte.

—Aquélla era la ocasión más propia para confiarle mis deseos. Después de repetir que no le abandonaría, díjele que debía reconciliarse con mi madre. Recibió al principio muy mal la advertencia, mas tanto rogué y supliqué que al fin consintió en escribir una carta. Empecela yo, y como en ella pusiera no recuerdo qué palabras pidiendo perdón, enfurecióse mucho y dijo: —«¡Pedir perdón, pedirle perdón! Antes morir»—. Por último, quitando y poniendo frases, di fin a la epístola; mas al día siguiente le vi bastante cambiado en sus disposiciones conciliadoras, y ¿qué creerás, amigo mío?... Pues rompió la carta, diciéndome: «Más adelante la escribiremos, más adelante. Aguardemos un poco.» Esperé con santa resignación, y hallándonos en Plasencia, hice una nueva tentativa. Él mismo escribió la carta, empleando en ella no menos de cuatro horas, y ya la íbamos a enviar a su destino cuando uno de esos aborrecidos hombres que le acompañan entró diciéndole que la policía francesa le buscaba y le perseguía por gestiones de una alta señora de Madrid. ¡Ay, Gabriel! Cuando tal supo, renovose en él la cólera y amenazó a todo el género humano. No necesito decirte que ni enviamos la carta, ni habló más del asunto en algunos días. Pero yo insistía en mi propósito. Al volver a Salamanca le manifesté la necesidad de la reconciliación; enfadose conmigo, díjele que me marcharía a Madrid, abrazome, lloró, gimió, arrojose a mis pies como un insensato, y al fin, hijo, al fin, escribimos la tercera carta, la escribí yo misma. Por último, mi adorada madre iba a saber noticias de su pobre hija. ¡Ay! aquella noche mi padre y yo charlamos alegremente, hicimos dulces proyectos; maldijimos juntos a todos los masones de la tierra, a las revoluciones y a las guillotinas habidas y por haber; nos regocijamos con supuestas felicidades que habían de venir; nos contamos el uno al otro todas las penas de nuestra pasada vida... pero al siguiente día...

—Me presenté yo... ¿no es eso?

—Eso es... ya conoces su carácter... Cuando te vio y conoció que ibas enviado por mi madre, cuando le injuriaste... Su ira era tan fuerte aquel día que me causó miedo. —«Ahí lo tienes, decía, yo me dispongo a ser bueno con ella, y ella envía contra mí la policía francesa para mortificarme, y un ladrón para privarme de tu compañía. Ya lo ves, es implacable... A Francia, nos iremos a Francia, vendrás conmigo. Esa mujer acabó para mí y yo para ella...» Lo demás lo sabes tú y no necesito decírtelo. ¡Esta mañana creímos morir aquí! ¡Cuánto he padecido en este horrible Babilafuente viéndole enfermo, tan enfermo que no se restablecerá más, viéndonos amenazados por el populacho que quería entrar para despedazarnos!... Y todo ¿por qué? Por la masonería, por esas simplezas que a nada conducen.

—A algo conducen, querida mía, y la semilla que tu padre y otros han sembrado, dará algún día su fruto. Sabe Dios cuál será.

—Pero él no es ateo, como otros, ni se burla de Dios. Verdad que suele nombrarle de un modo extraño, así como el *Ser Supremo*, o cosa parecida.

—Llámese Dios o Ser Supremo —exclamé volviendo a aprisionar entre mis manos las de mi adorada amiga—, ello es que ha hecho obras acabadas y perfectas, y una de ellas eres tú, que me confundes, que me empequeñeces y anonadas más cuanto más te trato y te hablo y te miro.

—Eres tonto de veras, pues ¿qué he hecho que no sea natural? —preguntome sonriendo.

—Para los ángeles es natural existir sin mancha, inspirar las buenas acciones, ensalzar a Dios, llevar al cielo las criaturas, difundir el bien por el mundo pecador. ¿Que qué has hecho? Has hecho lo que yo no esperaba ni adivinaba, aunque siempre te tuve por la misma bondad; has amado a ese infeliz, al más infeliz de los hombres, y este prodigio que ahora, después de hecho, me parece tan natural, antes me parecía una aberración y un imposible. Tú tienes el instinto de lo divino y yo no: tú realizas con la sencillez propia de Dios las más grandes cosas y a mí no me corresponde otro papel que el de admirarlas después de hechas, asombrándome de mi estupidez por no haberlas comprendido... ¡Inesilla, tú no me quieres, tú no puedes quererme!

—¿Por qué dices eso? —preguntó con candor.

—Porque es imposible que me quieras, porque yo no te merezco.

Al decir esto, estaba tan convencido de mi inferioridad, que ni siquiera intenté abrazarla, cuando cruzando ella las defensoras manos, parecía dejarme el campo libre para aquel exceso amoroso.

—De veras, parece que eres tonto.

—Pero si tu corazón no sabe sino amar, si no sabe otra cosa, aunque de mil modos le enseñe el mundo lo contrario, algo habrá para mí en un rinconcito.

—¿Un rinconcito...? ¿De qué tamaño?

—¡Qué feliz soy! Pero te digo la verdad, quisiera ser desgraciado.

No me contestó sino riéndose, burlándose de mí con un descaro...

—Quiero ser desgraciado para que me ames como has amado a tu padre, para que te desvivas por mí, para que te vuelvas loca por mí, para que... ¿Pero te ríes, todavía te ríes? ¿Acaso estoy diciendo tonterías?

192

—Más grandes que esta casa.

—Pero, hija, si estoy aturdido. Dime tú, que todo lo sabes, si hay alguna manera extraordinaria de querer, una manera nueva, inaudita...

—Así, así siempre, basta... Ni es preciso tampoco que seas desgraciado. No, dejémonos de desgracias, que bastantes hemos tenido. Pidamos a Dios que no haya más batallas en que puedas morir.

—¡Yo quiero morir! —exclamé sintiendo que el puro y extremado afecto llevaba mi mente a mil raras sutilezas y tiquis miquis, y mi corazón a incomprensibles y quizás ridículos antojos.

—¡Morir! —exclamó ella con tristeza—. ¿Y a qué viene ahora eso? ¿Se puede saber, señor mío querido?

—Quiero morir para verte llorar por mí... pero en verdad esto es absurdo, porque si muriera, ¿cómo podría verte? Dime que me amas, dímelo.

—Esto sí que está bueno. Al cabo de la vejez...

—Si nunca me lo has dicho... Puede que quieras sostener que me lo has dicho.

—¿Que no? —exclamó con jovialidad encantadora—. Pues no.

No sé qué más iba a decir ella; pero indudablemente pensó decir algo, más dulce para mí que las palabras de los ángeles, cuando sonó en la estancia una ronca voz.

—No, no te vas, paloma, sin abrazar a tu marido —exclamé estrujando aquel lindo cuerpo, que se escapó de mis brazos para volar al lado del enfermo.

XXX

Acerqueme a la puerta de la triste alcoba. Santorcaz no me veía, porque su observación estaba fatigada y torpe a causa del mal, y la estancia medio a oscuras.

—Alguien estaba ahí —dijo el enfermo besando las manos de su hija—. Me pareció sentir la voz de ese tunante de Gabriel.

—Padre, no hables mal de los que nos han hecho un beneficio, no tientes a Dios, no le provoques.

—Yo también le he hecho beneficios, y ya ves cómo me paga: prendiéndome.

—Araceli es un buen muchacho.

—¡Sabe Dios lo que harán conmigo esos verdugos! —exclamó el anciano dando un suspiro—. Esto se acabó, hija mía.

—Se acabaron, sí, las locuras, los viajes, las logias que solo sirven para hacer daño —afirmó Inés abrazando a su padre—. Pero subsistirá el amor de tu hija, y la esperanza de que viviremos todos, todos felices y tranquilos.

—Tú vives de dulces esperanzas —dijo— yo de tristes o funestos recuerdos. Para ti se abre la vida; para mí, lo contrario. Ha sido tan horrible, que ya deseo se cierre esa puerta negra y sombría, dejándome fuera de una vez... Hablas de esperanzas; ¿y si estos déspotas me encierran en una cárcel, si me envían a que muera a cualquiera de esos muladares del África...?

—No te llevarán, respondo de que no te llevarán, padrito.

—Pero cualquiera que sea mi suerte, será muy triste, niña de mi alma... Viviré encerrado, y tú... ¿tú qué vas a hacer? Te verás obligada a abandonarme... Pues qué, ¿vas a encerrarte en un calabozo?

—Sí, me encerraré contigo. Donde tú estés allí estaré yo —dijo la muchacha con cariño—. No me separaré de ti, no te abandonare jamás, ni iré... no, no iré a ninguna parte donde tú no puedas ir también.

No oí voz alguna, sino los sollozos del pobre enfermo.

—Pero en cambio, padrito —continuó ella en tono de amonestación afectuosa—, es preciso que seas bueno, que no tengas malos pensamientos, que no odies a nadie, que no hables de matar gente, pues Dios tiene buena mano para hacerlo; que desistas de todas esas majaderías que te han trastornado la cabeza, y no pierdas la tranquilidad y la salud porque haya un rey de más o de menos en el mundo; ni hagas caso de los frailes ni de los nobles, los cuales, padre querido, no se van a suprimir y a aniquilarse porque tú lo desees, ni porque así lo quiera el mal humor del señor Canencia, del señor Monsalud y del señor Ciruelo... He aquí tres que hablan mal de los nobles, de los poderosos y de los reyes, porque hasta ahora ningún rey, ni ningún señor han pensado en arrojarles un pedazo de pan para que callen, y otro para que griten en favor suyo... ¿Conque serás bueno? ¿Harás lo que te digo? ¿Olvidarás esas majaderías?... ¿Me querrás mucho a mí y a todos los que me quieren?

Diciendo esto, arreglaba las ropas del lecho, acomodaba en las almohadas la venerable y hermosa cabeza de Santorcaz, destruía los dobleces y durezas que pudieran incomodarle, todo con tanto cariño, solicitud, bondad y dulzura, que yo estaba encantado de lo que veía. Santorcaz callaba y suspiraba, dejándose tratar como un chico. Allí la hija parecía más que una hija una tierna madre, que se finge enojada con el precioso niño porque no quiere tomar las medicinas.

—Me convertirás en un chiquillo, querida —dijo el enfermo—. Estoy conmovido... quiero llorar. Pon tu mano sobre mi frente para que no se me escape esa luz divina que tengo dentro del cerebro... pon tu mano sobre mi corazón y aprieta. Me duele de tanto sentir. ¿Has dicho que no te separarás de mí?

—No, no me separaré.

—¿Y si me llevan a Ceuta?

—Iré contigo.

—¡Irás conmigo!

—Pero es preciso ser bueno y humilde.

—¿Bueno? ¿Tú lo dudas? Te adoro, hija mía. Dime que soy bueno, dime que no soy un malvado y te lo agradeceré más que si me vinieras a llamar de parte del *Ser Sup*... de parte de Dios, decimos los cristianos. Si tú me dices que soy un hombre bueno, que no soy malo, tendré por embusteros a los que se empeñan en llamarme malvado.

—¿Quién duda que eres bueno? Para mí al menos.

—Pero a ti te he hecho algún daño.

—Te lo perdono, porque me amas, y sobre todo porque me sacrificas tus pasiones, porque consientes que sea yo la destinada a quitarte esas espinas que desde hace tanto tiempo tienes clavadas en el corazón.

—¡Y cómo punzan! —exclamó con profunda pena el infeliz masón—. Sí, quítamelas, quítamelas todas con tus manos de ángel; quítalas una a una, y esas llagas sangrientas se restañarán por sí... ¿De modo que yo soy bueno?

—Bueno, sí; yo lo diré así a quien crea lo contrario, y espero que se convencerán cuando yo lo diga. Pues no faltaba más... La verdad es lo primero. Ya verás cuánto te van a querer todos, y qué buenas cosas dirán de ti. Has padecido: yo les contaré todo lo que has padecido.

—Ven —murmuró Santorcaz con voz balbuciente, alargando los brazos para coger en sus manos trémulas la cabeza de su hija—. Trae acá esa preciosa cabeza que adoro. No es una cabeza de mujer, es de ángel. Por tus ojos mira Dios a la tierra y a los hombres, satisfecho de su obra.

El anciano cubrió de besos la hermosa frente, y yo por mi parte no ocultaré que deseaba hacer otro tanto. En aquel momento di algunos pasos y Santorcaz me vio. Advertí súbita mudanza en la expresión de su semblante, y me miró con disgusto.

—Es Gabriel, nuestro amigo, que nos defiende y nos protege —dijo Inés—, ¿por qué te asustas?

—Mi carcelero —murmuró Santorcaz con tristeza...— Me había olvidado de que estoy preso.

—No soy carcelero, sino amigo —afirmé adelantándome.

—Señor Araceli —continuó él con voz grave—, ¿a dónde me llevan? ¡Oh, miserable de mí! Malo es caer en las garras de los satélites del despotismo... no, no, hija mía, no he dicho nada; quise decir que los soldados... no puedo negar que odio un poquillo a los soldados, porque sin ellos, ya ves, sin ellos no podrían los reyes... ¡malditos sean los reyes!... no, no, a mí no me importa que haya reyes, hija mía; allá se entiendan. Solo que... francamente, no puedo menos de aborrecer un poco a ese muchacho que quiso separarte de mí. Ya se ve, le mandaban sus amos... estos militares son gente servil que los grandes emplean para oprimir a los hijos del pueblo... No le puedo ver, ni tú tampoco, ¿es verdad?

—No solo le puedo ver, sino que le estimo mucho.

—Pues que entre... Araceli... también yo te estimé en otro tiempo. Inés dice que eres un buen muchacho... Será preciso creerlo... Puesto que ella te estima, ¿sabes lo que yo haría? exceptuarte a ti solo, a ti solito; ponerte a un lado, y a todos los demás enviarles a la guillot... no, no he dicho nada... Si otros la quieren levantar, háganlo en buen hora; yo no haré más que ver y aplaudir... No, no, no aplaudiré tampoco: váyanse al diablo las guillotinas.

—Padre —dijo Inés—, da la mano a Araceli, que se marchará a sus quehaceres, y ruégale que vuelva a vernos después. ¡Ay! dicen que va a darse una batalla: ¿no sientes que le suceda alguna desgracia?

—Sí, seguramente —dijo Santorcaz estrechándome la mano—. ¡Pobre joven! La batalla será muy sangrienta, y lo más probable es que muera en ella.

—¿Qué dices, padre? —preguntó Inés con terror.

—La mejor batalla del mundo, hija mía, será aquélla en que perezcan todos los soldados de los dos ejércitos contendientes.

—¡Pero él no, él no! Me estás asustando.

—Bueno, bueno, que viva él... que viva Araceli. Joven, mi hija te estima, y yo... yo también... también te estimo. Así es que Dios hará muy bien en conservar tu preciosa vida. Pero no servirás más a los verdugos del linaje humano, a los opresores del pueblo, a los que engordan con la sangre del pueblo, a los pícaros frailes y...

—¡Jesús! estás hablando como Canencia, ni más ni menos.

—No he dicho nada; pero este Araceli... a quien estimo... nos aborrece, querida mía, quiere separarnos, es agente y servidor de una persona...

—A quien estimas también, padre.

—De una persona... —continuó el masón, poniéndose tan pálido que parecía un cadáver.

—A quien amas, padre —añadió la muchacha rodeando con sus brazos la cabeza del pobre enfermo—, a quien pedirás perdón... por...

El rostro de Santorcaz encendiose de repente con fuerte congestión; sus ojos despidieron rayo muy vivo, incorporose en el lecho y estirando los brazos y cerrando los puños y frunciendo el terrible ceño gritó:

—¡Yo!... pedirle perdón... pedirle perdón yo... ¡Jamás, jamás!

Diciendo esto cayó en el lecho como cuerpo del que súbitamente y con espanto huye la vida.

Inés y yo acudimos a socorrerle. Balbucía frases ardorosas... llamaba a Inés creyéndola ausente, la miraba con extravío; me despedía con gritos y amenazas; y, finalmente, se tranquilizó cayendo en pesado sopor.

—Otra vez será —me dijo Inés con los ojos llenos de lágrimas—. No desconfío. Haz lo que dijimos. Escríbele esta tarde mismo.

—Le escribiré y vendrá enseguida a Salamanca. Prepárate a marchar allá con tu enfermo.

XXXI

Haciendo mucho ruido, llamándome a voces y azotando con su látigo las puertas y los muebles, entró en la casa miss Fly. Recibila en la sala y al verme sonrió con gracia incomparable, no exenta en verdad de coquetería. Llamó mi atención ver que se había acicalado y compuesto, cosa verdaderamente extraña en aquel lugar y ocasión. Su rostro resplandecía de belleza y frescura. Habíase peinado cual si tuviese a mano los más delicados enseres de tocador, y el vestido, limpio ya de polvo y lodo, disimulaba sus desgarrones y arrugas no sé por qué arte singular, solo revelado a las mujeres. ¿Por qué no decirlo? Detesto las gazmoñerías y melindres. Sí, lo diré: Athenais estaba encantadora, hechicera, lindísima.

Como le manifestase mi sorpresa por aquella restauración de su interesante persona, me dijo:

—Caballero Araceli, después que vuestros soldados han apagado el incendio, quedó un poco de agua para mí. En casa de unos aldeanos me proporcionaron lo preciso para peinarme... Pero, señor comandante, ¿así cumplís con vuestros deberes? ¿No estaréis mejor al frente de vuestras tropas? Hace un rato que ha llegado Leith con su división, y pregunta por vos.

Al saber la noticia, no quise detenerme. Despedime de Inés, y después de asegurar bien la entrada de la casa y de encomendar a Tribaldos que cuidase a los dos prisioneros, bajé a la plaza, donde miss Fly se separó de mí sin motivo aparente. Empezaban a llegar tropas inglesas. El general Leith, a quien indiqué que España me había mandado proseguir, cuando llegaron los ingleses me ordenó que esperase hasta la noche.

—Es imposible perseguir a los franceses de cerca —dijo—. Van muy adelantados, y nos será difícil hacerles daño. Nuestras tropas están cansadas.

Quedeme allí no sin gozo, y dispuse lo necesario para que Santorcaz y su hija fuesen trasladados a Salamanca. Felizmente regresaba aquella tarde para quedar allí de guarnición, Buenaventura Figueroa, mi más íntimo y querido amigo, y le di instrucciones prolijas sobre lo que debía hacer con mis prisioneros en la ciudad y durante el viaje. Verificose este por la noche en un convoy que se envió a *Roma la chica*, y no sin trabajo logré un carromato de regular comodidad, en cuyo interior acomodé a padre e hija, acompañados de Tribaldos y de buen repuesto de víveres para el viaje. Quise darles también dinero, mas rehusolo Inés, y a la verdad no lo necesitaban, porque el señor Santorcaz (no sé si lo he dicho), que un año antes heredara íntegro su patrimonio, poseía regular hacienda, sobrada para su modesto traer.

Di también a Inés instrucciones para que contribuyese a impedir nuevas salidas de su infeliz padre al campo de Montiel de las masónicas aventuras, y ella prometiome con inequívoca seguridad que le encarcelaría convenientemente sin mortificarle, con lo cual, muy apenados nos despedimos los dos, yo por aquella nueva separación, cuyos límites no sabía, y ella por presentimientos del peligro a que expuesto quedaba en la terrible campaña emprendida. En esto, y en escribir a la condesa lo que el lector supone, entretuve gran parte de las últimas horas del día.

Partimos al amanecer del siguiente, persiguiendo a los franceses, que no pararon hasta pasar el Duero por Tordesillas, extendiéndose hasta Simancas. Allí reforzó Marmont su ejército con la división de Bonnet, y nosotros le aguardamos en la orilla izquierda vigilando sus movimientos. La cuestión era saber por qué sitio quería el francés pasar el río, para venir al encuentro del ejército aliado, cuyo cuartel general estaba en La Seca.

No quería Marmont, como es fácil suponer, darnos gusto, y sin avisarnos, cosa muy natural también, partió de improviso hacia Toro... ¡En marcha todo el mundo hacia la izquierda, ingleses, españoles, lusitanos, en marcha otra vez hacia el Guareña y hacia los perversos pueblos de Babilafuente y Villorio!

—¡Y a esto llaman hacer la guerra! —decía uno—. Por el mucho ejercicio que hacen, tienen tan buenas piernas los ingleses. Ahora resultará que Marmont no acepta tampoco la batalla en el Guareña y lo buscaremos en el Pisuerga, en el Adaja o tal vez en el Manzanares o en el Abroñigal a las puertas de Madrid.

Tan solo resultó que después de dos semanas de marchas y contramarchas, nos encontramos otra vez en las inmediaciones de Salamanca. Pero lo más gracioso fue cuando bailamos el minueto, como decían los españoles, pues aconteció que ambos ejércitos marcharon todo un día paralelamente, ellos sobre la izquierda y nosotros sobre la derecha, viéndonos muy bien a distancia de medio tiro de cañón y sin gastar un cartucho. Esto pasó no muy lejos de Salamanca; y cuando nos detuvimos en San Cristóbal, allí eran de ver las burlas motivadas por la tal maniobra y marcha estratégica que los chuscos calificaban de contradanza.

Desde San Cristóbal quise ir a Salamanca: pero me fue imposible, porque no se concedían licencias largas ni cortas. Tuve, sin embargo, el gusto de saber que nada singular había ocurrido en la casa de la calle del Cáliz durante mi ausencia y las marchas y minuetos del ejército aliado... En cuanto a miss Fly (me apresuro a nombrarla, porque oigo una misma pregunta en los labios de cuantos me escuchan), me había honrado no pocas veces con su encantadora palabra durante los viajes a Tordesillas, a la Nava y al Guareña; pero siempre en cortas y disimuladas entrevistas, cual si existiese algún desconocido estorbo, algún impedimento misterioso de su antes ilimitada libertad. En estas breves entrevistas advertía siempre en ella sin igual dulzura y melancólico abandono, y además una admiración injustificada hacia todas mis acciones, aunque fuesen de las más comunes e insignificantes.

Por lo demás si las entrevistas pecaban de cortas, eran frecuentísimas. No hacíamos alto en punto alguno, sin que se me presentase Athenais, cual mi propia sombra y recatadamente me hablase, diciéndome por lo general cosas alambicadas y sutiles, cuando no melifluas y apasionadas. La más refinada cortesía y un excelente humor de bromas inspiraban mis contestaciones. Regalábame a cada momento mil monerías, golosinas o cachivaches de poco valor, que adquiría en los diversos pueblos de la carrera.

Entretanto (suplico a mis oyentes se fijen bien en esto, porque sirve de lamentable antecedente a uno de los principales contratiempos de mi vida), yo notaba que no se había disipado entre mis compañeros ingleses y españoles la infundada sospecha que el viaje de Athenais a Salamanca despertara. En suma, la Pajarita había vuelto al cuartel general, y mi buena opinión y fama de caballerosidad continuaban tan problemáticas como el día que aparecí en Bernuy. En dos ocasiones en que tuve el alto honor de hablar con el señor duque, experimenté mortal pena, hallándole no solo desdeñoso sino en extremo austero y desapacible conmigo. Los espejuelos del coronel Simpson despedían rayos olímpicos contra mí y en general cuantas personas conocía en las filas inglesas demostraban de diversos modos poca o ninguna afición a mi honrada persona.

—Señor Araceli, señor Araceli —me dijo Athenais presentándose de improviso ante mí el 21 de julio cuando acabábamos de ocupar el cerro comúnmente llamado Arapil Chico—, venid a mi lado. Simpson no ha salido aún de Salamanca. ¿Os ha pasado algo desde ayer que no nos hemos visto?

—Nada, señora, no me ha pasado nada. ¿Y a usted?

—A mí sí; pero ya os lo contaré más adelante. ¿Por qué me miráis de ese modo?... Vos también dais en creer, como los demás, que estoy triste, que estoy pálida, que he cambiado mucho...

—En efecto, miss Fly, se me figura que esa cara no es la misma.

—No me siento bien —dijo con sonrisa graciosa—. No sé lo que tengo... ¡Ah! ¿no sabéis? Dicen que va a darse una gran batalla.

—No lo dudo. Los franceses están hacia Cavarrasa. ¿Cuándo será?

—Mañana... Parece que os alegráis —dijo mostrando un temor femenino que me sorprendió, conociendo como conocía su varonil arrojo.

—Y usted también se alegrará, señora. Un alma como la de usted, para sostenerse a su propia altura, necesita estos espectáculos grandiosos, el inmenso peligro seguido de la colosal gloria. Nos batiremos, señora, nos batiremos con el Imperio, con el enemigo común, como dicen en Inglaterra, y le derrotaremos.

Athenais no me contestó, como esperaba, con ningún arrebato de entusiasmo, y la poesía de los romances parecía haberse replegado con timidez y vergüenza quizás en lo más escondido de su alma.

—Será una gran batalla y ganaremos —dijo con abatimiento—; pero... morirá mucha gente. ¿No os ocurre que podéis morir vos?

—¿Yo?... ¿y qué importa? ¿Qué importa la vida de un miserable soldado, con tal que quede triunfante la bandera?

—Es verdad; pero no debéis exponeros... —dijo con cierta emoción—. Dicen que la división española no se batirá.

—Señora, no conozco a usted, no es usted miss Fly.

—Voy creyendo lo que decís —afirmó clavando en mí los dulces ojos azules—; voy creyendo que no soy yo miss Fly... Oíd bien, Araceli, lo que voy a deciros. Si no entráis en fuego mañana, como espero, avisádmelo... Adiós, adiós.

—Pero aguarde usted un momento, miss Fly —dije procurando detenerla.

—No, no puedo. Sois muy indiscreto... Si supierais lo que dicen... adiós, adiós.

Dando algunos pasos hacia ella, la llamé repetidas veces; mas en el mismo instante vi un coche o silla de postas que se paraba delante de mí en mitad del camino; vi que por la portezuela aparecía una cara, una mano, un brazo. Si era la condesa... ¡Dios poderoso, qué inmensa alegría! Era la condesa, que detenía su coche delante de mí, que me buscaba con la vista, que me llamaba con un lindo gesto, que iba a decir sin duda dulcísimas cosas. Corrí hacia ella loco de alegría.

XXXII

Antes de referir lo que hablamos, conviene que diga algo del lugar y momento en que tales hechos pasaban, porque una cosa y otra interesan igualmente a la historia y a la relación de los sucesos de mi vida que voy refiriendo. El 21 por la tarde pasamos el Tormes, los unos por el puente de Salamanca, los otros por los vados inmediatos. Los franceses, según todas las conjeturas, habían pasado el mismo río por Alba de Tormes, y se encontraban al parecer en los bosques que hay más allá de Cavarrasa de Arriba. Formamos nosotros una no muy extensa línea cuya izquierda se apoyaba junto al vado de Santa Marta, y la derecha en el Arapil Chico, junto al camino de Madrid. Una pequeña división inglesa con algunas tropas ligeras ocupaba el lugar de Cavarrasa de Abajo, punto el más avanzado de la línea anglo-hispano-portuguesa.

En la falda del Arapil Chico, y al borde del camino, fue donde se me apareció Athenais, que volvía a caballo de Cavarrasa, y pocos instantes después la señora condesa, mi adorada protectora y amiga. Corrí hacia ella, como he dicho, y con la más viva emoción besé sus hermosas manos que aún asomaban por la portezuela. El inmenso gozo que experimenté apenas me dejó articular otras voces que las de «madre y señora mía», voces en que mi alma, con espontaneidad y confianza sumas, esperaban iguales manifestaciones cariñosas de parte de ella. Mas con amargura y asombro advertí en los ojos de la condesa desdén, enojo, ira, ¡qué sé yo!... una severidad inexplicable que me dejó absorto y helado.

—¿Y mi hija? —preguntó con sequedad.

—En Salamanca, señora —repuse—. No podría usted llegar más a tiempo. Tribaldos, mi asistente, acompañará a usted. Ha sido casualidad que nos hayamos encontrado aquí.

—Ya sabía que estabas en este sitio que llaman el Arapil Chico —me dijo con el mismo tono severo, sin una sonrisa, sin una mirada cariñosa, sin un apretón de manos—. En Cavarrasa de Abajo, donde me detuve un instante, encontré a sir Tomás Parr, el cual me dijo dónde estabas, con otras cosas acerca de tu conducta, que me han causado tanto asombro como indignación.

—¡Acerca de mi conducta, señora! —exclamé con dolor tan vivo como si una hoja de acero penetrara en mi corazón—. Yo creía que en mi conducta no había nada que pudiera desagradar a usted.

—Conocí en Cádiz a sir Tomás Parr, y es un caballero incapaz de mentir —añadió ella con indecible resplandor de ira en los ojos que tanta ternura habían tenido en otro tiempo para mí—. Has seducido a una joven inglesa, has cometido una iniquidad, una violencia, una acción villana.

—¡Yo, señora! ¡yo!... ¿Este hombre honrado que ha dado tantas pruebas de su lealtad...? ¿Este hombre ha hecho tales maldades?

—Todos lo dicen... No me lo ha dicho solo sir Tomás Parr, sino otros muchos; me lo dirá también Wellesley.

—Pues si Wellesley lo afirmara —repliqué con desesperación—, si Wellesley lo afirmara, yo le diría...

—Que miente...

—No, el primer caballero de Inglaterra, el primer general de Europa no puede mentir; es imposible que el duque diga semejante cosa.

—Hay hechos que no pueden disimularse —añadió con pena—, que no pueden desfigurarse. Dicen que la persona agraviada se dispone a pedir que se te obligue al cumplimiento de las leyes inglesas sobre el matrimonio.

Al oír esto, una hilaridad expansiva y una indignación terrible cruzaron sus diversos efectos en mi alma, como dos rayos que se encuentran al caer sobre un mismo objeto, y por un instante se lo disputan. Me reí y estuve a punto de llorar de rabia.

—Señora, me han calumniado, es falso, es mentira que yo... —grité introduciendo por la portezuela del coche primero la cabeza y después medio cuerpo—. Me volveré loco si usted, si esta persona a quien respeto y adoro a quien no podré jamás engañar, da valor a tan infame calumnia.

—¿Con que es calumnia?... —dijo con verdadero dolor—. Jamás lo hubiera creído en ti... Vivimos para ver cosas horribles... Pero dime, ¿veré a mi hija enseguida?

—Repito que es falso. Señora, me está usted matando, me impulsará usted a extremos de locura, de desesperación.

—¿Nadie me estorbará que la recoja, que la lleve conmigo? —preguntó con afán y sin hacer caso del frenesí que me dominaba—. Que venga tu asistente. No puedo detenerme. ¿No decías en tu carta que todo estaba arreglado? ¿Ha muerto ese verdugo? ¿Está mi hija sola?... ¿Me espera?... ¿Puedo llevármela?... responde.

—No sé, señora; no sé nada; no me pregunte usted nada —dije confundido y absorto—. Desde el momento que usted duda de mí...

—Y mucho... ¿En quién puede tenerse confianza?... Déjame seguir... Tú ya no eres el mismo para mí.

—Señora, señora, no me diga usted eso, porque me muero —exclamé con inmensa aflicción.

—Bueno, si eres inocente, tiempo tienes de probármelo.

—No... no... Mañana se da una gran batalla. Puedo morir. Moriré irritado y me condenaré... ¡Mañana! ¡sabe Dios dónde estaré mañana! Usted va a Salamanca, verá y hablará a su hija; entre las dos fraguarán una red de sospechas y falsos supuestos, donde se enmarañe para siempre la memoria del infeliz soldado, que agonizará quizás dentro de algunas horas en este mismo sitio donde nos encontramos. Es posible que no nos veamos más... Estamos en un campo de batalla. ¿Distingue usted aquellos encinares que hay hacia abajo? Pues allí detrás están los franceses. ¡Cuarenta y siete mil hombres, señora! Mañana este sitio estará cubierto de cadáveres. Dirija usted la vista por estos contornos. ¿Ve usted esa juventud de tres naciones? ¿Cuántos de estos tendrán vida mañana? Me creo destinado a perecer, a perecer rabiando, porque precipitará mi muerte la idea de haber perdido el amor de las dos personas a quienes he consagrado mi vida.

Mis palabras, ardientes como la voz de la verdad, hicieron algún efecto en la condesa, y la observé suspensa y conmovida. Tendió la vista por el campo, ocupado por tanta tropa, y luego cubriose el rostro con las manos, dejándose caer en el fondo del coche.

—¡Qué horror! —dijo—. ¡Una batalla! ¿No tienes miedo?

—Más miedo tengo a la calumnia.

—Si pruebas tu inocencia, creeré que he recobrado un hijo perdido.

—Sí, sí, lo recobrará usted —afirmé—. ¿Pero no basta que yo lo diga, no basta mi palabra?... ¿Nos conocemos de ayer? ¡Oh! Si a Inés se le dijera lo que a usted han dicho, no lo creería. Su alma generosa me habría absuelto sin oírme.

Una voz gritó:

—¡Ese coche, adelante o atrás!

—Adiós —dijo la condesa—, me echan de aquí.

—Adiós, señora —respondí con profunda tristeza—. Por si no nos vemos más, nunca más, sepa usted que en el último día de mi vida conservo todos, absolutamente todos los sentimientos de que he hecho gala en todos los instantes de mi vida ante usted y ante otra persona que a entrambos nos es muy cara. Agradezco a usted, hoy como ayer, el amor que me ha mostrado, la confianza que ha puesto en mí, la dignidad que me ha infundido, la elevación que ha dado a mi conciencia... No quiero dejar deudas... Si no nos vemos más...

El coche partió, obligado a ello por una batería a la cual era forzoso ceder el paso. Cuando dejé de ver a la condesa, llevaba ella el pañuelo a los ojos para ocultar sus lágrimas.

Sofocado y aturdido por la pena angustiosa que llenaba mi alma, no reparé que el cuartel general venía por el camino adelante en dirección al Arapil Chico. El duque y los de su comitiva echaron pie a tierra en la falda del cerro, dirigiendo sus miradas hacia Cavarrasa de Arriba. Llamó el lord a los oficiales del regimiento de Ibernia, uno de los establecidos allí, y habiéndome yo presentado el primero, me dijo:

—¡Ah! Es usted el caballero Araceli...

—El mismo, mi general —contesté—, y si vuecencia me permite en esta ocasión hablar de un asunto particular, le suplicaré que haga luz sin pérdida de tiempo sobre las calumnias que pesan sobre mí después de mi viaje a Salamanca. No puedo soportar que se me juzgue con ligereza, por las hablillas de gente malévola.

Lord Wellington, ocupado sin duda con asunto más grave, apenas me hizo caso. Después de registrar rápidamente todo el horizonte con su anteojo, me dijo casi sin mirarme:

—Señor Araceli, no puedo contestar a usted que estoy decidido a que la Gran Bretaña sea respetada.

Como yo no había dejado nunca de respetar a la Gran Bretaña, ni a las demás potencias europeas, aquellas palabras que encerraba sin duda una amenaza, me desconcertó un poco. Los oficiales generales que rodeaban al duque, trabaron con él coloquio muy importante sobre el plan de batalla. Pareciéronme entonces inoportunas y aun ridículas mis reclamaciones, por lo cual un poco turbado, contesté de este modo:

—¡La Gran Bretaña! no deseo otra cosa que morir por ella.

—Brigadier Pack —dijo vivamente Wellington a uno de los que le acompañaban—, en la ayudantía del 23 de línea que está vacante, ponga usted a este joven español, que desea morir por la Gran Bretaña.

—Por la gloria y honor de la Gran Bretaña —añadí.

El brigadier Pack me honró con una mirada de protectora simpatía.

—La desesperación —me dijo luego Wellington— no es la principal fuente del valor; pero me alegaré de ver mañana al señor de Araceli en la cumbre del Arapil Grande. Señor don José Olawlor —añadió dirigiéndose a su íntimo amigo, que le acompañaba—, creo que los franceses se están disponiendo para adelantársenos mañana a ocupar el Arapil Grande.

El duque manifestó cierta inquietud, y por largo tiempo su anteojo exploró los lejanos encinares y cerros hacia Levante. Poco se veía ya, porque vino la noche. Los cuerpos de ejército seguían moviéndose para ocupar las posiciones dispuestas por el general en jefe, y me separé de mis compañeros de Ibernia y de la división española.

—Nosotros —me dijo España— vamos al lugar de Torres, en la extrema derecha de la línea, más bien para observar al enemigo que para atacarle. ¡Plan admirable! El general Picton y el portugués d'Urban parece que están encargados de guardar el paso del Tormes, de modo que la situación de los franceses no puede ser más desventajosa. No falta más que ocupar el Arapil Grande.

—De eso se trata, mi general. La brigada Pack, a la cual desde hace un momento pertenezco, amanecerá mañana, con la ayuda de Dios en la ermita de Santa María de la Peña, y después... Así lo exige el honor de la Gran Bretaña...

—Adiós, mi querido Araceli, pórtate bien.

—Adiós, mi querido general. Saludo a mis compañeros desde la cumbre del Arapil Grande.

XXXIII

¡El Arapil Grande! Era la mayor de aquellas dos esfinges de tierra, levantadas la una frente a la otra, mirándose y mirándonos. Entre las dos debía desarrollarse al día siguiente uno de los más sangrientos dramas del siglo, el verdadero prefacio de Waterloo, donde sonaron por última vez las trompas de la Ilíada del Imperio. A un lado y otro del lugar llamado de Arapiles se elevaban los dos célebres cerros, pequeño el uno, grande el otro. El primero nos pertenecía, el segundo no pertenecía a nadie en la noche del 21. No pertenecía a nadie por lo mismo que era la presa más codiciada; y el leopardo de un lado y el águila del otro le miraban con anhelo deseando tomarlo y temiendo tomarlo. Cada cual temía encontrarse allí al contrario en el momento de poner la planta sobre la preciosa altura.

Más a la derecha del Arapil Grande, y más cerca de nuestra línea, estaba Huerta, y a la izquierda en punto avanzado, formando el vértice de la cuña, Cavarrasa de Arriba. El de abajo, mucho más distante y a espaldas del gran Arapil, estaba en poder de los franceses.

La noche era como de julio, serena y clara. Acampó la brigada Pack en un llano, para aguardar el día. Como no se permitía encender fuego, los pobrecitos ingleses tuvieron que comer carne fría; pero las mujeres, que en esto eran auxiliares poderosos de la milicia británica, traían de Aldeatejada y aun de Salamanca fiambres muy bien aderezados, que con el rom abundante devolvieron el alma a aquellos desmadejados cuerpos. Las mujeres (y no bajaban de veinte las que vi en la brigada), departían con sus esposos cariñosamente, y según pude entender, rezaban o se fortalecían el espíritu con recuerdos de la Verde Erín y de la bella Escocia. Gran martirio era para los *highlanders*, que no se les consintiera en aquel sitio tocar la zampoña, entonando las melancólicas canciones de su país; y formaban animados corrillos, en los cuales me metí bonitamente, para tener el extraño placer de oírles sin entenderles. Érame en extremo agradable ver la conformidad y alegría de aquella gente, transportada tan lejos de su patria, sostenida en su deber y conducida al sacrificio por la fe de la misma patria... Yo escuchaba con delicia sus palabras y aun entendiendo muy poco de ellas, creí comprender el espíritu de las ardientes conversaciones. Un escocés fornido, alto, hermoso, de cabellos rubios como el oro y de mejillas sonrosadas como una doncella, levantose al ver que me acercaba al corrillo, y en chapurreado lenguaje, mitad español, mitad portugués, me dijo:

—Señor oficial español, dignaos honrarnos aceptando este pedazo de carne y este vaso de rom, y brindemos a la salud de España y de la vieja Escocia.

—¡A la salud del rey Jorge III! —exclamé aceptando sin vacilar el obsequio de aquellos valientes.

Sonoros *hurras* me contestaron.

—El hombre muere y las naciones viven —dijo dirigiéndose a mí otro escocés que llevaba bajo el brazo el enorme pellejo henchido de una zampoña—. ¡*Hurra* por Inglaterra! ¡Qué importa morir! Un grano de arena que el viento lleva de aquí para allá no significa nada en la superficie del mundo. Dios nos está mirando, amigos, por los bellos ojos de la madre Inglaterra.

No pude menos de abrazar al generoso escocés, que me estrechó contra su pecho, diciendo:

—¡Viva España!

—¡Viva lord Wellington! —grité yo.

Las mujeres lloraban, charlando por lo bajo. Su lenguaje incomprensible para mí, me pareció un coro de pájaras picoteando alrededor del nido.

Los escoceses se distinguían por el pintoresco traje de cuadros rojos y negros, la pierna desnuda, las hermosas cabezas osiánicas cubiertas con el sombrero de piel, y el cinto adornado con la guedeja que parecía cabellera arrancada del cráneo del vencedor en las salvajes guerras septentrionales. Mezclábanse con ellos los ingleses, cuyas casacas rojas les hacían muy visibles a pesar de la oscuridad. Los oficiales envueltos en capas blancas y cubiertos con los sombreritos picudos y emplumados, nada airosos por cierto, semejaban pájaros zancudos de anchas alas y movible cresta.

Con las primeras luces del día la brigada se puso en marcha hacia el Arapil Grande. A medida que nos acercábamos, más nos convencíamos de que los franceses se nos habían anticipado por hallarse en mejores condiciones para el movimiento, a causa de la proximidad de su línea. El brigadier distribuyó sus fuerzas, y las guerrillas se desplegaron. Los ojos de todos fijábanse en la ermita situada como a la mitad del cerro, y en las pocas casas dispersas, únicos edificios que interrumpían a larguísimos trechos la soledad y desnudez del paisaje.

Subieron algunas columnas sin tropiezo alguno, y llegábamos como a cien varas de Santa María de la Peña cuando la ondulación del terreno, descendiendo a nuestros ojos a medida que adelantábamos, nos dejó ver, primero, una línea de cabezas, luego una línea de bustos, después los cuerpos enteros. Eran los franceses. El Sol naciente que aparecía a espaldas de nuestros enemigos nos deslumbraba, siendo causa de que los viésemos imperfectamente. Un murmullo lejano llegó a nuestros oídos, y del lado acá también los escoceses profirieron algunas palabras; no fue preciso más para que brotase la chispa eléctrica. Rompiose el fuego. Las guerrillas lo sostenían, mientras algunos corrieron a ocupar la ermita.

Precedía a esta un patio, semejante a un cementerio. Entraron en él los ingleses; pero los imperiales, que se habían colado por el ábside, dominaron pronto lo principal del edificio con los anexos posteriores; así es que aún no habían forzado la puerta los nuestros cuando ya les hacían fuego desde la espadaña de las campanas y desde la claraboya abierta sobre el pórtico.

El brigadier Pack, uno de los hombres más valientes, más serenos y más caballerosos que he conocido, arengó a los *highlanders*. El coronel que mandaba el 3.º de cazadores arengó a los suyos, y todos arengaron, en suma, incluso yo, que les hablé en español el lenguaje más apropiado a las circunstancias. Tengo la seguridad de que me entendieron.

El 23 de línea no había entrado en el patio, sino que flanqueaba la ermita por su izquierda, observando si venían más fuerzas francesas. En caso contrario, la partida era nuestra, por la sencilla razón de que éramos más hasta entonces. Pero no tardó en aparecer otra columna enemiga. Esperarla, darle respiro, es decir, aparentar siquiera fuese por un momento que se la temía, habría sido renunciar de antemano a toda ventaja.

—¡A ellos! —grité a mi coronel.

—*All right!* —exclamó este.

Y el 23 de línea cayó como una avalancha sobre la columna francesa. Trabose un vivo combate cuerpo a cuerpo; vacilaron un poco nuestros ingleses, porque el empuje de los enemigos era terrible en el primer momento; pero tornando a cargar con aquella constancia imperturbable que, si no es el heroísmo mismo, es lo que más se le parece, toda la ventaja estuvo pronto de nuestra parte. Retiráronse en desorden los imperiales, o mejor dicho, variaron de táctica, dispersándose en pequeños grupos, mientras les venían refuerzos. Habíamos tenido pérdidas casi iguales en uno y otro lado, y bastantes cuerpos yacían en el suelo; pero aquello no era nada todavía, un juego de chicos, un prefacio inocente que casi hacía reír.

Nuestra desventaja real consistía en que ignorábamos la fuerza que podían enviar los franceses contra nosotros. Veíamos enfrente el espeso bosque de Cavarrasa, y nadie sabía lo que se ocultaba bajo aquel manto de verdura. ¿Serán muchos, serán pocos? Cuando la intuición, la inspiración o el genio zahorí de los grandes capitanes no sabe contestar a estas preguntas, la ciencia militar está muy expuesta a resultar vana y estéril como jerga de pedantes. Mirábamos al bosque, y el oscuro ramaje de las encinas no nos decía nada. No sabíamos leer en aquella verdinegra superficie que ofrecía misteriosos cambiantes de color y de luz, fajas movibles y oscilantes signos en su vasta extensión. Era una masa enorme de verdura, un monstruo chato y horrible que se aplanaba en la tierra con la cabeza gacha y las alas extendidas, empollando quizás bajo ellas innumerables guerreros.

Al ver en retirada la segunda columna francesa, mandó Pack redoblar la tentativa contra la ermita, y los *highlanders* intentaron asaltarla por distintos puntos, lo cual hubiera sido fácil si al sonar los primeros tiros no ocurriese del lado del bosque algo de particular. Creeríase que el monstruo se movía; que alzaba una de las alas; que echaba de sí un enjambre de homúnculos, los cuales distinguíanse allá lejos al costado de la madre, pequeños como hormigas. Luego iban creciendo, íbanse acercando... de pigmeos tornábanse en gigantes; lucían sus cascos: sus espadas semejaban rayos flamígeros; subían en ademán amenazador columna tras columna, hombre tras hombre.

El coronel me miró y nos miramos los jefes todos sin decirnos nada. Con la presteza del buen táctico, Pack, sin abandonar el asedio de la ermita, nos mandó más gente y esperamos tranquilos. El bosque seguía vomitando gente.

—Es preciso combatir a la defensiva —dijo el coronel.

—A la defensiva, sí. ¡Viva Inglaterra!

—¡Viva el Emperador! —repitieron los ecos allá lejos.

—¡Ingleses, la Inglaterra os mira!

El clamor que antes nos contestara de lejos diciendo: ¡viva el Emperador! resonó con más fuerza. El animal se acercaba y su feroz bramido infundía zozobra.

XXXIV

Ocupáronse al instante unas casas viejas y unos tejares que había como a 60 varas a un lado y otro de la ermita, estableciéndose imaginaria línea defensiva, cuyo único apoyo material era una depresión del terreno, una especie de zanja sin profundidad que parecía marcar el linde entre dos heredades. Si yo hubiera mandado toda la fuerza del brigadier Pack, habría intentado jugar el todo por el todo y desconcertar al enemigo antes que embistiera; pero los ingleses no hacían nunca estas locuras que salen bien una vez, y veinte se malogran. Por el contrario, Pack dispuso sus fuerzas a la defensiva; con ojo admirable y rápido se hizo cargo de todos los accidentes del terreno, de las suaves ondulaciones del cerro por aquella parte, del peñón aislado, del árbol solitario, de la tapia ruinosa, y todo lo aprovechó.

Llegaron los franceses. Nos miraban desde lejos con recelo, nos olían, nos escuchaban.

¿Habéis visto a la cigüeña alargar el cuello a un lado y otro, de tal modo que no se sabe si mira o si oye, sostenerse en un pie, alzando el otro con intento de no fijarlo en tierra hasta no hallar suelo seguro? Pues así se acercaban los franceses. Entre nosotros, algunos reían.

No puedo dar idea del silencio que reinaba en las filas en aquel momento. ¿Eran soldados en acecho o monjes en oración?... Pero instantáneamente, la cigüeña puso los dos pies en tierra. Estaba en terreno firme. Sonaron mil tiros a la vez y se nos vino encima una oleada humana compuesta de bayonetas, de gritos, de patadas, de ferocidades sin nombre.

—¡Fuego! ¡muerte! ¡sangre! ¡canallas! —tales son las palabras con que puedo indicar, por lo poco que entendía, aquella algazara de la indignación inglesa, que mugía en torno mío, un concierto de articulaciones guturales, un graznido al mismo tiempo discorde y sublime como de mil celestiales loros y cotorras charlando a la vez.

Yo había visto cosas admirables en soldados españoles y franceses, tratándose de atacar; pero no había visto nada comparable a los ingleses tratando de resistir. Yo no había visto que las columnas se dejaran acuchillar. El viejo tronco inerte no recibe con tanta paciencia el golpe de la segur que lo corta, como aquellos hombres la bayoneta que los destrozaba. Repetidas veces rechazaron a los franceses haciéndoles correr mucho más allá de la ermita. Había gente para todo; para morir resistiendo y para matar empujando. Por momentos parecía que les rechazábamos definitivamente; pero el bosque, sacando de su plumaje nuevas empolladuras de gente, nos ponía en desventaja numérica, pues si bien del Arapil Chico venían a ayudarnos algunas compañías, no eran en número suficiente.

La mortandad era grande por un lado y por otro, más por el nuestro, y a tanto llegó que nos vimos en gran apuro para retirar los muchos muertos y heridos que imposibilitaban los movimientos. El combate se suspendía y se trababa en cortos intervalos. No retrocedíamos ni una línea; pero tampoco avanzábamos, y habíamos abandonado el patio de la ermita por ser imposible sostenerse allí. Las casas de labor y tejares sí eran nuestros y no parecían los *highlanders* dispuestos a dejárselos quitar, pero esta serie de ventajas y desventajas que equilibraba las dos potencias enemigas, este contrapeso sostenido a fuerza de arrojo no podía durar mucho. Que los franceses enviasen gente, que, por el contrario, las enviase lord Wellington, y la cuestión había de decidirse pronto; que la enviasen los dos al mismo tiempo y entonces... solo Dios sabía el resultado.

El brigadier Pack me llamó, diciéndome:

—Corred al cuartel general y decid al lord lo que pasa.

Monté a caballo y a todo escape me dirigí al cuartel general. Cuando bajaba la pendiente en dirección a las líneas del ejército aliado, distinguí muy bien las masas del ejército francés moviéndose sin cesar; pero entre el centro de uno y otro ejército no se disparaba aún ni un solo tiro. Todo el interés estaba todavía en aquella apartada escena del Arapil Grande, en aquello que parecía un detalle insignificante, un capricho del genio militar que a la sazón meditaba la gran batalla.

Cuando pasé junto a los diversos cuerpos de la línea aliada, llamó mi atención verles quietos y tranquilos, esperando órdenes mano sobre mano. No había batalla: es más, no parecía que iba a haber batalla, sino simulacro. Pero los jefes, todos en pie sobre las elevaciones del terreno, sobre los carros de municiones y aun sobre las cureñas, observaban, ayudados de sus anteojos, la peripecia del Arapil Grande, junto a la ermita.

—¿Por qué toda esta gente no corre a ayudar al brigadier Pack? —me preguntaba yo lleno de confusiones.

Era que ni Wellington ni Marmont querían aparentar gran deseo de ocupar el Arapil Grande, por lo mismo que uno y otro consideraban aquella posición como la clave de la batalla. Marmont fingía movimientos diversos para desconcertar a Wellington: amenazaba correr hacia el Tormes para que el ojo imperturbable del capitán inglés se apartase del Arapil; luego afectaba retirarse como si no quisiera librar batalla, y en tanto Wellington, quieto, inmutable, sereno, atento, vigilante, permanecía en su puesto observando las evoluciones del francés, y sostenía con poderosa mano las mil riendas de aquel ejército que quería lanzarse antes de tiempo.

Marmont quería engañar a Wellington; pero Wellington no solo quería engañar sino que estaba engañando a Marmont. Este se movía para desconcertar a su enemigo, y el inglés atento a las correrías del otro, espiaba la más ligera falta del francés para caerle encima. Al mismo tiempo afectaba no hacer caso del Arapil Grande y colocó bastantes tropas en la derecha del Tormes para hacer creer que allí quería poner todo el interés de la batalla. En tanto tenía dispuestas fuerzas enormes para un caso de apuro en el gran cerro. Pero ese caso de apuro, según él, no había llegado todavía, ni llegaría, mientras hubiera carne viva en Santa María de la Peña. Eran las diez de la mañana y fuera de la breve acción que he descrito, los dos ejércitos no habían disparado un tiro.

Cuando atravesé las filas, muchos jefes apostados en distintos puntos me dirigían preguntas a que era imposible contestar, y cuando llegué al cuartel general, vi a Wellington a caballo, rodeado de multitud de generales.

Antes de acercarme a él, ya había dicho yo expresivamente con el gesto, con la mirada:

—No se puede.

—¿Qué no se puede? —exclamó con calma imperturbable, después que verbalmente le manifesté lo que pasaba allá.

—Dominar el Arapil Grande.

—Yo no he mandado a Pack que dominara el Arapil Grande, porque es imposible —repuso—. Los franceses están muy cerca y desde ayer tienen hechos mil preparativos para disputarnos esa posición, aunque lo disimulan.

—Entonces...

—Yo no he mandado a Pack que dominase por completo el cerro, sino que impidiese a los franceses que se establecieran allí definitivamente. ¿Se establecerán? ¿No existen ya el 23 de línea, ni el 3.º de cazadores, ni el 7.º de *highlanders*?

—Existen... un poco todavía, mi general.

—Con las fuerzas que han ido después basta para el objeto, que es resistir, nada más que resistir. Basta con que ni un francés pise la vertiente que cae hacia acá. Si no se puede dominar la ermita, no creo que falte gente para entretener al enemigo unas cuantas horas.

—En efecto, mi general —dije—. Por muy aprisa que se muera, ochocientos cuerpos dan mucho de sí. Se puede conservar hasta el medio día lo que poseemos.

Cuando esto decía, atendiendo más a las lejanas líneas enemigas que a mí, observé en él un movimiento súbito; volviose al general Álava, que estaba a su lado y dijo:

—Esto cambia de repente. Los franceses extienden demasiado su línea. Su derecha quiere envolverme...

Una formidable masa de franceses se extendía hacia el Tormes, dejando un claro bastante notable entre ella y Cavarrasa. Era necesario ser ciego para no comprender que por aquel claro, por aquella juntura iba a introducir su terrible espada hasta la empuñadura el genio del ejército aliado.

XXXV

El cuartel general retrocedió, diéronse órdenes, corrieron los oficiales de un lado para otro, resonó un murmullo elocuente en todo el ejército, avanzaron los cañones, piafaron los caballos. Sin esperar más, corrí al Arapil para anunciar que todo cambiaba. Veíanse oscilar las líneas de los regimientos, y los reflejos de las bayonetas figuraban movibles ondas luminosas; los cuerpos de ejército se estremecían conmovidos por las palpitaciones íntimas de ese miedo singular que precede siempre al heroísmo. La respiración y la emoción de tantos hombres daba a la atmósfera no sé qué extraño calor. El aire ardiente y pesado no bastaba para todos.

Las órdenes trasmitidas con rapidez inmensa llevaban en sí el pensamiento del general en jefe. Todos lo adivinamos en virtud de la extraña solidaridad que en momentos dados se establece entre la voluntad y los miembros, entre el cerebro que piensa y las manos que ejecutan. El plan era precipitar el centro contra el claro de la línea enemiga y al mismo tiempo arrojar sobre el Arapil Grande toda la fuerza de la derecha, que hasta entonces había permanecido en el llano en actitud expectativa.

Hallábame cerca del lugar de partida, cuando un estrépito horrible hirió mis oídos. Era la artillería de la izquierda enemiga, que tronaba contra el gran cerro. Le atacaba con empuje colosal. Nuestra derecha, compuesta de valientes cuerpos de ejército, subía en el mismo instante a sacar de su aprieto a los incomparables *highlanders*, 23 de línea y 3.º de ligeros, cuyas proezas he descrito.

Pasé por entre la quinta división al mando del general Leith, que desde el pueblo de los Arapiles marchaba al cerro; pasé por entre la tercera división, mandada por el mayor general Packenham, la caballería del general d'Urban y los dragones del decimocuarto regimiento, que iban en cuatro columnas a envolver la izquierda del enemigo en la famosa altura; y vi desde lejos la brigada del general Bradford, la de Cole y la caballería de Stapleton Cotton, que marchaban en otra dirección contra el centro enemigo; distinguí asimismo a lo lejos a mis compañeros de la división española formando parte de la reserva mandada por Hope.

La ermita antes nombrada no coronaba el Arapil Grande, pues había alturas mucho mayores. Era en realidad aquella eminencia regular y escalo-

218

nada, y si desde lejos no lo parecía, al aventurarse en ella hallábanse grandes depresiones del terreno, ondulaciones, pendientes, ora suaves ora ásperas, y suelo de tierra ligeramente pedregoso.

Los franceses, desde el momento en que creyeron oportuno no disimular su pensamiento, aparecieron por distintos puntos y ocuparon la parte más alta y sitios eminentes, amenazando de todos ellos las escasas fuerzas que operaban allí desde por la mañana. La primera división que rompió el fuego contra el enemigo fue la de Packenham, que intentó subir y subió por la vertiente que cae al pueblo. Sostúvole la caballería portuguesa de d'Urban; pero sus progresos no fueron grandes, porque los franceses, que acababan de salir del bosque, habían tomado posiciones en lo más alto, y aunque la pendiente era suave, dábales bastante ventaja.

Cuando llegué a las inmediaciones de la ermita, el brigadier Pack no había perdido una línea de sus anteriores posiciones; pero sus bravos regimientos estaban reducidos a menos de la mitad. El general Leith acababa de llegar con la quinta división, y el aspecto de las cosas había cambiado completamente porque si el enemigo enviaba numerosas fuerzas a la cumbre del cerro, nosotros no le íbamos en zaga en número ni en bravura.

Pero no había tiempo que perder. Era preciso arrojar hombres y más hombres sobre aquel montón de tierra, despreciando los fuegos de la artillería francesa, que nos cañoneaba desde el bosque, aunque sin hacernos gran daño. Era preciso echar a los franceses de Santa María de la Peña y después seguir subiendo, subiendo hasta plantar los pabellones ingleses en lo más alto del Arapil Grande.

—El refuerzo ha venido casi antes que la contestación —dije al brigadier Pack—. ¿Qué debo hacer?

—Tomar el mando del 23 de línea, que ha quedado sin jefes. ¡Arriba, siempre arriba! Ya veo lo que tenemos que hacer. Sostenernos aquí, atraer el mayor número posible de tropas enemigas, para que Cole y Bradford no hallen gran resistencia en el centro. Esta es la llave de la batalla. ¡Arriba, siempre arriba!

Los franceses parecían no dar ya gran importancia a Santa María de la Peña, y coronaron la altura. Las columnas escalonadas con gran arte, nos esperaban a pie firme. Allí no había posibilidad de destrozarlas con la caballería, ni de hacerles gran daño con los cañones situados a mucha distancia. Era preciso subir a pecho descubierto y echarles de allí como Dios nos diera a entender. El problema era difícil, la tarea inmensa, el peligro horrible.

Tocó al 23 de línea la gloria de avanzar el primero contra las inmóviles columnas francesas que ocupaban la altura. ¡Espantoso momento! La escalera, señores, era terrible, y en cada uno de sus fúnebres peldaños, el soldado se admiraba de encontrarse con vida. Si en vez de subir bajase, aquélla sería la escalera del infierno. Y sin embargo, las tropas de Pack y de Leith subían. ¿Cómo? No lo sé. En virtud de un prodigio inexplicable. Aquellos ingleses no se parecían a los hombres que yo había visto. Se les mandaba una cosa, un absurdo, un imposible, y lo hacían, o al menos lo intentaban.

Al referir lo que allí pasó, no me es posible precisar los movimientos de cada batallón, ni las órdenes de cada jefe, ni lo que cada cual hacía dentro de su esfera. La imaginación conserva con caracteres indelebles y pavorosos lo principal; pero lo accesorio no, y lo principal era entonces que subíamos empujados por una fuerza irresistible, por no sé qué manos poderosas que se agarraban a nuestra espalda. Veíamos la muerte delante, arriba; pero la propia muerte nos atraía. ¡Oh! Quien no ha subido nunca más que las escaleras de su casa, no comprenderá esto.

Como el terreno era desigual, había sitios en que la pendiente desaparecía. En aquellos escalones se trababan combates parciales de un encarnizamiento y ferocidad inauditos. Los valientes del Mediodía, que conocen rara vez el heroísmo pasivo de dejarse matar antes que descomponer las filas separándose de ellas, no comprenderán aquella locura imperturbable a que nos conducía la separación convertida en virtud. Fácil es a la alta cumbre desprenderse y precipitarse, aumentando su velocidad con el movimiento, y caer sobre el llano y arrollarlo e invadirlo; pero nosotros éramos el llano, empeñado en subir a la cumbre, y deseoso de aplastarla, y hundirla y abollarla. En la guerra como en la naturaleza, la altura domina y triunfa, es la superioridad material, y una forma simbólica de la victoria, porque la victoria es realmente algo que con flamígera velocidad baja rodando y atropellando, hendiendo y destruyendo. El que está arriba tiene la fuerza material y moral, y por consiguiente el pensamiento de la lucha, que puede dirigir a su antojo. Como la cabeza en el cuerpo humano, dispone de los sentidos y de la idea...

nosotros éramos pobres fuerzas rastreras que arañando el suelo, estábamos a merced de los de arriba, y sin embargo queríamos destronarlos. Figuraos que los pies se empeñaran en arrojar la cabeza de los hombros para ponerse encima ellos, ¡estúpidos que no saben más que andar!

Los primeros escalones no ofrecieron gran dificultad. Moría mucha gente; pero se subía. Después ya fue distinto. Creeríase que los franceses nos permitían el ascenso a fin de cogernos luego más a mano. Las disposiciones de Pack para que sufriésemos lo menos posible eran admirables. Inútil es decir que todos los jefes habían dejado sus caballos, y unos detrás, otros a la cabeza de las líneas, llevaban, por decirlo así, de la mano a los obedientes soldados. Un orden preciso en medio de las muertes, un paso seguro, un aplomo sin igual regimentando la maniobra, impedían que los estragos fuesen excesivos. Con las armas modernas, aquel hecho hubiera sido imposible.

Era indispensable aprovechar los intervalos en que el enemigo cargaba los fusiles, para correr nosotros a la bayoneta. Teníamos en contra nuestra el cansancio, pues si en algunos sitios la inclinación era poco más que rampa, en otros era regular cuesta. Los franceses reposados, satisfechos y seguros de su posición, nos abrasaban a fuego certero y nos recibían a bayoneta limpia. A veces una columna nuestra lograba, con su constancia abrumadora, abrirse paso por encima de los cadáveres de los enemigos; mas para esto se necesitaba duplicar y triplicar los empujes, duplicar y triplicar los muertos, y el resultado no correspondía a la inmensidad del esfuerzo.

¡Qué espantosa ascensión! Cuando se empeñaban en algún descanso combates parciales, las voces, el tumulto, el hervidero de aquellos cráteres no son comparables a nada de cuanto la cólera de los hombres ha inventado para remedar la ferocidad de las bestias. Entre mil muertes se conquistaba el terreno palmo a palmo, y una vez que se le dominaba, se sostenía con encarnizamiento el pedazo de tierra necesario para poner los pies. Inglaterra no cedía el espacio en que fijaba las suelas de sus zapatos, y para quitárselo y vencer aquel prodigio de constancia, era preciso a los franceses desplegar todo su arrojo favorecido por la altura. Aun así no lograban echar a los británicos por la pendiente abajo. ¡Ay del que rodase primero! Conociendo el peligro inmenso de un pasajero desmayo, de un retroceso, de una mirada atrás, los pies de aquellos hombres echaban raíces. Aun después de muertas, parecía que sus largas piernas se enclavaban en el suelo hasta las rodillas, como jalones que debían marcar eternamente la conquista del poderoso genio de Inglaterra.

Mas al fin llegó un momento terrible; un momento en que las columnas subían y morían, en que la mucha gente que se lanzaba por aquel talud, destrozada, abrasada, diezmada, sintiéndose mermar a cada paso, entendió que sus fuerzas no traían gran ventaja. Tras las columnas francesas arrolladas, aparecían otras. Como en el espantoso bosque de Macbeth, en la cresta del Grande Arapil cada rama era un hombre. Nos acercábamos arriba, y aquel cráter superior vomitaba soldados. Se ignoraba de dónde podía salir tanta gente, y era que la meseta del cerro tenía cabida para un ejército. Llegó, pues, un momento, en que los ingleses vieron venir sobre ellos la cima del cerro mismo, una monstruosidad horrenda que esgrimía mil bayonetas y apuntaba con miles de cañones de fusil. El pánico se apoderó de todos, no aquel pánico nervioso que obliga a correr, sino una angustia soberana y grave que quita toda esperanza, dando resignación. Era imposible, de todo punto imposible, seguir subiendo.

Pero bajar era el punto más difícil. Nada más fácil si se dejaban acuchillar por los franceses, resignándose a rodar sobre la tierra vivos o muertos. Una retirada en declive paso a paso y dando al enemigo cada palmo de terreno con tanta parsimonia como se le quitó, es el colmo de la dificultad. Pack bramaba de ira, y la sangre agolpada en la carnaza encendida de su rostro parecía querer brotar por cada poro. Era hombre que tenía alma para plantarse solo en la cumbre del cerro. Daba órdenes con ronca voz; pero sus órdenes no se oían ya: esgrimía la espada acuchillando al cielo, porque el cielo tenía sin duda la culpa de que los ingleses no pudiesen continuar adelante.

Había llegado la ocasión de que muriese estoicamente uno para resguardar con su cuerpo al que daba un paso atrás. De este modo se salvaba la mitad de la carne. Una mala retirada arroja en las brasas todo cuanto hay en el asador. Las columnas se escalonaban con arte admirable; el fuego era más vivo, y cada vez que descendía de lo alto desgajándose uno de aquellos pesados aludes, creeríase que todo había concluido; pero la confusión momentánea desaparecía al instante, las masas inglesas aparecían de nuevo compactas y formidables, y la muerte tenía que contentarse con la mitad. Así se fue cediendo lentamente parte del terreno, hasta que los imperiales dejaron de atacarnos. Habían llegado a un punto en que el cañón inglés les molestaba mucho, y además los progresos de Packenham por el flanco del Grande Arapil les inquietaban bastante. Reconcentráronse y aguardaron.

En tanto, por otro lado ocurrían sucesos admirables y gloriosos. Todo iba bien en todas partes menos en nuestro malhadado cerro. El general Cole destrozaba el centro francés. La caballería de Stapleton Cotton, penetrando por entre las descompuestas filas, daba una de las cargas más brillantes, más sublimes y al mismo tiempo más horrorosas que pueden verse. Desde la posición a que nos retiramos, no avergonzados pero sí humillados, distinguíamos a lo lejos aquella admirable función que nos causaba envidia. Las columnas de dragones, las falanges de caballos, los más ligeros, los más vivos, los más guerreros que pueden verse, penetraban como inmensas culebras por entre la infantería francesa. Los golpes de los sables ofrecían a la vista un salpicar perenne de pequeños rayos, menuda lluvia de acero que destrozaba pechos, aniquilaba gente, atropellaba y deshacía como el huracán. Los gritos de los jinetes, el brillo de sus cascos, el relinchar de los corceles que regocijaban en aquella fiesta sangrienta sus brutales e imperfectas almas, ofrecían espectáculo aterrador. Indiferentes como es natural, a las desdichas del enemigo, los corazones guerreros se endiosaban con aquel espectáculo. La confianza huye de los combates, deidad asustada y llorosa, conducida por el miedo; no queda más que la ira guerrera que nada perdona, y el bárbaro instinto de la fuerza, que por misterioso enigma del espíritu se convierte en virtud admirable.

Los escuadrones de Stapleton Cotton, como he dicho, estaban realizando el gran prodigio de aquella batalla. En vano los franceses alcanzaban algunas ventajas por otro lado; en vano habían logrado apoderarse de algunas casas del pueblo de Arapiles. Creyendo que poseer la aldea era importante, tomaron briosamente los primeros edificios y los defendieron con bravura. Se agarraban a las paredes de tierra y se pegaban a ella, como los moluscos a la piedra; se dejaban espachurrar contra las tapias antes que abandonarlas, barridos por la metralla inglesa. Precisamente cuando los franceses creían obtener gran ventaja poseyendo el pueblo, y cuando nosotros descendíamos del Arapil Grande, fue cuando la caballería de Cotton penetró como un gran puñal en el corazón del ejército imperial; viose el gran cuerpo partido en dos, crujiendo y estallando al violento roce de la poderosa cuña. Todo cedía ante ella, fuerza, previsión, pericia, valor, arrojo, porque era una potencia admirable, una unidad abrumadora, compuesta de miles de piezas que obraban armónicamente sin que una sola discrepara. Las miles de corazas daban idea del *testudo* romano, pero aquella inmensa tortuga con conchas de acero tenía la ligereza del reptil y millares de patas y millares de bocas para gritar y morder. Sus dentelladas ensanchaban el agujero en que se había metido; todo caía ante ella. Gimieron con espanto los batallones enemigos. Corrió Marmont a poner orden y una bala de cañón le quitó el brazo derecho. Corrió luego Bonnet a sustituirle y cayó también. Ferey, Thomieres y Desgraviers, generales ilustres, perecieron con millares de soldados.

En la falda de nuestro cerro se había suspendido el fuego. Un oficial que había caído junto a mí al verificar el descenso, era transportado por dos soldados. Le vi al pasar y él casi moribundo, me llamó con una seña. Era sir Thomas Parr. Puesto en el suelo, el cirujano, examinando su pecho destrozado, dio a entender que aquello no tenía remedio. Otros oficiales ingleses, la mayor parte heridos también, le rodeaban. El pobre Parr volvió hacia mí los ojos en que se extinguían lentamente los últimos resplandores de la vida, y con voz débil me habló así:

—Me han dicho antes de la batalla que tenéis resentimientos contra mí y que os disponíais a pedirme satisfacción por no sé qué agravios.

—Amigo —exclamé conmovido—, en esta ocasión no puede quedar en mi pecho ni rastro de cólera. Lo perdono y lo olvido todo. La calumnia de que usted se ha hecho eco, seguramente sin malicia, no puede dañar a mi honor; es una ligereza de esas que todos cometemos.

—¿Quién no comete alguna, caballero Araceli? —dijo con voz grave—. Reconoced, sin embargo, que no he podido ofenderos. Muero sin la zozobra de ser odiado... ¿Decís que os calumnié? ¿Os referís al caso de miss Fly? ¿Y a eso llamáis calumnia? Yo he repetido lo que he oído.

—¿Miss Fly?

—Como se dice que forzosamente os casaréis con ella, nada tengo que echaros en cara. ¿Reconocéis que no os he ofendido?

—Lo reconozco —respondí sin saber lo que respondía.

Parr, volviéndose a sus compatriotas, dijo:

—Parece que perdemos la batalla.

—La batalla se ganará —le respondieron.

Sacó su reló y lo entregó a uno de los presentes.

—¡Que la Inglaterra sepa que muero por ella! ¡Que no se olvide mi nombre!... —murmuró con voz que se iba apagando por grados.

Nombró a su mujer, a sus hijos, pronunció algunas palabras cariñosas, estrechando la mano de sus amigos.

—La batalla se ganará... ¡Muero por Inglaterra!... —dijo cerrando los ojos.

Algunos leves movimientos y ligeras oscilaciones de sus labios fueron las últimas señales de la vida en el cuerpo de aquel valiente y generoso soldado. Un momento después se añadía un número a la cifra espantosa de los muertos que se había tragado el Arapil Grande.

XXXVI

La tremenda carga de Stapleton Cotton había variado la situación de las cosas. Leith se apareció de nuevo entre nosotros, acompañado del brigadier Spry. En sus semblantes, en sus gestos lo mismo que en las vociferaciones de Pack comprendí que se preparaba un nuevo ataque al cerro. La situación del enemigo era ya mucho menos favorable que anteriormente, porque las ventajas obtenidas en nuestro centro con el avance de la caballería y los progresos del general Cole modificaban completamente el aspecto de la batalla. Packenham, después de rechazarles del pueblo, les apretaba bastante por la falda oriental del cerro, de modo que estaban expuestos a sufrir las consecuencias de un movimiento envolvente. Pero tenía poderosa fuerza en la vasta colina y además retirada segura por los montes de Cavarrasa. La brigada de Spry que antes maniobrara en las inmediaciones del pueblo, corriose a la derecha para apoyar a Packenham. La división de Leith, la brigada de Pack con el 23 de línea, el 3.º y 5.º de ligeros entraron de nuevo en fuego.

Los franceses reconcentrándose en sus posiciones de la ermita para arriba, esperaban con imponente actitud. Sonó el tiroteo por diversos puntos; las columnas marcharon en silencio. Ya conocíamos el terreno, el enemigo y los tropiezos de aquella ascensión. Como antes, los franceses parecían dispuestos a dejarnos que avanzáramos, para recibirnos a lo mejor con una lluvia de balas; pero no fue así, porque de súbito desgajáronse con ímpetu amenazador sobre Packenham y sobre Leith atacando con tanto coraje que era preciso ser inglés para resistirlo. Las columnas de uno y otro lado habían perdido su alineación, y formadas de irregulares y deformes grupos ofrecían frentes erizados de picos, si se me permite expresarlo así, los cuales se engastaban unos en otros. Los dos ejércitos se clavaban mutuamente las uñas desgarrándose. Arroyos de sangre surcaban el suelo. Los cuerpos que caían eran a veces el principal obstáculo para avanzar; a ratos se interrumpían aquellos al modo de abrazos de muerte y cada cual se retiraba un poco hacia atrás a fin de cobrar nueva fuerza para una nueva embestida. Observábamos los claros del suelo ensangrentado y lleno de cadáveres, y lejos de desmayar ante aquel espectáculo terrible, reproducíamos con doble furia los mismos choques. Cubierto de sangre, que ignoraba si había salido de mis propias venas o de las de otro, yo me lanzaba a los mismos delirios que veía en los demás, olvidado de todo, sintiendo (y esto es evidente), como una segunda, o mejor dicho, una nueva alma que no existía más que para regocijarse en aquellas ferocidades sin nombre, una nueva alma, en cuyas potencias irritadas se borraba toda memoria de lo pasado, toda idea extraña al frenesí en que estaba metida. Bramaba como los *highlanders*, y ¡cosa extraordinaria! en aquella ocasión yo hablaba inglés. Ni antes ni después supe una palabra de ese lenguaje; pero es lo cierto que cuanto aullé en la batalla me lo entendían, y a mi vez les entendía yo.

El poderoso esfuerzo de los escoceses desconcertó un poco las líneas imperiales, precisamente en el instante en que llegó a nuestro campo la división de Clinton, que hasta entonces había estado en la reserva. Tropas frescas y sin cansancio entraron en acción, y desde aquel momento vimos que las horribles filas de franceses se mantuvieron inactivas aunque firmes. Poco después las vimos replegarse, sin dejar de hacer fuego muy vivo. A pesar de esto, los ingleses no se lanzaban sobre ellos. Corrió algún tiempo más, y entonces observamos que las tropas que ocupaban lo alto del cerro lo abandonaban lentamente, resguardadas por el frente que seguía haciendo fuego.

No sé si dieron órdenes para ello; lo que sé es que súbitamente los regimientos ingleses, que en distintos puntos ocupaban la pendiente, avanzaron hacia arriba con calma, sin precipitación. La cumbre del Grande Arapil era una extensión irregular y vasta, compuesta de otros pequeños cerros y vallecitos. Inmenso número de soldados cabían en ella, pero venía la noche, el centro del ejército enemigo estaba derrotado, su izquierda hacia el Tormes también, de modo que les era imposible defender la disputada altura. Francia empezaba a retirarse, y la batalla estaba ganada.

Sin embargo, no era fácil acuchillar, como algunos hubieran querido, a los franceses que aún ocupaban varias alturas, porque se defendían con aliento y sabían cubrir la retirada. Por nuestro lado fue donde más daño se les hizo. Mucho se trabajó para romper sus filas, para quebrantar y deshacer aquella muralla que protegía la huida de los demás hacia el bosque; pero al principio no fue fácil. El espectáculo de las considerables fuerzas que se retiraban casi ilesas y tranquilamente nos impulsó a cargar con más brío sobre ellas, y al cabo, tanto se golpeó y machacó en la infortunada línea francesa, que la vimos agrietarse, romperse, desmenuzarse, y en sus innúmeros claros penetraron el puño y la garra del vencedor para no dejar nada con vida. ¡Terrible hora aquella en que un ejército vencido tiene que organizar su fuga ante la amenazadora e implacable saña del vencedor, que si huye le destroza y si se queda le destroza también!

Caía la tarde; iba oscureciéndose lentamente el paisaje. Los desparramados grupos del ejército enemigo, rayas fugaces que serpenteaban en el suelo a lo lejos, se desvanecían absorbidos por la tierra y los bosques, entre la triste música de los roncos tambores. Estos y la algazara cercana y el ruido del cañón, que aún cantaba las últimas lúgubres estrofas del poema, producían un estrépito loco que desvanecía el cerebro. No era posible escuchar ni la voz del amigo gritando en nuestro oído. Había llegado el momento en que todo lo dicen las facciones y los gestos, y era inútil dar órdenes, porque no se entendían. El soldado veía llegada la ocasión de las proezas individuales, para lo cual no necesitaba de los jefes, y todo estaba ya reducido a ver quién mataba más enemigos en fuga, quién cogía más prisioneros, quién podía echar la zarpa a un general, quién lograba poner la mano en una de aquellas veneradas águilas que se habían pavoneado orgullosas por toda Europa, desde Berlín hasta Lisboa.

El rugido que atronó los espacios cuando el vencedor, lleno de ira y sediento de venganza se precipitó sobre el vencido para ahogarle, no es susceptible de descripción. Quien no ha oído retumbar el rayo en el seno de las tempestades de los hombres, ignorará siempre lo que son tales escenas. Ciegos y locos, sin ver el peligro ni la muerte, sin oír más que el zumbar del torbellino, nos arrojábamos dentro de aquel volcán de rabia. Nos confundíamos con ellos: unos eran desarmados, otros tendían a sus pies al atrevido que les quería coger prisioneros, cuál moría matando, cuál se dejaba atrapar estoicamente. Muchos ingleses eran sacrificados en el último pataleo de la bestia herida y desesperada: se acuchillaban sin piedad: miles de manos repartían la muerte en todas direcciones, y vencidos y vencedores caían juntos revueltos y enlazados, confundiendo la abrasada sangre.

No hay en la historia odio comparable al de ingleses y franceses en aquella época. Güelfos y gibelinos, cartagineses y romanos, árabes y españoles se perdonaban alguna vez; pero Inglaterra y Francia en tiempo del Imperio se aborrecían como Satanes. La envidia simultánea de estos dos pueblos, de los cuales uno dominaba los mares del globo y otro las tierras, estallaba en los campos de batalla de un modo horrible. Desde Talavera hasta Waterloo, los duelos de estos dos rivales tendieron en tierra un millón de cuerpos. En los Arapiles, una de sus más encarnizadas reyertas, llegaron ambos al colmo de la ferocidad.

Para coger prisioneros, se destrozaba todo lo que se podía en la vida del enemigo. Con unos cuantos portugueses e ingleses, me interné tal vez más de lo conveniente en el seno de la desconcertada y fugitiva infantería enemiga. Por todos lados presenciaba luchas insanas y oía los vocablos más insultantes de aquellas dos lenguas que peleaban con sus injurias como los hombres con las armas. El torbellino, la espiral me llevaba consigo, ignorante yo de lo que hacía; el alma no conservaba más conocimiento de sí misma que un anhelo vivísimo de matar algo. En aquella confusión de gritos, de brazos alzados, de semblantes infernales, de ojos desfigurados por la pasión, vi un águila dorada puesta en la punta de un palo, donde se enrollaba inmundo trapo, una arpillera sin color, cual si con ella se hubieran fregado todos los platos de la mesa de todos los reyes europeos. Devoré con los ojos aquel harapo, que en una de las oscilaciones de la turba fue desplegado por el viento y mostró una N que había sido de oro y se dibujaba sobre tres fajas cuyo matiz era un pastel de tierra, de sangre, de lodo y de polvo. Todo el ejército de Bonaparte se había limpiado el sudor de mil combates con aquel pañuelo agujereado que ya no tenía forma ni color.

Yo vi aquel glorioso signo de guerra a una distancia como de cinco varas. Yo no sé lo que pasó: yo no sé si la bandera vino hasta mí, o si yo corrí hacia la bandera. Si creyese en milagros, creería que mi brazo derecho se alargó cinco varas, porque sin saber cómo, yo agarré el palo de la bandera, y lo así tan fuertemente, que mi mano se pegó a él y lo sacudió y quiso arrancarlo de donde estaba. Tales momentos no caben dentro de la apreciación de los sentidos. Yo me vi rodeado de gente; caían, rodaban, unos muriendo, otros defendiéndose. Hice esfuerzos para arrancar el asta, y una voz gritó en francés:

—Tómala.

En el mismo segundo una pistola se disparó sobre mí. Una bayoneta penetró en mi carne; no supe por dónde, pero sí que penetró. Ante mí había una figura lívida, un rostro cubierto de sangre, unos ojos que despedían fuego, unas garras que hacían presa en el asta de la bandera y una boca contraída que parecía iba a comerse águila, trapo y asta, y a comerme también a mí. Decir cuánto odié a aquel monstruo, me es imposible; nos miramos un rato y luego forcejeamos. Él cayó de rodillas; una de sus piernas, no era pierna, sino un pedazo de carne. Pugné por arrancar de sus manos la insignia. Alguien vino en auxilio mío, y alguien le ayudó a él. Me hirieron de nuevo, me encendí en ira más salvaje aún, y estreché a la bestia apretándola contra el suelo con mis rodillas. Con ambas manos agarraba ambas cosas, el palo de la bandera y la espada. Pero esto no podía durar así, y mi mano derecha se quedó solo con la espada. Creí perder la bandera; pero el acero empujado por mí se hundía más cada vez en una blandura inexplicable, y un hilo de sangre vino derecho a mi rostro como una aguja. La bandera quedó en mi poder; pero de aquel cuerpo que se revolvía bajo el mío surgieron al modo de antenas, garras, o no sé qué tentáculo rabioso y pegajoso, y una boca se precipitó sobre mí clavando sus agudos dientes en mi brazo con tanta fuerza, que lancé un grito de dolor.

Caí, abrazado y constreñido por aquel dragón, pues dragón me parecía. Me sentí apretado por él, y rodamos por no sé qué declives de tierra, entre mil cuerpos, los unos muertos e inertes, los otros vivos y que corrían. Yo no vi más; solo sentí que en aquel rodar veloz, llevaba el águila fuertemente cogida entre mis brazos. La boca terrible del monstruo apretaba cada vez más mi brazo, y me llevaba consigo, los dos envueltos, confundidos, el uno sobre el otro y contra el otro, bajo mil patas que nos pisaban; entre la tierra que nos cegaba los ojos; entre una oscuridad tenebrosa, entre un zumbido tan grande, como si todo el mundo fuese un solo abejón; sin conciencia de lo que era arriba y abajo, con todos los síntomas confusos y vagos de haberme convertido en constelación, en una como criatura circunvoladora, en la cual todos los miembros, todas las entrañas, toda la carne y sangre y nervios dieron vueltas infinitas y vertiginosas alrededor del ardiente cerebro.

Yo no sé cuánto tiempo estuve rodando; debió de ser poco; pero a mí me pareció algo al modo de siglos. Yo no sé cuándo paré; lo que sé es que el monstruo no dejaba de formar conmigo una sola persona, ni su feroz boca de morderme... por último, no se contentaba con comerme el brazo, sino que, al parecer, hundía su envenenado diente en mi corazón. Lo que también sé es que el águila seguía sobre mi pecho, yo la sentía. Sentía el asta cual si la tuviera clavada en mis entrañas. Mi pensamiento se hacía cargo de todo con extravío y delirio, porque él mismo era una luz ardiente que caía no sé de dónde, y en la inapreciable velocidad de su carrera describía una raya de fuego, una línea sin fin, que... tampoco sé a dónde iba. ¡Tormento mayor no lo experimenté jamás! Este se acabó cuando perdí toda noción de existencia. La batalla de los Arapiles concluyó, al menos para mí.

XXXVII

Dejadme descansar un instante y luego contestaré a las preguntas que se me dirigen. Yo no recobré el sentido en un momento, sino que fui entrando poco a poco en la misteriosa claridad del conocer; fui renaciendo poco a poco con percepciones vagas; fui recobrando el uso de algunos sentidos y había dentro de mí una especie de aurora; pero muy lenta, sumamente lenta y penosa. Me dolía la nueva vida, me mortificaba como mortifica al ciego la luz que en mucho tiempo no ha visto. Pero todo era turbación. Veía algunos objetos y no sabía lo que eran; oía voces y tampoco sabía lo que eran. Parecía haber perdido completamente la memoria.

Yo estaba en un sitio (porque indudablemente era un sitio del globo terráqueo); yo veía en torno a mí formas; pero no sabía que las paredes fueran paredes, ni que el techo fuese techo; oía los lamentos, pero desconocía aquellas vibraciones quejumbrosas que lastimaban mi oído. Delante, muy cerca, frente por frente a mí, vi una cara. Al verla, mi espíritu hizo un esfuerzo para apreciar la forma visible; pero no pudo. Yo no sabía qué cara era aquella; lo ignoraba como se ignora lo que piensa otro. Pero la cara tenía dos ojos hermosísimos que me miraban amorosamente. Todo esto se determinaba en mí por sentimiento, porque ¿entender?... no entendía nada. Así es que por sentimiento adiviné en la persona que tenía delante una como tendencia compasiva y tierna y cariñosa hacia mí.

Pero lo más extraño es que aquel cariño que pendía sobre mí y me protegía como un ángel de la Guarda, tenía también voz y la voz vibró en los espacios, agitando todas las partículas del aire y con las partículas del aire todos los átomos de mi ser desde el centro del corazón hasta la punta del cabello. Oí la voz que decía:

—Estáis vivo, estáis vivo... y estaréis también sano.

El hermoso semblante se puso tan alegre que yo también me alegré.

—¿Me conocéis? —dijo la voz.

No debí de contestar nada, porque la voz repitió la pregunta. Mi sensibilidad era tan grande, que cada palabra cual hoja acerada me atravesaba el pecho. El dolor, la debilidad me vencieron de nuevo, sin duda porque había hecho esfuerzos de atención superiores a mi estado, y recaí en el desvanecimiento. Cerrando los ojos, dejé de oír la voz. Entonces experimenté una molestia material. Un objeto extraño rozaba mi frente cayéndome sobre los ojos. Como si el ángel protector lo adivinara, al punto noté que me quitaban aquel estorbo. Era el cabello en desorden que me caía sobre la frente y las cejas. Sentí una tibia suavidad cariñosa que debía de ser una mano, la cual desembarazó mi frente del contacto enojoso.

Poco después (continuaba con los ojos cerrados) me pareció que por encima de mi cabeza revoloteaba una mariposa, y que después de trazar varias curvas y giros, en señal de indecisión, se posaba sobre mi frente. Sentí sus dos alas abatidas sobre mi piel; pero las alas eran calientes, pesadas y carnosas: estuvieron largo rato impresas en mí, y luego se levantaron produciendo cierto rumor, un suave estallido que me hizo abrir los ojos.

Si rápidamente los abrí, más rápidamente huyó el alado insecto. Pero la misma cara de antes estaba tan cerca de la mía, tan cerca, que su calor me molestaba un poco. Había en ella cierto rubor. Al verla, mi espíritu hizo un esfuerzo, un gran esfuerzo, y se dijo: —¿Qué rostro es este? Creo que conozco este rostro.

Pero no habiendo resuelto el problema, se resignó a la ignorancia. La voz sonó entonces de nuevo, diciendo con acento patético:

—¡Vivid, vivid por Dios!... ¿Me conocéis? ¿Qué tal os sentís? No tenéis heridas graves... habéis contraído un ataque cerebral, pero la fiebre ha cedido... Viviréis, viviréis sin remedio, porque yo lo quiero... Si la voluntad humana no resucitara a los muertos, ¿de qué serviría?

En el fondo, allá en el fondo de mi ser, no sé qué facultad, saliendo entumecida de profundo sopor, emitió misteriosas voces de asentimiento.

—¿No me veis? —continuó ella (repito que no sabía quién era)—. ¿Por qué no me habláis? ¿Estáis enfadado conmigo? Imposible, porque no os he ofendido... Si no os vi, si no os hablé con más frecuencia en los últimos días, fue porque no me lo permitían. Ha faltado poco para que me enviasen a mi país dentro de una jaula... Pero no me pueden impedir que cuide a los heridos, y estoy aquí velando por vos... ¡Cuánto he penado esperando a que abrieseis los ojos!

Sentí mi mano estrechada con fuerza. El rostro se apartó de mí.

—¿Tenéis sed? —dijo la voz.

Quise contestar con la lengua; pero el don de la palabra me era negado todavía. De algún modo, empero, me expliqué afirmativamente, porque el ángel tutelar aplicó una taza a mis labios. Aquello me produjo un bienestar inmenso. Cuando bebía apareció otra figura delante de mí. Tampoco sabía precisamente quién era; pero dentro, muy dentro de mí bullía inquieta una chispa de memoria, esforzándose en explicarme con su indeciso resplandor el enigma de aquel otro ser flaco, escuálido, huesoso, triste, de cuyo esqueleto pendía negro traje talar semejante a una mortaja. Cruzando sus manos, me miró con lástima profunda. La mujer dijo entonces:

—Hermano, podéis retiraros a cuidar de los otros heridos y enfermos. Yo le velaré esta noche.

De dentro de aquella funda negra que envolvía los huesos vivos de un hombre, salió otra voz que dijo:

—¡Pobre señor don Gabriel de Araceli! ¡En qué estado tan lastimoso se halla!

Al oír esto, mi espíritu experimentó un gran alborozo. Se regocijó, se conmovió todo, como debió de conmoverse el de Colón al descubrir el Nuevo Mundo. Gozándose en su gran conquista, pensó mi espíritu así:

—¿Con que yo me llamo Gabriel Araceli?... Luego yo soy uno que se halló en la batalla de Trafalgar y en el 2 de mayo... Luego yo soy aquel que...

Este esfuerzo, el mayor de los que hasta entonces había hecho, me postró de nuevo. Sentime aletargado. Se extinguía la claridad: venía la noche. Luz rojiza, procedente de triste farol, iluminaba aquel hueco donde yo estaba. El hombre había desaparecido, y solo quedó la hermosa mujer. Por largo rato me estuvo mirando sin decirme cosa alguna. Su imagen muda, triste y fija delante de mí, cual si estuviese pintada en un lienzo, fue borrándose y desvaneciéndose a medida que yo me sumergía de nuevo en aquella noche oscura de mi alma, de cuyo seno sin fondo poco antes saliera. Dormí no sé cuánto tiempo, y al volver en mi acuerdo, había ganado poco en la claridad de mis facultades. El estupor seguía, aunque no tan denso. El deshielo iba muy despacio.

Mi protectora angelical no se había apartado de mí, y después de darme de beber una sustancia que me causara gran alivio y reanimación, acomodó mi cabeza en la almohada, y me dijo: —¿Os sentís mejor?

234

Un soplo corrió de mi cerebro a mis labios, que articularon: —Sí.

—Ya se conoce —añadió la voz—. Vuestra cara es otra. Creo que va desapareciendo la fiebre.

Contesté segunda vez que sí. En la estupidez que me dominaba no sabía decir otra cosa, y me deleitaba el usar constantemente el único tesoro adquirido hasta entonces en los inmensos dominios de la palabra. El *sí* es vocabulario completo de los idiotas. Para contestar a todo que sí, para dar asentimiento a cuanto existe, no es necesario raciocinio ni comparación, ni juicio siquiera. Otro ha hecho antes el trabajo. En cambio para decir *no* es preciso oponer un razonamiento nuevo al de aquel que pregunta, y esto exige cierto grado de inteligencia. Como yo me encontraba en los albores del raciocinio, contestar negativamente habría sido un portento de genio, de precocidad, de inspiración.

—Esta noche habéis dormido muy tranquilo —dijo la voz de mi enfermera—. Pronto estaréis bien. Dadme vuestras manos que están algo frías: os las calentaré.

Cuando lo hacía, un rayo pasó por mi mente, pero tan débil, tan rápido, que no era todavía certeza, sino un presentimiento, una esperanza de conocer, un aviso precursor. En mi cerebro se desembrollaba la madeja; pero tan despacio, tan despacio...

—Me debéis la vida... —continuó la voz perteneciente a la persona cuyas manos apretaban y calentaban las mías—, me debéis la vida.

La madeja de mi cerebro agitó sus hilos; tal esfuerzo hacía por desenredarlos que estuvo a punto de romperlos.

—En vuestro delirio —prosiguió— se os han escapado palabras muy lisonjeras para mí. El alma cuando se ve libre del imperio de la razón se presenta desnuda y sin mordaza; enseña todas sus bellezas y dice todo lo que sabe. Así la vuestra no me ha ocultado nada... ¿Por qué me miráis con esos ojos fijos, negros y tristes como noches? Si con ellos me suplicáis que lo diga, lo diré, aunque atropelle la ley de las conveniencias. Sabed que os amo.

La madeja entonces tiró tan fuertemente de sus hilos, que se iba a romper, se rompía sin remedio.

—No necesitaría decíroslo porque ya lo sabéis —continuó después de larga pausa—. Lo que no sabéis es que os amaba antes de conoceros...

Yo tenía una hermana gemela más hermosa y más pura que los ángeles. Apuesto a que no sabéis nada de esto... Pues bien, un libertino la engañó, la sedujo, la robó a Dios y a su familia, y mi pobrecita, mi adorada, mi idolatrada Lillian, tuvo un momento de desesperación y se dio a sí propia la muerte. El mayor de mis hermanos persiguió al malvado, autor de nuestra vergüenza: ambos fueron una noche a orillas del mar, se batieron y mi pobre Carlos cayó para no levantarse más. Poco después mi madre, trastornada por el dolor se fue desprendiendo de la tierra y en una mañana del mes de mayo nos dijo adiós y huyó al cielo. Seguramente nada sabíais de esto.

Continuaba siendo idiota y contesté que sí.

—Después de estos acontecimientos, sobre la haz de la tierra existía un hombre más aborrecido que Satanás. Para mí su solo nombre era una execración. Le odiaba de tal modo que si le viera arrepentido y caminando al cielo, mis labios no hubieran pronunciado para él una palabra de perdón. Figurándomelo cadáver, le pisoteaba...

La madeja daba unas vueltas, unos giros, y hacía tales enredos y embrollos, que me dolía el cerebro vivamente. Allí había un hilo tirante y rígido, el cual, doliéndome más que los demás me hizo decir:

—Soy Araceli, el mismo que se halló en Trafalgar y naufragó en el *Rayo* y vivió en Cádiz... En Cádiz hay una taberna, de que es amo el señor Poenco.

—Un día —prosiguió—, hallándome en España, a donde vine siguiendo a mi segundo hermano, dijéronme que aquel hombre había sido muerto por otro en duelo de honor. Pregunté con tanto anhelo, con tan profunda curiosidad el nombre del vencedor, que casi lo supe antes que lo revelaran. Me dijeron vuestro nombre; me refirieron algunos pormenores del caso, y desde aquel momento ¿por qué ocultarlo? os adoré.

Mi espíritu hizo inexplicables equilibrios sobre dos imágenes grotescas, y puestos en una balanza dos figurones llamados Poenco y don Pedro del Congosto, el uno subía mientras el otro bajaba. En aquel instante debí de decir algo más sustancioso que los primitivos *sís*, porque ella (yo continuaba ignorando quién era) puso la mano sobre mi frente, y habló así:

—Me adivinabais sin duda, me veíais desde lejos con los ojos del corazón. Yo os busqué durante muchos meses. Tanto tardasteis en aparecer, que llegué a creeros desprovisto de existencia real. Yo leía romances y todos a vos los aplicaba. Erais el Cid, Bernardo del Carpio, Zaide, Abenamar, Celindos, Lanzarote del Lago, Fernán González y Pedro Ansúrez... Tomabais cuerpo en mi fantasía y yo cuidaba de haceros crecer en ella; pero mis ojos registraban la tierra y no podían encontraros. Cuando os encontré, me pareció que ibais a achicaros; pero os vi subir de pronto y tocar el altísimo punto de talla con que yo os había medido. Hasta entonces cuantos hombres traté, o se burlaban de mí o no me comprendían. Vos tan solo me mirasteis cara a cara y afrontasteis las excelsas temeridades de mi pensamiento sin asustaros. Os vi espontáneamente inclinado a la realización de acciones no comunes. Asocieme a ellas, quise llevaros más adelante todavía y me seguisteis ciegamente. Vuestra alma y la mía se dieron la mano y tocaron su frente la una con la otra, para convencerse de que eran las dos de un mismo tamaño. La luz de entrambos se confundía en una sola.

La madeja de mi conocimiento se revolvió de un modo extraordinario. Los hilos entraban, salían los unos por entre los otros y culebreaban para separarse y ponerse en orden. Ya aparecían en grupos de distintos colores, y aunque harto enmarañados todavía, muchos de ellos, si no todos, parecían haber encontrado su puesto.

—Vos amabais a otra —prosiguió aquélla que empezaba ya a no serme desconocida—. La vi y la observé. Quise tratarla por algún tiempo y la traté y la conocí; la hallé tan indigna de vos, que desde luego me consideré vencedora. Es imposible que me equivoque.

Al oír esto, el corazón mío, que hasta entonces había permanecido quieto y mudo, y dormido como un niño en su cuna, empezó a dar unos saltitos tan vivarachos, y a llamarme con una vocecita tan dulce que realmente me hacía daño. Dentro de mí se fue levantando no sé si diré un vapor, una onda que fue primero tibia y después ardiente, y me subía desde el fondo a la superficie del ser, despertando a su paso todo lo que dormía; una oleada invasora, dominante, que poseía el don de la palabra, y al ascender por mí iba diciendo: «Arriba, arriba todo.»

—¿Qué tenéis? —continuó aquella mujer—. Estáis agitado. Vuestro rostro se enciende... ahora palidece... ¿Vais a llorar? Yo también lloro. La salud vuelve a vuestro cuerpo, como la sensibilidad a vuestra noble alma. ¿Será posible que os haya conmovido la revelación que he hecho? No juzguéis mi atrevimiento con criterio vulgar, creyendo que no falto al decoro, a las conveniencias y al pudor diciendo a un hombre que le amo. Yo, al mismo tiempo soy pura como los ángeles y libre como el aire. Los necios que me rodean podrán calumniarme y calumniaros; pero no mancharán mi honra, como no la mancha un amor ideal y celeste al pasar del pensamiento a la palabra... Si durante mucho tiempo he disimulado y aparentado huir de vos, no ha sido por temor a los tontos, sino por provecho de entrambos. Cuando os he visto casi muerto, cuando os he recogido en mis brazos del campo de batalla, cuando os traje aquí y os atendí y os cuidé, tratando de devolveros la vida, tenía gran pena de que murieseis ignorando mi secreto.

El estupor mío tocaba a su fin. Pensamiento y corazón recobraban su prístino ser; pero la palabra tardaba; vaya si tardaba...

—Dios me ha escuchado —añadió ella—. No solo podéis oírme, sino que vivís; y podréis hablarme y contestarme. Decidme que me amáis, y si morís después, siempre me quedará algo vuestro.

Una figura celestial, tan celestial que no parecía de este mundo, se entró dentro de mí, agasajándome y plegándose toda para que no hubiese en mi interior un solo hueco que no estuviese lleno con ella.

—No me contestáis una sola palabra —dijo la voz de mi enfermera—. Ni siquiera me miráis. ¿Por qué cerráis los ojos...? ¿Así se contesta, caballero...? Sabed que no solo tengo dudas, sino también celos. ¿Os habré desagradado en lo que últimamente he hecho? No os lo ocultaré, porque jamás he mentido. Mi lengua nació para la verdad... ¿Ignoráis tal vez que vuestra princesa encantada y el bribón de su padre estaban en Salamanca? Quien los trajo, es cosa que ignoro. El desgraciado masón anhelaba la libertad y se la he dado con el mayor gusto, consiguiendo del general un salvo conducto para que saliese de aquí y pudiese atravesar toda España sin ser molestado.

Al oír esto, razón, memoria, sentimientos, palabra, todo volvió súbito a mí con violencia, con ímpetu, con estrépito, como una catarata despeñándose de las alturas del cielo. Di un grito, me incorporé en el lecho, agité los brazos, arrojé lejos de mí con instintiva brutalidad aquella hermosa figura que tenía delante, y prorrumpí en exclamaciones de ira. Miré a la dama y la nombré, porque ya la había conocido.

XXXVIII

El hospitalario que antes vi, entró al oír mis gritos, y ambos procuraron calmarme.

—Otra vez le empieza el delirio —dijo Juan de Dios.

—Yo he sido la causa de esta alteración —dijo miss Fly muy afligida.

Mi propia debilidad me rindió, y caí en el lecho, sofocado por la indignación que sordamente se reconcentraba en mí, no encontrando ni voz suficiente ni fuerzas para expresarse fuera.

—El pobre señor Araceli —dijo Juan de Dios con sentimiento piadoso— se volverá loco como yo. El demonio ha puesto su mano en él.

—Callad, hermano, y no digáis tonterías —dijo miss Fly cubriendo mis brazos con la manta y limpiando el sudor de mi frente—. ¿Qué habláis ahí de demonios?

—Sé lo que me digo —añadió el agustino, mirándome con profunda lástima—. El pobre don Gabriel está bajo una influencia maléfica... Lo he visto, lo he visto.

Diciendo esto, destacaba de su puño cerrado dos dedos flacos y puntiagudos, y con ellos se señalaba los ojos.

—Marchad fuera a cuidar de los otros enfermos —dijo miss Fly jovialmente— y no vengáis a fastidiarnos con vuestras necedades.

Fuese Juan de Dios y nos quedamos de nuevo solos Athenais y yo. Hallándome ya en posesión completa de mi pensamiento, le hablé así:

—Señora, repítame usted lo que hace poco ha dicho. No entendí bien. Creo que ni mis sentidos ni mi razón están serenos. Estoy delirando, como ha dicho aquel buen hombre.

—Os he hablado largo rato —dijo miss Fly con cierta turbación.

—Señora, no puedo apreciar sino de un modo muy confuso lo que he visto y oído esta noche... Efectivamente, he visto delante de mí una figura hermosa y consoladora; he oído palabras... no sé qué palabras. En mi cerebro se confunden el eco de voces lejanas y el son misterioso de otras que yo mismo habré pronunciado... No distingo bien lo real de lo verdadero; durante algún tiempo he visto los objetos y los semblantes sin conocerlos.

—¡Sin conocerlos!

—He oído palabras. Algunas las recuerdo, otras no.

—Tratad de repetir lo sustancial de lo mucho que os he dicho —murmuró Athenais, pálida y grave—. Y si no habéis entendido bien, os lo repetiré.

—En verdad no puedo repetir nada. Hay dentro de mí una confusión espantosa... He creído ver delante de mí a una persona, cuya representación ideal no me abandona jamás en mis sueños, una figura que quiero y respeto, porque la creo lo más perfecto que ha puesto Dios sobre la tierra... He creído oír no sé qué palabras dulces y claras, mezcladas con otras que no comprendía... He creído escuchar tan pronto una música del cielo, tan pronto el fragor de cien tempestades que bramaban dentro de un corazón... Nada puedo precisar... al fin he visto claramente a usted, la he conocido...

—¿Y me habéis oído claramente también? —preguntó acercando su rostro al mío—. Ya sé que no debe darse conversación a los enfermos. Os habré molestado. Pero es lo cierto que yo esperaba con ansia que pudierais oírme. Si por desgracia murierais...

—De lo que he oído, señora, solo recuerdo claramente que había usted puesto en libertad a una persona a quien yo aprisioné.

—¿Y esto os disgusta? —preguntó la Mosquita con terror.

—No solo me disgusta, sino que me contraría mucho, pero mucho —exclamé con inquietud, sacudiendo las ropas del lecho para sacar los brazos.

Athenais gimió. Después de breve pausa, mirome con fijeza y orgullo y dijo:

—Caballero Araceli, ¿tanto coraje es porque se os ha escapado el ave encantada de la calle del Cáliz?

—Por eso, por eso es —repetí.

—¿Y seguramente la amáis?...

—La adoro, la he adorado toda mi vida. Ha tiempo que mi existencia y la suya están tan enlazadas como si fueran una sola. Mis alegrías son sus alegrías, y sus penas son mis penas. ¿En dónde está? Si ha desaparecido otra vez, señora Athenais de mi alma, juro a usted que todos los romances de Bernardo, del Cid, de Lanzarote y de Celindos, me parecerían pocos para buscarla.

Athenais estaba lastimosamente desfigurada. Diríase que era ella el enfermo y yo el enfermero. Largo rato la vi como sosteniendo no sé qué horrible lucha consigo misma. Volvía el rostro para que no viese yo su emoción: me miraba después con ira violentísima que se trocaba sin quererlo ella misma en inexplicable dulzura, hasta que levantándose con ademán de majestuosa soberbia, me dijo:

—Caballero Araceli, adiós.

—¿Se va usted? —dije con tristeza y tomando su mano que ella separó vivamente de la mía—. Me quedaré solo... Merezco que usted me desprecie, porque he vuelto a la vida, y mi primera palabra no ha sido para dar las gracias a esta amiga cariñosa, a esta alma caritativa que me recogió sin duda del campo de batalla, que me ha curado y asistido... ¡Señora, señora mía! La vida que usted ha ganado a la muerte vería con gusto el momento en que tuviera que volverse a perder por usted.

—Palabras hermosas, caballero Araceli —me dijo con acento solemne, sin acercarse a mí, mirándome pálida y triste y seria desde lejos, como una sibila sentenciosa que pronunciase las revelaciones de mi destino—. Palabras hermosas; pero no tanto que encubran la vulgaridad de vuestra alma vacía. Yo aparto esa hojarasca y no encuentro nada. Estáis compuesto de grandeza y pequeñez.

—Como todo, como todo lo creado, señora —interrumpí.

—No, no —dijo con viveza—. Yo conozco algo que no es así; yo conozco algo donde todo es grande. Habéis hecho en vuestra vida y aun en estos mismos días cosas admirables. Pero el mismo pensamiento que concibió la muerte de lord Gray, lo entregáis a una vulgar y prosaica ama de casa como un papel en blanco para que escriba las cuentas de la lavandera. Vuestro corazón, que tan bien sabe sentir en algunos momentos, no os sirve para nada y lo entregáis a las costureras para que hagan de él un cojincillo en que clavar sus alfileres. Caballero Araceli, me fastidio aquí.

—¡Señora, señora, por Dios, no me deje usted! Estoy muy enfermo todavía.

—¿Acaso no tengo yo rango más alto que el de enfermera? Soy muy orgullosa, caballero. El hermano hospitalario os cuidará.

—Usted bromea, apreciable amiga, encantadora Athenais, usted se burla del verdadero afecto, de la admiración que me ha inspirado. Siéntese usted a mi lado; hablaremos de cosas diversas, de la batalla, del pobre sir Thomas Parr a quien vi morir...

—Todavía creo que valgo para algo más que para dar conversación a los ociosos y a los aburridos —me contestó con desdén—. Caballero, me tratáis con una familiaridad que me causa sorpresa.

—¡Oh! Recordaremos las proezas inauditas que hemos realizado juntos. ¿Se acuerda usted de Jean-Jean?

—En verdad sois impertinente. Bastante os he asistido; bastantes horas he pasado junto a vos. Mientras delirabais, me he reído, oyendo las necedades y graciosos absurdos que continuamente decíais; pero ya estáis en vuestro sano juicio y de nuevo sois tonto.

—Pues bien, señora, deliraré, deliraré y diré todas las majaderías que usted quiera, con tal que me acompañe —exclamé jovialmente—. No quiero que usted se marche enojada conmigo.

Miss Fly se apoyó en la pared para no caer. Advertí que la expresión de su rostro pasaba de una furia insensata a una emoción profunda. Sus ojos se inundaron de lágrimas, y como si no le pareciese que sus manos las ocultaban bien, corrió rápidamente hacia afuera. Su intención primera fue sin duda salir; mas se quedó junto a la puerta y en sitio donde difícilmente la veía. Con todo, bastaron a revelarme su presencia, ignoro si los suspiros que creí oír o la sombra que se proyectaba en la pared y subía hasta el techo. Lo que sí no tiene duda alguna para mí, es que después de estar largo tiempo sumergido en tristes cavilaciones, me sentí con sueño, y lentamente caí en uno profundísimo que duró hasta por la mañana. ¿Debo decir que cuando me hallaba próximo a perder completamente el uso de los sentidos, se repitieron los fenómenos extraños que habían acompañado mi penoso regreso a la vida? ¿Debo decir que me pareció ver volar encima y alrededor de mi cabeza un insecto alado, que después vino a posar sobre mi frente sus dos alas blandas, pesadas y ardientes?

Eso no era más que repetición de lo que antes había soñado: el fenómeno más raro entre todos los de aquella rarísima noche vino después, poniendo digno remate a mis confusiones, y fue, señores míos, que no desvanecida aún mi confusión por aquello de la Pajarita, advertí que se cernía sobre mi frente una cosa negra, larga, no muy grande, aunque me era muy difícil precisar su tamaño, el cual objeto o animalucho tenía dos largas piernas y dos picudas alas, que abría y cerraba alternativamente, todo negro, áspero, rígido y extremadamente feo. Aquel horrible crustáceo se replegaba, y entonces parecía un puñal negro; después abría sus patas y sus alas y parecía un escorpión. Lentamente bajaba acercándose a mí, y cuando tocó mi frente sentí frío en todo mi cuerpo. Agitose mucho, meneó las horribles extremidades repetidas veces, emitiendo un chillido estridente, seco, áspero, que estremecía los nervios, y después huyó.

XXXIX

Tras un sueño tan largo como profundo, desperté en pleno día notablemente mejorado. La hermosa claridad del Sol me produjo bienestar inmenso, y además del alivio corporal experimentaba cierto apacible reposo del alma. Me recreaba en mi salud como un fatuo en su hermosura.

A mi lado estaban dos hombres, el hospitalario y un médico militar, que después de reconocerme, hizo alegres pronósticos acerca de mi enfermedad y me mandó que comiese algo suculento si encontraba almas caritativas que me lo proporcionasen. Marchose a cortar no sé cuántas piernas, y el hermano, luego que nos quedamos solos, se sentó junto a mí, y compungidamente me dijo:

—Siga usted los consejos de un pobre penitente, señor don Gabriel, y en vez de cuidarse del alimento del cuerpo, atienda al del alma, que harto lo ha menester.

—¿Pues qué, señor Juan de Dios, acaso voy a morir? —le dije recelando que quisiera ensayar en mí el sistema de las silvestres yerbecillas.

—Para vivir como usted vive —afirmó el fraile con acento lúgubre—, vale más mil veces la muerte. Yo al menos la preferiría.

—No entiendo...

—Señor Araceli, señor Araceli —exclamó, no ya inquieto sino con verdadera alarma—, piense usted en Dios, llame usted a Dios en su ayuda, elimine usted de su pensamiento toda idea mundana, abstráigase usted. Para conseguirlo recemos, amigo mío, recemos fervorosamente por espacio de cuatro, cinco o seis horas, sin distraernos un momento, y nos veremos libres del inmenso, del horrible peligro que nos amenaza.

—Pero este hombre me va a matar —dije con miedo—. Me manda el médico que coma, y ahora resulta que necesito una ración de seis horas de rezo. Hermanuco, por amor de Dios, tráigame una gallina, un pavo, un carnero, un buey.

—¡Perdido, irremisiblemente perdido!... —exclamó con aflicción suma, elevando los ojos al cielo y cruzando las manos—. ¡Comer, comer! Regalar el cuerpo con incitativos manjares cuando el alma está amenazada; amenazada, señor Araceli... Vuelva usted en sí... recemos juntos, nada más que seis horas, sin un instante de distracción... con el pensamiento clavado en lo alto... De esta manera el pérfido se ahuyentará, vacilará al menos antes de poner su infernal mano en un alma inocente, la encontrará atada al cielo con la santas cadenas de la oración, y quizás renuncie a sus execrables propósitos.

—Hermano Juan de Dios, quíteseme de delante o no sé lo que haré. Si usted es loco de atar, yo por fortuna no lo soy, y quiero alimentarme.

—Por piedad, por todos los santos, por la salvación de su alma, amado hermano mío, modérese usted, refrene esos livianos apetitos, ponga cien cadenas a la concupiscencia del mascar, pues por la puerta de la gastronomía entran todos los melindres pecaminosos.

Le miré entre colérico y risueño, porque su austeridad, que había empezado a ser grotesca, me enfadaba, y al mismo tiempo me divertía. No, no me es posible pintarle tal como era, tal como le vi en aquel momento. Para reproducir en el lienzo la extraña figura de aquel hombre, a quien los ayunos y la exaltación de la fantasía llevaran a estado tan lastimoso, no bastaría el pincel de Zurbarán, no; sería preciso revolver la paleta del gran Velázquez para buscar allí algo de lo que sirvió para la hechura de sus inmortales bobos.

Me reí de él, diciéndole:

—Tráigame usted de comer y después rezaremos.

Por única contestación, el hospitalario se arrodilló, y sacando un libro de rezos, me dijo:

—Repita usted lo que yo vaya leyendo.

—¡Que me mata este hombre, que me mata! ¡Favor! —grité encolerizado.

Juan de Dios se levantó, y poniendo su mano sobre mi pecho, espantado y tembloroso, me habló así:

—¡Que viene! ¡que va a venir!

—¿Quién? —pregunté cansado de aquella farsa.

—¿Quién ha de ser, desgraciado, quién ha de ser? —dijo en voz baja y con abatimiento—. ¿Quién ha de ser sino el torpe enemigo del linaje humano, el negro rey que gobierna el imperio de las tinieblas como Dios el de la luz; aquel que odia la santidad y tiende mil lazos a la virtud para que se enrede? ¿Quién ha de ser sino la inmunda bestia que posee el arte de mudarse y embellecerse, tomando la figura y traje que más fácilmente seducen al descuidado pecador? ¿Quién ha de ser? ¡Extraña pregunta por cierto! ¡Me asombro de la inocente calma con que usted me habla, hallándose, como se halla, en el mismo estado que yo!

Mis carcajadas atronaban la estancia.

—Me alegraré en extremo de que venga —le dije—. ¿Cómo sabe usted que va a venir?

—Porque ya ha estado, pobrecito; porque ya ha puesto sus aleves manos sobre usted en señal de posesión y dominio, porque dijo que iba a volver.

—Eso me alegra sobremanera. ¿Y cuándo he tenido el honor de tal visita? No he visto nada.

—¡Cómo había usted de verlo si dormía, desgraciado! —exclamó con lástima—. ¡Dormir, dormir! he aquí el gran peligro. Él aprovecha las ocasiones en que el alma está suelta y haciendo travesuras, libre de la vigilancia de la oración. Por eso yo no duermo nunca, por eso velo constantemente.

—¿Vino mientras yo dormía?

—Sí; anoche... ¡horrible momento! La señora inglesa que tan bien ha cuidado a usted había salido. Yo estaba solo y me distraje un poco en mis rezos. Sin saber cómo, había dejado volar el pensamiento por espacios voluptuosos y sonrosados... ¡pecador indigno, mil veces indigno!... Yo había puesto el libro sobre mis rodillas, y cerrado los ojos, y dejádome aletargar en sabroso desvanecimiento, cuya vaporosa niebla y blando calor recreaban mi cuerpo y mi espíritu...

—Y entonces, cuando mi bendito hermanuco se regocijaba con tales liviandades; abriose la tierra, salió una llama de azufre...

—No se abrió la tierra, sino la puerta, y apareció... ¡Ay! apareció en aquella forma celestial, robada a las criaturas de la más alta esfera angélica; apareció cual siempre le ven mis pecadores ojos.

—Hermano, hermano, soy feliz y sentiría que estuviera usted cuerdo.

—Apareció, como he dicho, y su vista me convirtió en estatua. Otra de igual catadura le acompañaba, también en forma mujeril, representando más edad que la primera, la tan aborrecida como adorada, que es el terror de mis noches y el espanto de mis días, y el abismo que se traga mi alma.

—¿Y en cuanto me vieron...? Adoro a esos demonios, señor Juan de Dios, y ahora mismo voy a mandarles un recadito con usted.

—¿Conmigo? ¡Infeliz precito! Ya vendrán por usted y se lo llevarán con sus satánicas artes.

—Quiero saber qué hicieron, qué dijeron.

—Dijeron: «aquí nos han asegurado que está», y luego sus ojos, que todo lo ven en la lobreguez de la horrenda noche, vieron el miserable cuerpo, y se abalanzaron hacia él con aullidos que parecían sollozos tiernísimos, con lamentos que parecían la dulce armonía del amor materno, llorando junto a la cuna del niño moribundo.

—¡Y yo dormido como un poste! ¡Padre Juan, es usted un imbécil, un majadero! ¿Por qué no me despertó?

—Usted deliraba aún; las dos ¡ay! aquellas dos apariencias hermosísimas, y tan acabadas y perfectas que solo yo con los perspicuos ojos del alma podía adivinar bajo su deslumbradora estructura la mano del infernal artífice; las dos mujeres, digo, derramaron sobre el pecho y la frente de usted demoníacas chispas, con tan ingeniosa alquimia desfiguradas, que parecían lágrimas de ternura. Pusieron sus labios de fuego en las manos de usted como si las besaran, le arreglaron las ropas del lecho, y después...

—¿Y después?

—Y después, buscáronme con los ojos como para preguntarme algo; mas yo, más muerto que vivo, habíame escondido bajo aquella mesa y temblaba allí y me moría. Señor don Gabriel, me moría queriendo rezar y sin poder rezar, queriendo dejar de ver aquel espectáculo y viéndolo siempre... Por fin, resolvieron marcharse... ya eran dueños del alma de usted y no necesitaban más.

—Se fueron, pues.

—Se fueron diciendo que iban a pedir licencia a no sé quién para trasladar a usted a otro punto mejor... al infierno cuando menos. De esta manera desapareció de entre los vivos un hermano hospitalario que era gran pecador; se lo llevaron una mañana enterito y sin dejar una sola pieza de su corporal estructura.

—¿Y después...? Estoy muy alegre, hermano Juan.

—Después vino esa señora a quien llaman *Doña Flay*, la cual es una criatura angelical, que le quiere a usted mucho. Usted empezó a salir de aquel marasmo o trastorno en que le dejaron las embajadoras del negro averno:

la señora inglesa habló largamente con usted y yo, que me puse a escuchar tras la puerta, oí que le decía mil cositas tiernas, melosas y hechiceras.

—¿Y después?

—Y después usted se puso furioso y entré yo, y la inglesa me mandó salir, y a lo que entendí, mi don Gabriel se durmió. La inglesa entraba y salía, sin cesar de llorar.

—¿Y nada más?

—Algo más hay, sí, sin duda lo más terrible y espantoso, porque el atormentador del linaje humano, aquél que, según un santo padre, tiene por cómplice de su infame industria a la mujer, la cual es hornillo de sus alquimias, y fundamento de sus feas hechuras; aquel que me atormenta y quiere perderme, entró de nuevo en la misma duplicada forma de mujer linda...

—Y yo, ¿dormía también?

—Dormía usted con sueño tranquilo y reposado. La señora inglesa estaba junto a aquella mesa envolviendo no sé qué cosa en un papel. Entraron ellas... no expiré en aquel momento por milagro de Dios... se acercaron a usted y vuelta a los aullidos que parecían llantos, y a los signos quirománticos semejantes a blandas y amorosas caricias.

—¿Y no dijeron nada? ¿No dijeron nada a miss Fly ni a usted?

—Sí —continuó después de tomar aliento, porque la fatiga de su oprimido pecho apenas le permitía hablar—, dijeron que ya tenían la licencia y que iban a buscar una litera para trasladar a usted a un sitio que no nombraron... Pero lo más extraño es que al oír esto la señora inglesa, que no estaba menos absorta, ni menos suspendida, ni menos espantada que yo, debió de conocer que las tan aparatosas beldades eran obra de aquel que llevó a Jesús a la cima de la montaña y a la cúspide de la ciudad; y sobrecogida como yo, lanzó un grito agudísimo precipitándose fuera de la habitación. Seguila y ambos corrimos largo trecho, hasta que ella puso fin a su atropellada carrera, y apoyando la cabeza contra una pared, allí fue el verter lágrimas, el exhalar hondos suspiros y el proferir palabras vehementes, con las cuales pedía a Dios misericordia. Una hora después volví, despertó usted, y nada más. Solo falta que recemos, como antes dije, porque solo la oración y la vigilancia del espíritu ahuyenta al Malo, así como el pérfido sueño, las regaladas comidas y las conversaciones mundanas le llaman.

248

Juan de Dios no dijo más; atendía a extraños ruidos que sonaban fuera, y estaba trémulo y lívido.

—¡Aquí, aquí estoy, Inesilla... señora condesa! —exclamé reconociendo las dulces voces que desde mi lecho oía—. Aquí estoy vivo y sano y contento, y queriéndolas a las dos más que a mi vida.

¡Ay! Entraron ambas y desoladas corrieron hacia mí. Una me abrazó por un costado y otra por otro. Casi me desvanecí de alegría cuando las dos adoradas cabezas oprimían mi pecho.

Juan de Dios huyó de un salto, de un vuelo o no sé cómo.

Quise hablar y la emoción me lo impedía. Ellas lloraban y no decían nada tampoco. Al fin, Inés levantó los ojos sobre mi frente y la observé con curiosidad y atención.

—¿Qué miras? —le dije—. ¿Estoy tan desfigurado que no me conoces?

—No es eso.

La condesa miró también.

—Es que noto que te falta algo —dijo Inés sonriendo.

Me llevé la mano a la frente, y en efecto, algo me faltaba.

—¿Dónde han ido a parar los dos largos mechones de pelo que tenías aquí?

Al decir esto, con sus deditos tocaba mi cabeza.

—Pues no sé... tal vez en la batalla...

Las dos se rieron.

—Queridas mías, recuerdo haber visto en sueños encima de mi cabeza un animalejo frío y negro, y ahora comprendo lo que era aquello: unas tijeras. Tengo aquí sobre la sien una rozadura... ¿la ven ustedes?... Esos pelos me molestaban, y aquí del cirujano. Es hombre entendido que no olvida el más mínimo detalle.

Tantas preguntas tenía que hacer, que no sabía por cuál empezar.

—¿Y en qué paró esa batalla? —dije—. ¿Dónde está lord Wellington?

—La batalla paró en lo que paran todas, en que se acabó cuando se cansaron de matarse —me respondió una de ellas, no sé cuál.

—Pero los franceses se retiraban cuando yo caí.

—Tanto se retiraron —dijo la condesa—, que todavía están corriendo. Wellington les va a los alcances. No tengas cuidado por eso, que ya lo harán bien sin ti... Veremos si te dan algún grado por haber cogido el águila.

—Conque yo cogí un águila...

—Un águila toda dorada, con las alas abiertas y el pico roto, puesta sobre un palo, y con rayos en las garras: la he visto —dijo Inés con satisfacción, extendiéndose en pomposas descripciones de la insignia imperial.

—Te encontraron —añadió la condesa—, entre muchos muertos y heridos, abrazado con el cadáver de un abanderado francés, el cual te mordía el brazo.

Era la parte de mi cuerpo que más me dolía.

—Te hemos buscado desde el 22 —dijo Inés—, y hasta anoche todo ha sido correr y más correr sin resultado alguno. Creímos que habías muerto. Fui a la zanja grande donde están enterrando los pobres cuerpos. Había tantos, tantos, que no los pude ver todos... Aquello parecía una maldición de Dios. Si cuando tal vi hubiera tenido en mi mano el águila que cogiste, la habría echado también en la zanja, y luego tierra, mucha tierra encima.

—Bien, Inesilla, nadie mejor que tú dice las mayores verdades de un modo más sencillo. La gloria militar y los muertos de las batallas debieran enterrarse en una misma fosa... En fin, adoradas mías, vivo estoy para quererlas muchísimo, y para casarme con la una, previo el consentimiento de la otra.

La condesa frunció ligeramente el ceño e Inés me miró el cabello. La felicidad que inundaba mi alma se desbordó en francas risas y expresiones gozosas, a que Inés habría contestado de algún modo, si la seriedad de su madre se lo hubiera permitido.

—Saquemos ahora de aquí a este bergante —dijo la condesa— y después se verá. Debemos dar gracias a esa señora inglesa que te recogió en el campo de batalla y que te ha cuidado tan bien, según nos han dicho. Sé quien es y la hemos visto. La conocí en el Puerto... Por cierto, caballerito, que tenemos que hablar tú y yo.

—¿No está por aquí? ¡Athenais, Athenais!... Se empeñará en no venir cuando la necesitamos. Me alegro infinito de que se conozcan ustedes, creo que este conocimiento me ahorra un disgusto. Miss Fly es persona leal y generosa. ¡señor Juan de Dios!... Ese no vendrá aunque le ahorquen. Ha dado en decir que son ustedes el demonio.

—¿Ese bendito hospitalario? —indicó la condesa—. El médico nos dijo que se había ya escapado dos veces de la casa de locos... Vamos, a ver cómo te arreglamos en la camilla. Llamaremos a otro enfermero.

Cuando salió la condesa, dije a Inés:

—No me has dicho nada de aquella persona...

—Ya lo sabrás todo —me contestó, sin oponerse a que le comiese a besos las manos—. Ven pronto a casa... prueba a levantarte.

—No puedo, hijita, estoy muy débil. Ese hospitalario de mil demonios se propuso hoy matarme de hambre. El agustino empeñado en que no había de comer, y miss Fly volviéndome loco con sus habladurías...

—¡Oh! —dijo Inés con encantadora expresión de amenaza—. ¿Esa inglesa ha de estar contigo en todas partes...? Tengo una sospecha, una sospecha terrible, y si fuera cierto... ¿Seré yo demasiado buena, demasiado confiada e inocente, y tú un grandísimo tunante?

Miró de nuevo mi frente, no ya con inquietud, sino con verdadera alarma.

—¡Inesilla de mi corazón! —exclamé—. ¡Si tienes sospechas, yo las disiparé! ¿Dudas de mí? Eso no puede ser. No ha sucedido nunca y no sucederá ahora. ¿Puedo yo dudar de ti? ¿Puede quebrantarse la fe de esta religión mutua en que ha mucho tiempo vivimos y entrañablemente nos adoramos?

—Así ha sido hasta aquí; pero ahora... tú me ocultas algo... mi madre ha pronunciado al descuido algunas palabras... No, Gabriel, no me engañes. Dímelo, dímelo pronto. Miss Fly te recogió del campo de batalla. Ella lo ha negado; pero es verdad. Nos lo han dicho.

—¡Engañarte yo!... Eso sí que es gracioso. Aunque fuese malo y quisiera hacerlo no podría... Pero te debo decir la verdad, toda la verdad, mujer mía, y empiezo desde este momento... ¿por qué me miras la frente?

—Porque... porque —dijo pálida, grave y amenazadora— porque ese mechón de pelo te lo ha quitado miss Fly. Yo lo adivino.

—Pues sí, ella misma ha sido —contesté con serenidad imperturbable.

—¡Ella misma!... ¡Y lo confiesa! —exclamó entre suspensa y aterrada.

Sus ojos se llenaron de lágrimas. Yo no sabía qué decirle. Pero la verdad salía en onda impetuosa de mi corazón a mis labios. Mentir, fingir, tergiversar, disimular era indigno de mí y de ella. Incorporándome con dificultad le dije:

—Yo te contaré muchas cosas que te sorprenderán, querida mía. Demos tú y yo las gracias a esa generosa mujer que me recogió de entre los muertos en el Arapil Grande, para que no te quedases viuda.

—En marcha, vamos —dijo la condesa entrando de súbito e interrumpiéndome—. En esta litera irás bien.

XL

La casa de la calle del Cáliz, a donde por dos veces he transportado a mis oyentes, y a cuyo recinto de nuevo me han de seguir, si quieren saber el fin de esta puntual historia, era la habitación patrimonial de Santorcaz, que la había heredado de su padre un año antes, con algunas tierras productivas. Componíase el tal caserón de dos o tres edificios diversos en tamaño y estructura, que compró, unió y comunicó entre sí el señor don Juan de Santorcaz, aldeano enriquecido a principios del siglo pasado. Faltaba a aquella vivienda elegancia y belleza; pero no solidez, ni magnitud, ni comodidades, aunque algunas piezas se hallaban demasiado distantes unas de otras y era excesiva la longitud de los corredores, así como el número de escalones que al discurrir de una parte a otra se encontraban.

En los aposentos donde anteriormente les vimos estaba Santorcaz con su hija el 22 de julio durante la batalla. Esta última circunstancia hará comprender a mis oyentes que no presencié lo que voy a contar, mas si lo cuento de referencia, si lo pongo en el lugar de los hechos presenciados por mí es porque doy tanta fe a la palabra de quien me los contó, como a mis propios ojos y oídos; y así téngase esto por verídico y real.

Estaban, pues, según he dicho, el infortunado don Luis y su hija en la sala; lamentábase ella de que existieran guerras y maldecía él su triste estado de salud que no le permitía presenciar el espectáculo de aquel día, cuando sonó con terrible estruendo la famosa aldaba del culebrón, y al poco rato el único criado que les servía y el militar que les guardaba anunciaron a los solitarios dueños que una señora quería entrar. Como miss Fly había estado allí algunos días antes, ofreciendo al masón un salvo-conducto para salir de Salamanca y de España, alegrósele a aquel el alma y dio orden de que al punto dejasen pasar e internasen hasta su presencia a la generosa visitante. Transcurridos algunos minutos, entró en la sala la condesa.

Santorcaz rugió como la fiera herida cuando no puede defenderse. Largo rato estuvieron abrazadas madre e hija, confundiendo sus lágrimas, y tan olvidadas del resto de la creación, cual si ellas solas existieran en el mundo. Vueltas al fin en su acuerdo, la madre, observando con terror a aquel hombre rabioso y sombrío que clavaba los ojos en el suelo como si quisiera con la sola fuerza de su mirada abrir un agujero en que meterse, quiso llevar a su hija consigo, y dijo palabras muy parecidas a las que yo pronuncié en circunstancias semejantes.

Los que vieron mi sorpresa, juzguen cuál sería la de Amaranta cuando Inés se separó de ella, y hecha un mar de lágrimas corrió con los brazos abiertos hacia el anciano, en ademán cariñoso. Absorta miró tan increíble movimiento la condesa. Santorcaz, cuando su hija estuvo próxima, volvió el rostro y alargó los brazos para rechazarla.

—Vete de aquí —dijo—, no quiero verte, no te conozco.

—¡Loco! —gritó la muchacha con dolor—. Si dices otra vez que me marche, me marcharé.

Revolvió Santorcaz los fieros ojos de un lado a otro de la estancia, miró con igual rencor a la condesa y a su hija, y temblando de cólera, repitió:

—Vete, vete, te he dicho que te vayas. No quiero verte más. Sal de esta casa con esa mujer, y no vuelvas.

—Padre —dijo Inés sin dar gran importancia al frenesí del anciano—. ¿No me has dicho que esta casa es mía? ¿No me has entregado las llaves? Pues voy a acomodar a esta señora en una habitación de las de la calle, porque hoy es imposible que encuentre posada, y mañana las dos nos iremos, dejándote tranquilo.

Tomando un manojo de llaves y repiqueteando con él, no sin cierta intención zumbona, Inés salió de la estancia seguida de Amaranta, que nada comprendía de aquella tragicomedia.

Luego que se quedó solo, Santorcaz dio algunos paseos por la habitación, recorriéndola en giros y vueltas sin fin, cual macho de noria. Su fisonomía expresaba todo cuanto puede expresar la fisonomía humana, desde la saña más terrible a la emoción más tierna. Tomó después un libro, pero lo arrojó en el suelo a los pocos minutos. Cogió luego una pluma, y después de rasguñar el papel breve rato, la destrozó y la pisoteó. Levantose, y con pasos vacilantes e inseguro ademán dirigiose a la puerta vidriera, penetró en la estancia próxima, donde había un tocador de mujer y un lecho blanco. De rodillas en el suelo, hizo de la cama reclinatorio, y apoyando el rostro sobre ella, estuvo llorando todo el día.

Si Santorcaz hubiera tenido un oído agudo y finísimo, como el de algunas especies ornitológicas, habría percibido el rumor de tenues pasos en el corredor cercano; si Santorcaz hubiera poseído la doble vista, que es un absurdo para la fisiología, pero que no lo parecería si se llegaran a conocer los misteriosos órganos del espíritu, habría visto que no estaba enteramente solo; que una figura celestial batía sus alas en las inmediaciones de la triste alcoba; que sin tocar el suelo con su ligero paso, venía y se acercaba, y aplicaba con gracioso gesto su linda cabeza a la puerta para escuchar, y luego introducía un rayo de sus ojos por un resquicio para observar lo que dentro pasaba; y como si lo que veía y oía la contentase, iluminaba aquellos sombríos espacios con una sonrisa, y se marchaba para volver al poco rato y atender lo mismo. Pero el pobre masón no veía nada de esto. Aquella tarde un ordenanza inglés le trajo un salvo-conducto para salir de Salamanca; pero el masón lo rompió. La condesa e Inés, excepto en los intervalos que esta salía, hablaban por los codos en las habitaciones de la calle. Figuraos la tarea de dos lenguas de mujer que quieren decir en un día todo lo que han callado en un año. Hablaban sin cesar, pasando de un asunto a otro, sin agotar ninguno, experimentando emociones diversas, siempre sorprendidas, siempre conmovidas, quitándose una a otra la palabra, refiriendo, ponderando, encareciendo, comentando, afirmando y negando.

Esto pasaba el 22 de julio. De vez en cuando las interrumpía zumbido lejano, estremecimiento sordo de la tierra y del aire. Era la voz de los cañones de Inglaterra y Francia que estaban batiéndose donde todos sabemos. Las dos mujeres cruzaban las manos, elevando los ojos al cielo... Los cañonazos se repetían cada vez más. Por la tarde era un mugido incesante como el del Océano tempestuoso. En madre e hija pudo tanto el terror, que se callaron: es cuanto hay que decir. Pensaban en la cantidad de hombres que se tragaría en cada una de sus sacudidas el mar irritado que bramaba a lo lejos.

Llegó la noche y los cañonazos cesaron. Muy tarde entró Tribaldos en la casa. El pobre muchacho estaba consternado, y aunque se la echaba de valiente, derramó algunas lágrimas.

—¿A dónde vas? —preguntó con inquietud la madre a la hija, viendo que esta se ponía el manto sin decir para qué.

—Al Arapil —contestó Inés entregando otro manto a la condesa, que se lo puso también sin decir nada.

Visitó Inés por breves momentos al anciano y salió de la casa y de la ciudad, acompañada de su madre y del fiel Tribaldos. Inmenso gentío de curiosos llenaba el camino. La batalla había sido horrenda, y querían ver las sobras todos los que no pudieron ver el festín. Anduvieron largo tiempo, toda la noche, hacia arriba y hacia abajo, y de acá para allá sin encontrar lo que buscaban, ni quien razón les diera de ello. Cerca del día vieron a miss Fly que regresaba del campo de batalla delante de una camilla bien arreglada y cubierta, donde traían a un hombre que fue encontrado en el Arapil Grande, lleno de heridas, sin conocimiento y con una horrible mordida en el brazo.

Acercáronse Inés, la condesa y Tribaldos a miss Fly para hacerle preguntas; pero esta, impaciente por seguir, les contestó:

—No sé una palabra. Dejadme continuar; llevo en esta camilla al pobre sir Thomas Parr, que está herido de gravedad.

Siguieron ellas y Tribaldos y recorrieron el campo de batalla, que la luz del naciente día les permitió ver en todo su horror; vieron los cuerpos tendidos y revueltos, conservando en sus fisonomías la expresión de rabia y espanto con que les sorprendiera la muerte. Miles de ojos sin brillo y sin luz, como los ojos de las estatuas de mármol, miraban al cielo sin verlo. Las manos se agarrotaban en los fusiles y en las empuñaduras de los sables, como si fueran a alzarse para disparar y acuchillar de nuevo. Los caballos alzaban sus patas tiesas y mostraban los blancos dientes con lúgubre sonrisa. Las dos desconsoladas mujeres vieron todo esto, y examinaron los cuerpos uno a uno; vieron los charcos, las zanjas, los surcos hechos por las ruedas y los hoyos que tantos millares de pies abrieran en el baileteo de la lucha; vieron las flores del campo machacadas, y las mariposas que alzaban el vuelo con sus alas teñidas de sangre. Regresaron a Salamanca, volvieron por la noche al campo de batalla, no ya conmovidas sino desesperadas; rezaban por el camino, preguntaban a todos los vivos y también a los muertos.

Por último, después de repetidos viajes y exploraciones dentro y fuera de la ciudad, en los cuales emplearon tres días, con ligeros intervalos de residencia y descanso en la casa de la calle del Cáliz, encontraron lo que buscaban en el hospital de sangre; improvisado en la Merced. Lo hallaron separado de los demás, en una habitación solitaria y en poder de un pobre fraile demente. Hicieron diligencias cerca de la autoridad militar, y, por último, consiguieron poder llevarle, es decir, llevarme consigo.

XLI

Acomodáronme en una estancia clara y bonita y en un buen lecho, que atropelladamente dispusieron para mí. Me dieron de comer, lo cual agradecí con toda mi alma, y empecé a encontrarme muy bien. Lo que más contribuía a precipitar mi restablecimiento era la alegría inexplicable que llenaba mi alma. Síntoma externo de este gozo era una jovialidad expansiva que me impulsaba a reír por cualquier frívolo motivo.

La noche de mi entrada en la casa, mientras la condesa escribía cartas a todo ser viviente en la sala inmediata, Inés me daba de cenar.

Nos hallábamos solos, y le conté toda, absolutamente toda la casi increíble novela de miss Fly, sin omitir nada que me perjudicase o me engrandeciese a los ojos de mi interlocutora. Oyome esta con atención profunda, mas no sin tristeza, y cuando concluí, diríase que mi constante amiga había perdido el uso de la palabra. No sé en qué vagas perplejidades se quedó suspenso y flotante su grande ánimo. En su fisonomía observé el enojo luchando con la compasión, y el orgullo tal vez en pugna con la hilaridad. Pero no decía nada, y sus grandes ojos se cebaban en mí. Por mi parte, mientras más duraba su abstracción contemplativa, más inclinado me sentía yo a burlarme de las nubes que oscurecían mi cielo.

—¿Es posible que pienses todavía en eso? —le dije.

—Espero que me enseñes el mechón rubio con que te han pagado el negro... Buena pieza, piensas que me casaré contigo, con un perdido, con un bribón... Te cuidaremos, y luego que estés bueno te marcharás con tu adorada inglesa. Ninguna falta me haces.

Quería ponerse seria, y casi, casi lo lograba.

—No me marcharé, no —le dije—, porque te quiero más que a las niñas de mis ojos; me has enamorado porque eres una criatura de otros tiempos, porque vuestra alma, señora (me gusta tratar de *vos* a las personas) da la mano a la mía y ambas suben a las alturas donde jamás llega la vulgaridad y bajeza de los nacidos. Por vos, señora, seré Bernardo del Carpio, el Cid y Lanzarote del Lago, acometeré las empresas más absurdas, mataré a medio mundo y me comeré al otro medio.

—Si piensas embobarme con tales tonterías... —dijo sin quererse reír pero riendo.

—Señora —exclamé con dramático acento—, vos sois el imán de mi existencia, la única pareja digna de la inmensidad de mi alma; adoro las águilas que vuelan mirando cara a cara al Sol, y no las gallinas que solo saben poner huevos, criar pollos, cacarear en los corrales y morir por el hombre. Llevadme, llevadme con vos, señora, a los espacios de las grandes emociones y a las excelsitudes del pensamiento. Si me abandonáis, yo os lloraré en las ruinas; si me amáis, seré vuestro esclavo y conquistaré diez reinos para poneros uno en cada dedo de las manos.

—Calla, calla, tonto, farsante —dijo Inés defendiéndose como podía contra la hilaridad que la ahogaba.

—¡Ah, señora y dueña mía! —proseguí yo reforzando mi entonación—. Me rechazáis. Vuestro corazón es indigno del mío. Yo lo creí templado en el fuego de la pasión, y es un pedazo de carne fofa y blanda. Os lo pedía yo para unirlo al mío y vos le arrojáis a los soldados para que claven en él sus bayonetas. Sois indigna de mí, señora. Os digo estas sublimidades, y en vez de oírme, os estáis cosiendo todo el día; tembláis cuando voy a la guerra, no pensáis más que en vuestros chiquillos, en vez de pensar en mi gloria; y os ocupáis en hacer guisotes y platos diversos para darme de comer: yo no como, señora; en la región donde yo habito no se come... De veras sois tonta: os habéis empeñado en amarme con cariño dulce y tranquilo propio de costureras, boticarios, sargentos, covachuelistas y sastres de portal. ¡Oh! amadme con exaltación, con frenesí, con delirio, como amaba Bernardo del Carpio a doña Estela, y cantad las hazañas de los héroes que son norte y faro de mi vida, y poneos delante de mí cual figura histórica, sin cuidaros de que mi ropa esté hecha pedazos, mi mesa sin comida, y mis hijos desnudos. ¿Qué veo? ¿Os reís? ¡Miseria! ¡Yo me muero por vos y os reís! ¡Yo peno y vos os regocijáis! ¡Yo enflaquezco y vos os presentáis a mí fresca, alegre y gordita!

Inés lloraba de risa, pero de una manera tan franca y natural, que todo el enojo se iba desvaneciendo en aquellas chispas de alegría. Mi corazón se entendió con el suyo, como los hermanos que por un momento riñen, para quererse más.

—Os abandono, porque amáis a otro, a una criatura vulgar y antipoética, señora —continué mirando su frente y haciendo con mis dedos movimiento semejante al abrir y cerrar de unas tijeras—; pero quiero llevarme un recuerdo vuestro, y así os corto ese mechón que os cuelga sobre la frente.

Diciéndolo, cogí la preciosa cabeza y le di mil besos.

—Que me lastimas, bárbaro —gritó sin cesar de reír.

Acudió la condesa que en la cercana habitación estaba, y al verla, Inés, más roja que una amapola, le dijo:

—Es Gabriel, que la está echando de gracioso.

—No hagáis ruido que estoy escribiendo. Todavía me faltan muchas cartas, pues tengo que escribir a Wellington, a Graham, a Castaños, a Cabarrús, a Azanza, a Soult, a O'Donnell y al Rey José.

Mi adorada suegra tenía la manía de las cartas. Escribía a todo el mundo, y de todos lograba respuesta. Su colección epistolar era un riquísimo archivo histórico, del cual sacaré algún día no pocas preciosidades.

Al día siguiente mi suegra fue a visitar a miss Fly, a quien como he dicho, había tratado en el Puerto y reconocido últimamente en Salamanca. Athenais pagó la visita a la condesa en el mismo día. Vino elegantemente vestida, deslumbradora de hermosura y de gracia. Servíale de caballero el coronel Simpson, siempre encarnadito, vivaracho, acicalado y compuesto como un figurín, y siempre honrando todos los objetos y personas con la cuádruple mirada de dos ojos y dos vidrios que jamás descansaban en su investigadora observación. Yo me había levantado y desde un sillón asistí sin moverme a la visita, que no fue larga, aunque sí digna de ocupar el penúltimo lugar en esta verídica historia.

—¿De modo que parte usted definitivamente para Inglaterra? —dijo la condesa.

—Sí, señora —repuso Athenais, que no se dignaba mirarme— estoy cansada de la guerra y de España, y deseo abrazar a mi padre y hermanas. Si alguna vez vuelvo a España tendré el gusto de visitaros.

—Antes quizás tenga yo el de escribir a usted —dijo mi suegra acordándose de que había papel y plumas en el mundo—. Por falta de tiempo no he escrito ya a lord Byron a quien conocí en Cádiz. No llevará usted malos recuerdos de España.

—Muy buenos. Me he divertido mucho en este extraño país; he estudiado las costumbres, he hecho muchos dibujos de los trajes y gran número de paisajes en lápiz y acuarela. Espero que mi álbum llame la atención.

—También llevará usted memoria de las tristes escenas de la guerra —dijo Amaranta con emoción.

—Los franceses nada respetan —indicó miss Fly con la indiferencia que se emplea en las visitas para hablar del tiempo.

—En su retirada —afirmó Simpson— han destruido todos los pueblos de la ribera del Tormes. No nos perdonan que les hayamos matado cinco mil hombres y cogido siete mil prisioneros con dos águilas, seis banderas y once cañones... ¡Grandiosa e importante batalla! No puedo menos de felicitar al señor de Araceli —añadió haciéndome el honor de dirigirse a mí— por su buen comportamiento durante la acción. El brigadier Pack y el honorable general Leith han hecho delante de mí grandes elogios de usted. Me consta que su excelencia el gran Wellington no ignora nada de lo que tanto os favorece.

—En ese caso —dije— tal vez se disipe la prevención que su excelencia tenía contra mí por motivos que nunca pude saber.

Athenais se puso pálida; mas dominándose al instante, no solo se atrevió a fijar en mí sus lindos ojos de cielo, sino que se rió y de muy buena gana, según parecía.

—Este caballero —contestó con jovialidad asombrosa por lo bien fingida— ha tenido la desgracia y la fortuna de pasar por mi amante a los ojos de los ociosos del campamento. En España, el honor de las damas está a merced de cualquier malicioso.

—¡Pero cómo! ¿Es posible, señora? —exclamé fingiéndome sorprendido y además de sorprendido encolerizado—. ¿Es posible que por aquel felicísimo encuentro nuestro...? No sabía nada ciertamente. ¡Y se han atrevido a calumniar a usted!... ¡Qué horror!

—Y poco ha faltado para que me supusieran casada con vos —añadió apartando los ojos de mí, contra lo que las conveniencias del diálogo exigían—. Me ha servido de gran diversión, porque a la verdad, aunque os tengo por persona estimable...

—No tanto que pudiera merecer el honor... —añadí completando la frase—. Eso es claro como el agua.

—Todo provino de que alguien nos vio juntos en la ciudad, cuando para salvaros de aquellos infames soldados, pasasteis por mi criado durante unas cuantas horas —dijo Athenais, coqueteando y haciendo monerías—. Ahora falta saber si por vanidad pueril fuisteis vos mismo quien se atrevió a propalar rumores tan ridículos acerca de una noble dama inglesa, que jamás ha pensado enamorarse en España, y menos de un hombre como vos.

—¡Yo, señora! El coronel Simpson es testigo de lo que pensaba yo sobre el particular.

—Los rumores —dijo el simpático Abraham—, partieron de la oficialidad inglesa y empezaron a circular cuando Araceli volvió de Salamanca y Athenais no.

—Y vos, mi querido sir Abraham Simpson —dijo miss Fly con cierto enojo—, disteis circulación a las groserías que corrían acerca de mí.

—Permitidme decir, mi querida Athenais —indicó Simpson en español— que vuestra conducta ha sido algo extraña en este asunto. Sois orgullosa... lo sé... creíais rebajaros solo ocupándoos del asunto... Lo cierto es que oíais todo, y callabais. Vuestra tristeza, vuestro silencio hacían creer...

—Me parece que no conocéis bien los hechos —dijo Athenais empezando a ruborizarse.

—Todos hablaban del asunto; el mismo Wellington se ocupó de él. Os interrogaron con delicadeza, y contestasteis de un modo vago. Se dijo que pensabais pedir el cumplimiento de las leyes inglesas sobre el matrimonio; calumnia, pura calumnia; pero ello es que lo decían y vos no lo negabais... yo mismo os llamé la atención sobre tan grave asunto, y callasteis...

—Conocéis mal los hechos —repitió Athenais más ruborizada—, y además sois muy indiscreto.

—Es que, según mi opinión —dijo Simpson—, llevasteis la delicadeza hasta un extremo lamentable, mi querida Athenais... Os sentíais ultrajada solo por la idea de que creyeran... pues... una mujer de vuestra clase... No quiero ofender al señor; pero... es absurdo, monstruoso. La Inglaterra, señora, se hubiera estremecido en sus cimientos de granito.

—¡Sí, en sus cimientos de granito! —repetí yo—. ¡Qué hubiera sido de la Gran Bretaña!... Es cosa que espanta.

Miss Fly me dirigió una mirada terrible.

—En fin —dijo la condesa—, los rumores circularon... yo misma lo supe... Pero la cosa no vale la pena. Si la Gran Bretaña se mantiene sin mancilla...

Miss Fly se levantó.

—Señora —le dije con el mayor respeto—, sentiría que usted dejase a España sin que yo pudiese manifestarle la profundísima gratitud que siento...

—¿Por qué, caballero? —preguntó llevando el pañuelo a su agraciada boca.

—Por su bondad, por su caridad. Mientras viva, señora, bendeciré a la persona que me recogió del campo de batalla con otros infelices compañeros.

—Estáis en gran error —exclamó riendo—. Yo no he pensado en tal cosa. Vos sin duda lo deseabais. Recogí a varios, sí; pero no a vos. Os han engañado. Me visteis en la Merced recorriendo las salas y dormitorios... No quiero que me atribuyan el mérito de obras que no me pertenecen.

—Entonces, señora, permítame usted que le dé las gracias por... No, lo que quiero decir es que ruego a usted no me guarde rencor por haber sido causa, aunque inocente, de esos ridículos rumores.

—¡Oh, oh!... No haga caso de semejante necedad. Soy muy superior a tales miserias... ¡La calumnia! Acaso me importa algo... ¡Vuestra persona! ¿Significa algo para mí? Sois vanidoso y petulante.

Miss Fly hacía esfuerzos extraordinarios por conservar en su semblante aquella calma inglesa que sirve de modelo a la majestuosa impasibilidad de la escultura. Miraba a los cristales, a los viejos cuadros, al suelo, a Inés, a todos menos a mí.

—Entonces, señora —añadí—, puesto que ningún daño ha padecido usted por causa mía...

—Ninguno, absolutamente ninguno. Os hacéis demasiado honor, caballero Araceli, y solo con pedirme excusas por la vil calumnia, solo con asociar vuestra persona a la mía, estáis faltando al comedimiento, sí, faltando a la consideración que debe inspirar en todo lo habitado una hija de la Gran Bretaña.

—Perdón, señora, mil veces perdón. Solo me resta decir a usted que deseo ser su humildísimo servidor y criado aquí y en todas partes y en todas las ocasiones de mi vida. ¿También así falto al comedimiento?

—También... pero, en fin, admito vuestros homenajes. Gracias, gracias —dijo con altivez—. Adiós.

Al fin de la visita, aunque repetidas veces se empeñó en reír, no pudo conseguirlo sino a medias. Sus manos temblaban, destrozando las puntas del chal amarillo. Despidiose cariñosamente de la condesa, y con mucha ceremonia de Inés y de mí.

—¿Y no será usted tan buena que nos escriba alguna vez para enterarnos de su salud? —le dije.

—¿Os importa algo?

—¡Mucho, muchísimo! —respondí con vehemencia y sinceridad profunda.

—¡Escribiros! Para eso necesitaría acordarme de vos. Soy muy desmemoriada, señor de Araceli.

—Yo, mientras viva, no olvidaré la generosidad de usted, Athenais. Me cuesta mucho trabajo olvidar.

—Pues a mí no —dijo mirándome por última vez.

Y en aquella mirada postrera que sus ojos me echaron, puso tanto orgullo, tanta soberbia, tanta irritación que sentí verdadera pena. Al fin salió de la sala. La palidez de su rostro y la furia de su alma la hacían terrible y majestuosamente bella.

Pocos momentos después aquel hermoso insecto de mil colores, que por unos días revoloteara en caprichosos círculos y juegos alrededor de mí, había desaparecido para siempre.

Muchas personas que anteriormente me han oído contar esto sostienen que jamás ha existido miss Fly; que toda esta parte de mi historia es una invención mía para recrearme a mí propio y entretener a los demás; pero ¿no debe creerse ciegamente la palabra de un hombre honrado? Por ventura, quien de tanta rectitud dio pruebas, ¿será capaz ahora de oscurecer su reputación con ficciones absurdas y con fábricas de la imaginación que no tengan por base y fundamento a la misma verdad, hija de Dios?

Poco después de que los dos ingleses nos dejaron solos, la condesa dijo a Inés:

—Hija mía, ¿tienes inconveniente en casarte con Gabriel?

—No, ninguno —repuso ella con tanto aplomo, que me dejó sorprendido. Con inefable afecto besé su hermosa mano que tenía entre las mías.

—¿Está tranquila y satisfecha tu alma, hija mía?

—Tranquila y satisfecha —repuso—. ¡Pobrecita miss Fly!

Ambos nos miramos. Un cielo lleno de luz divina, y de inexplicable música de ángeles flotaba entre uno y otro semblante... Si es posible ver a Dios, yo lo veía, yo.

—¡Qué hermoso es vivir! —exclamé—. ¡Qué bien hizo Dios en criarnos a los dos, a los tres! ¿Hay felicidad comparable a la mía? ¿Pero esto qué es, es vivir o es morir?

Al oír esto, la condesa, que había corrido a abrazarnos, se apartó de nosotros. Fijó los ojos en el suelo con tristeza. Inés y yo pensamos al mismo tiempo en lo mismo y sentimos la misma pena, una lástima íntima y honda que turbaba nuestra dicha.

—¿Qué tal está hoy? —preguntó Amaranta.

—Muy mal —repuso Inés—. Vamos los dos allá. Hace ya hora y media que no me ha visto, y estará muy taciturno.

Aunque extenuado y débil, me levanté y la seguí apoyado en su brazo.

—Haré la última tentativa y venceré —dijo cerca de la guarida del masón—. Le he observado muy bien todo el día, y el pobrecito no desea ya sino rendirse.

XLII

Al entrar en la solitaria y triste estancia, vimos a Santorcaz apoltronado en el sillón y leyendo atentamente un libro. Alzó la vista para mirarnos. Inés, poniendo la mano en su hombro, le dijo con cariñoso gracejo:

—Padre, ¿sabes que me caso?

—¿Te casas? —dijo con asombro el anciano soltando el libro y devorándonos con los ojos—. ¡Tú!...

—Sí —continuó Inés en el mismo tono—. Me caso con este pícaro Gabriel, con un opresor del pueblo, con un verdugo de la humanidad, con un satélite del despotismo.

Santorcaz quiso hablar, pero la emoción entorpecía su lengua. Quiso reír, quiso después ponerse serio y aun colérico; mas su semblante no podía expresar más que turbación, vacilación y desasosiego.

—Y como mi marido tendrá que servir a los reyes, porque éste es su oficio —prosiguió Inés—, me veré obligada, querido padre, a reñir contigo. Ahora me ha dado por la nobleza; quiero ir a la corte, tener palacio, coches y muchos y muy lujosos criados... Yo soy así.

—Bromea usted, señora doña Inesita —dijo Santorcaz en tono agri-dulce, recobrando al fin el uso de la palabra—. ¿No hay más que casarse con el primero que llega?

—Hace tiempo que le conozco, bien lo sabes —dijo ella riendo—. Muchas veces te lo he dicho... Ahora, padre, tú te quedarás aquí con Juan y Ramoncilla, y yo me voy a Madrid con mi marido. Te entretendrás en fundar una gran logia y en leer libros de revoluciones y guillotinas para que acabes de volverte loco, como don Quijote con los de caballerías.

Diciendo esto abrazó al anciano y se dejó besar por él.

—¡Adiós, adiós! —repitió ella— puesto que no nos hemos de ver más, despidámonos bien.

—Picarona —dijo él estrechándola amorosamente contra su pecho y sentándola sobre sus rodillas—. ¿Piensas que te voy a dejar marchar?

—¿Y piensas que yo voy a esperar a que tú me dejes salir? Padre, ¿te has vuelto tonto? ¿Has olvidado a la persona que ha estado en casa y que tiene tanto poder?... ¿No sabes que estás preso?... ¿crees que no hay justicia ni leyes, ni corregidores? Atrévete a respirar...

El masón apartó de sí a la muchacha, trató de levantarse, mas impidiéronselo sus doloridas piernas, y golpeando los brazos del sillón, habló así:

—Pues no faltaba más... marcharte tú y dejarme... Araceli —añadió dirigiéndose a mí con bondad—. Ya que mi hija tiene la debilidad de quererte, te permito que seas su marido; pero tú y ella os quedaréis conmigo.

—A buena parte vas con súplicas —dijo Inés riendo—. A fe que mi marido hace buenas migas con los masones. Él y yo detestamos el populacho y adoramos a reyes y frailes.

—Bueno, me quedaré —dijo Santorcaz con ligera inflexión de broma en su tono—. Me moriré aquí. Ya sabes cómo está mi salud, hija mía: vivo de milagro. En estos días que has estado enojada conmigo, yo sentía que la vida se me iba por momentos, como un vaso que se vacía. ¡Ay! queda tan poco, que ya veo, ya estoy viendo el fondo negro.

—Todo se arreglará —dije yo acercando mi asiento al del enfermo—. Nos llevaremos con nosotros al enemigo de los reyes.

—Eso es, eso... Gabriel ha hablado con tanto talento como Voltaire —dijo el masón con repentino brío—. Me llevaréis con vosotros... No tengo inconveniente, la verdad.

—Bueno, le llevaremos —dijo Inés abrazando a su padre—, le llevaremos a Madrid, donde tenemos una casa muy grande, grandísima, y en la cual estaremos muy anchos, porque mi madre se va con todos sus criados a vivir a Andalucía para no volver más.

—¡Para no volver más! —dijo el enfermo con turbación—. ¿Quién te lo ha dicho?

—Ella misma. Se separa de mí mientras tú vivas.

—¡Mientras yo viva!... Ya lo ves. Por eso conocerás la inmensidad de su aborrecimiento.

—Al contrario, padre —dijo Inés con dulzura—, se marcha porque tú no la puedes ver, y para dejarme en libertad de que te cuide y esté contigo en tu enfermedad. Lo que te decía hace poco de abandonarte y marcharme sola con mi marido era una broma.

En los párpados del anciano asomaban algunas lágrimas que él hubiera deseado poder contener:

—Lo creo; pero eso de que tu madre se separe de ti por concederme el inestimable beneficio de tu compañía, me parece una farsa.

—¿No lo crees?

—No: ¿a que no se atreve a venir aquí y a decirlo delante de mí?

—Eso quisieras tú, padrito. ¿Cómo ha de venir a decirte eso, ni ninguna otra cosa, cuando se ha marchado?

—¡Se ha marchado! ¡Se ha marchado! —exclamó Santorcaz con un desconsuelo tan profundo que por largo rato quedó estupefacto.

—¿Pues no lo sabes? ¿No sentiste la voz de unos señores ingleses? Esos la acompañan hasta Madrid, de donde partirá para Andalucía.

El dominio de aquella hermosa y excelente criatura sobre su padre era tan grande que Santorcaz pareció creerlo todo tal como ella lo decía. Clavaba los ojos en el suelo y lentamente se acariciaba la barba.

—Búscala por toda la casa —prosiguió Inés—. A fe que tendría gusto la señora en vivir dentro de esta jaula de locos.

—¡Se ha marchado! —repitió sombríamente Santorcaz, hablando consigo mismo.

—Y no me costó poco quedarme —añadió ella haciendo con manos y rostro encantadoras monerías—. Su deseo era llevarme consigo. Allá le dijo no sé quién... nada se puede tener oculto... que yo te había tomado gran cariño. Solo por esta razón venía dispuesta a perdonarte, a reconciliarse contigo... Esto era lo más natural, pues tú la habías amado mucho, y ella te había amado a ti... Pero tú estás loco... la recibiste como se recibe a un enemigo... te pusiste furioso... te negaste a ser bueno con ella. Me has hecho pasar unos ratos que no te perdono.

Las lágrimas corrieron hilo a hilo por la cara de Santorcaz.

—Mi deber era huir de esta casa aborrecida, huir con ella, abandonándote a las perversidades y rencores de tu corazón —dijo Inés que reunía a la santidad de los ángeles cierta astucia de diplomático—. Pero me acordé de que estabas enfermo y postrado; se lo dije...

El masón miró a su hija, preguntándole con los ojos cuanto es posible preguntar.

—Se lo dije, sí —prosiguió ella—, y como esa señora tiene un corazón bueno, generoso y amante; como nunca, nunca ha deseado el mal ajeno, ni ha vivido del odio; como sabe perdonar las ofensas y hacer bien a los que la aborrecen... ¡ay! no lo creerás ni lo comprenderás, porque un corazón de hierro como el tuyo, no puede comprender esto.

—Sí, lo creo, lo comprendo —dijo Santorcaz secando sus lágrimas.

—Pues bien; ella misma convino en que no me separase de ti, para consolarte y fortalecerte en tus últimos días; y como ella y tú no podéis estar juntos en un mismo sitio, determinó retirarse. Acordamos que me case con el verdugo de la humanidad y que Gabriel y yo te llevemos a vivir con nosotros.

—¿Y se marchó?... ¿pero se marchó? —preguntó Santorcaz con un resto de esperanza.

—Y se marchó, sí señor. Venía dispuesta a reconciliarse contigo, a quererte como yo te quiero. Ha llorado mucho la pobrecita, al ver que después de tantos años, después de tantas desgracias como le han ocurrido por ti, después de tanto daño como le has hecho, aún te niegas a pronunciar una palabra cristiana, a borrar con un momento de generosidad todas las culpas de tu vida, a descargar tu conciencia y también la suya del peso de un resentimiento insoportable. Se ha marchado perdonándote. Dios se encargará de juzgarte a ti, cuando en el momento del juicio le presentes como únicos méritos de tu existencia, ese corazón insensible y perverso, o mejor dicho, ese nido de culebras, a las cuales has criado, a las cuales echas de comer todos los días para que crezcan y vivan siempre, y te muerdan aquí y en la eternidad de la otra vida.

El masón se revolvía con angustia en su sillón; el llanto había cesado de afluir de sus ojos; tenía el rostro encendido, las manos crispadas, echada la cabeza hacia atrás, y entrecortaba su aliento una sofocación fatigosa.

—Padre —exclamó Inés echándole los brazos al cuello—. Sé bueno, sé generoso y te querré más todavía. Ya sabes mi deseo: prepárate a cumplirlo, y mi madre volverá. Yo la llamaré y volverá.

Los músculos de Santorcaz se tendieron, poniéndose rígidos, cerró los ojos, inclinó la cabeza, y su aspecto fue el de un cadáver. En aquel mismo instante abriose la puerta y penetró la condesa, pálida, llorosa. Andando lentamente, adelantó hasta llegar al lado del enfermo que seguía inerte, mudo y aparentemente sin vida. Alarmados todos, acudimos a él, y con ayuda de

Juan y Ramoncilla le acostamos en su lecho; al instante hicimos venir el médico que ordinariamente le asistía.

Inés y la condesa le observaban atentamente, y fijaban sus ojos en el semblante demacrado, pero siempre hermoso, del desgraciado masón. Miraban con espanto aquella sima, aterradas de lo que en su profundidad había, sin comprenderlo bien.

El médico, luego que le examinara, anunció su próximo fin, añadiendo que se maravillaba de que alargase tanto su vida, pues el día anterior casi le diputó por muerto, aunque ocultó a Inés el fatal pronóstico. Cerca ya de la noche, un hondo suspiro nos anunció que recobraba de nuevo el conocimiento; abrió los ojos, y revolviéndolos con espanto por todo el recinto de la estancia, fijolos en la condesa, cuyo semblante iluminaba la triste luz.

—¡Otra vez estás aquí! —exclamó con voz torpe y expresión de hastío y cólera—; ¿otra vez aquí? Mujer, sabe que te aborrezco. ¡La cárcel, el destierro, el patíbulo... todo te ha parecido poco para perseguirme!... ¿Por qué vienes a turbar mi felicidad? Vete, ¿por qué agarras a mi hija con esa mano amarilla como la de la muerte? ¿Por qué me miras con esos ojos plateados que parecen rayos de Luna?

—Padre, no hables así, que me das miedo —gritó Inés abrazándole, llenos los ojos de lágrimas.

La condesa no decía nada y lloraba también.

Santorcaz, después de aquella crisis de su espíritu, cayó en nuevo sopor profundísimo, y cerca de la madrugada, recobró el conocimiento con un despertar sereno y sosegado. Su mirar era tranquilo, su voz clara y entera, cuando dijo:

—Inés, niña mía, ángel querido ¿estás aquí?

—Aquí estoy, padre —respondió ella acudiendo cariñosamente a su lado—. ¿No me ves?

Inés tembló al observar que los ojos de su padre se fijaban en los de la condesa.

—¡Ah! —dijo Santorcaz sonriendo ligeramente—. Está ahí... la veo... viene hacia acá... ¿Pero por qué no habla?

La condesa había dado algunos pasos hacia el lecho, pero permanecía muda.

—¿Por qué no habla? —repitió el enfermo.

—Porque te tiene miedo —dijo Inés— como te lo tengo yo, y no se atreve la pobrecita a decirte nada. Tú tampoco le dices nada.

—¿Qué no? —indicó el masón con asombro—. Hace dos horas que estoy dirigiéndole la palabra... tengo la boca seca de tanto hablar, y no me contesta. ¡Ay! —añadió con dolor y volviendo el rostro— es demasiado cruel con este infeliz.

—¿La quieres mucho, padre? —preguntó Inés tan conmovida que apenas entendimos sus palabras.

—¡Oh, mucho, muchísimo! —exclamó el enfermo oprimiéndose el corazón.

—Por eso desde que la has visto —continuó la muchacha— le has pedido perdón por los ligeros perjuicios que sin querer le has causado. Todos te hemos oído y hemos alabado a Dios por tu buen comportamiento.

—¿Me habéis oído?... —dijo él con asombro, mirándonos a todos—. ¿Me has oído tú... me ha oído ella... me ha oído también Araceli? Lo había dicho bajo, muy bajito para que solo Dios me oyera, y lo ignorara todo ser.

Amaranta, tomando la mano de Santorcaz, dijo:

—Hace mucho, mucho tiempo que deseaba perdonarte; si en cualquiera ocasión, desde que Inés vino a mi poder, te hubieras presentado a mí como amigo... Yo también he tenido resentimientos; pero la desgracia me ha enseñado pronto a sofocarlos...

Lágrimas abundantes cortaron su voz.

—Y yo —dijo Santorcaz con voz apacible y ademán sereno—. Yo que voy a morir, no sé lo que pasa en mi corazón. Él nació para amar. Él mismo no sabe si ha amado o ha aborrecido toda su vida.

Después de estas palabras todos callaron por breve rato. Las almas de aquellos tres individuos, tan unidos por la Naturaleza y tan separados por las tempestades del mundo, se sumergían, por decirlo así, en lo profundo de una meditación religiosa y solemne sobre su respectiva situación. Inés fue la primera que rompió el grave silencio, diciendo:

—Bien se conoce, querido padre, que eres un hombre bueno, honrado, generoso. Si has tenido fama de lo contrario, es porque te han calumniado. Pero nosotras, nosotras dos y también Araceli, te conocemos bien. Por eso te amamos tanto.

—Sí —respondió el masón, como responde el moribundo a las preguntas del confesor.

—Si has hecho algunas cosas malas —continuó Inés— es decir, que parecen malas, ha sido por broma... Esto lo comprendo perfectamente. Por ejemplo: cuando te perseguían... apuesto a que la persecución no era ni la mitad de lo que tú te figurabas... pero, en fin, sea lo que quiera. Lo cierto es que te enfadaste, y con muchísima razón, porque tú estabas enamorado, querías ser bueno, querías... Pero hay familias orgullosas... Es preciso también considerar que una familia noble debe tener cierto punto... Dios primero y el mundo después no han querido que todos sean iguales.

—Pero se ven castigos, o si no castigos, justicias providenciales en la tierra —dijo Santorcaz bruscamente, mirando a Amaranta—. Señora condesa, hoy mismo ha consentido usted que su hija única y noble heredera se case con un chico de las playas de la Caleta. ¡Bravo abolengo, por cierto!

—Mejor sería —repuso la condesa— decir con un joven honrado, digno, generoso, de mérito verdadero y de porvenir.

—¡Oh! señora mía, eso mismo era yo hace veinte años —afirmó Santorcaz con tristeza.

Después cerró los ojos, como para apartar de sí imágenes dolorosas.

—Es verdad —dijo Inés entre broma y veras—; pero tú te entregaste a la desesperación, padre querido, tú no tuviste la fortaleza de ánimo de este opresor de los pueblos, tú no luchaste como él contra la adversidad, ni conquistaste escalón por escalón un puesto honroso en el mundo. Tú te dejaste vencer por la desgracia; corriste a París, te uniste a los pícaros revolucionarios que entonces se divertían en matar gente. Agraviados ellos como tú y tú como ellos, todos creíais que cortando cabezas ajenas ganabais alguna cosa y valían más los que se quedaran con ella sobre los hombros... Viniste luego a España con el corazón lleno de venganza. Tú querías que nos divirtiéramos aquí con lo que se divertían allá; la gente no ha querido darte gusto y te entretuviste con las mojigangas y gansadas de los masones, que según ellos dicen, hacen mucho, y según yo veo, no hacen nada...

—Sí —dijo el anciano.

—Al mismo tiempo procurabas hacer daño a la persona que más debías amar... Yo sé que si ella no te hubiera despreciado como te despreciaba, tú habrías sido bueno, muy bueno, y te habrías desvivido por ella...

—Sí, sí —repitió él.

—Esto es claro: Dios consiente tales cosas. A veces dos personas buenas parece que se ponen de acuerdo para hacer maldades, sin caer en la cuenta de que diciéndose dos palabras, concluirían por abrazarse y quererse mucho.

—Sí, sí.

—Y no me queda duda —continuó Inés derramando sin cesar aquel torrente de generosidad sobre el alma del pobre enfermo—, no me queda duda de que te apoderaste de mí porque me querías mucho y deseabas que te acompañara.

Santorcaz no afirmó ni negó nada.

—Lo cual me place mucho —prosiguió ella—. Has sido para mí un padre cariñoso. Declaro que eres el mejor de los hombres, que me has amado, que eres digno de ser respetado y querido, como te quiero y te respeto yo, dando el ejemplo a todos los que están presentes.

El revolucionario miró a su hija con inefable expresión de agradecimiento. La religión no hubiera ganado mejor un alma.

—Muero —dijo con voz conmovida don Luis, alargando la mano derecha a Amaranta y la izquierda a su hija— sin saber cómo me recibirá Dios. Me presentaré con mi carga de culpas y con mi carga de desgracias, tan grandes la una y la otra, que ignoro cuál será de más peso... Mi pecho ha respirado venganza y aborrecimiento por mucho tiempo... he creído demasiado en las justicias de la tierra: he desconfiado de la Providencia; he querido conquistar con el terror y la violencia lo que a mi entender me pertenecía; he tenido más fe en la maldad que en la virtud de los hombres; he visto en Dios una superioridad irritada y tiránica, empeñada en proteger las desigualdades del mundo; he carecido por completo de humildad; he sido soberbio como Satán, y me he burlado del paraíso a que no podía llegar; he hecho daño, conservando en el fondo de mi alma cierto interés inexplicable por la persona ofendida; he corrido tras el placer de la venganza, como corre en el desierto el sediento tras un agua imaginaria; he vivido en perpetua cólera, despedazándome el corazón con mis propias uñas. Mi espíritu no ha conocido el reposo hasta que traje a mi lado un ángel de paz que me consoló con su dulzura, cuando yo la mortificaba con mi cólera. Hasta entonces no supe que existían las dos virtudes consoladoras del corazón, la caridad y la paciencia. Que las dos llenen mi alma, que cierren mis ojos y me lleven delante de Dios.

Diciendo esto, se desvaneció poco a poco. Parecía dormido. Las dos mujeres, arrodilladas a un lado y otro, no se movían. Creí que había muerto; pero acercándome, observe su respiración tranquila. Retireme a la sala inmediata, e Inés me siguió poco después. Entre los dos convenimos en llamar al prior de Agustinos, varón venerable, que había sido amigo muy querido del padre de Santorcaz.

Por la mañana, después de la piadosa ceremonia espiritual, Santorcaz nos rogó que le dejásemos solo con la condesa. Largo rato hablaron a solas los dos; mas como de pronto sintiéramos ruido, entramos y vimos a Amaranta de rodillas al pie del lecho, y a él incorporado, inquieto, con todos los síntomas de un delirio atormentador. Con sus extraviados ojos miraba a todos lados, sin vernos, atento solo a los objetos imaginados con que su espíritu poblaba la oscura estancia.

—Ya me voy —decía—, ya me voy... ¡adiós! es de día... No tiembles... esos pasos que se sienten son los de tu padre que viene con un ejército de lacayos armados para matarme... No me encontrarán... Saldré por la ventana del torreón... ¡Cielo santo! han quitado la escala me arrojaré aunque muera... Dices bien, mi cuerpo, encontrado al pie de estos muros, será tu vergüenza y la deshonra de esta casa... ¿Esperaré? ¿No quieres que aguarde?... Ya están ahí; tu padre golpea la puerta y te llama... Adiós: me arrojaré al campo... También allá abajo hay criados con palos y escopetas. Dios nos abandona porque somos criminales. Me ocurre una idea feliz. Estás salvada... escóndete allí... pasa a tu alcoba. Déjame recoger estos vasos de valor, estos candelabros de plata. Los llevaré conmigo, y procuraré escurrirme con mi tesoro robado por la cornisa del torreón hasta llegar al techo de las cuadras. Adiós... saldré; abre la puerta y grita: *¡al ladrón, al ladrón!* Conocerán tu deshonra Dios y tu padre, si quieres revelársela; pero no esa turba soez. Vieron entrar un hombre, pero ignoran quién es y a lo que vino. Alma mía, ten valor;

haz bien tu papel. Grita *ial ladrón, al ladrón!*... Adiós... Ya salgo; me escurro por estas piedras resbaladizas y verdosas... Aún no me han visto los de abajo. Es preciso que me vean... ¡Oh! Ya me ven los miserables con mi carga de preciosidades, y todos gritan: *ial ladrón, al ladrón!* ¡Qué inmensa alegría siento! Nadie sabrá nada, vida y corazón mío; nadie sabrá nada, nada...

Cayó hacia atrás, estremeciéndose ligeramente, y su alma hundiose en el piélago sin fondo y sin orillas. Inés y yo nos acercamos con religioso respeto al exánime cuerpo. En nuestro estupor y emoción creímos sentir el rumor de las aguas negras y eternas, agitándose al impulso de aquel ser que había caído en ellas; pero lo que oíamos era la agitada respiración de la condesa, que lloraba con amargura, sin atreverse a alzar su frente pecadora.

XLIII

Los que quieran saber cómo y cuándo me casé, con otras particularidades tan preciosas como ignoradas acerca de mi casi inalterable tranquilidad durante tantos años, lean, si para ello tienen paciencia, lo que otras lenguas menos cansadas que la mía narrarán en lo sucesivo. Yo pongo aquí punto final, con no poco gusto de mis fatigados oyentes y gran placer mío por haber llegado a la más alta ocasión de mi vida, cual fue el suceso de mis bodas, primer fundamento de los sesenta años de tranquilidad que he disfrutado, haciendo todo el bien posible, amado de los míos y bienquisto de los extraños. Dios me ha dado lo que da a todos cuando lo piden buscándolo, y lo buscan sin dejar de pedirlo. Soy hombre práctico en la vida y religioso en mi conciencia. La vida fue mi escuela, y la desgracia mi maestra. Todo lo aprendí y todo lo tuve.

Si queréis que os diga algo más (aunque otros se encargarán de sacarme nuevamente a plaza, a pesar de mi amor a la oscuridad), sabed que una serie de circunstancias, difíciles de enumerar por su muchedumbre y complicación, hicieron que no tomase parte en el resto de la guerra; pero lo más extraño es que desde mi alejamiento del servicio empecé a ascender de tal modo que aquello era una bendición.

Habiendo recobrado el aprecio y la consideración de lord Wellington, recibí de este hombre insigne pruebas de cordial afecto, y tanto me atendió y agasajó en Madrid que he vivido siempre profundamente agradecido a sus bondades. Uno de los días más felices de mi vida fue aquel en que supimos que el duque de Ciudad-Rodrigo había ganado la batalla de Waterloo.

Obtuve poco después de los Arapiles el grado de teniente coronel. Pero mi suegra, con el talismán de su jamás interrumpida correspondencia, me hizo coronel, luego brigadier, y aún no me había repuesto del susto, cuando una mañana me encontré hecho general.

—Basta —exclamé con indignación después de leer mi hoja de servicios—. Si no pongo remedio, serán capaces de hacerme capitán general sin mérito alguno.

Y pedí mi retiro.

Mi suegra seguía escribiendo para aumentar por diversos modos nuestro bienestar, y con esto y un trabajo incesante, y el orden admirable que mi mujer estableció en mi casa (porque mi mujer tenía la manía del orden como mi suegra la de las cartas) adquirí lo que llamaban los antiguos *aurea mediocritas*; viví y vivo con holgura, casi fui y soy rico, tuve y tengo un ejército brillante de descendientes entre hijos, nietos y biznietos.

Adiós, mis queridos amigos. No me atrevo a deciros que me imitéis, porque sería inmodestia; pero si sois jóvenes, si os halláis postergados por la fortuna, si encontráis ante vuestros ojos montañas escarpadas, inaccesibles alturas, y no tenéis escalas ni cuerdas, pero sí manos vigorosas; si os halláis imposibilitados para realizar en el mundo los generosos impulsos del pensamiento y las leyes del corazón, acordaos de Gabriel Araceli, que nació sin nada y lo tuvo todo.

FIN DE «LA BATALLA DE LOS ARAPILES» Y DE LA PRIMERA SERIE DE Los *Episodios Nacionales*.

Febrero-marzo de 1875.

Libros a la carta

A la carta es un servicio especializado para

empresas,

librerías,

bibliotecas,

editoriales

y centros de enseñanza;

y permite confeccionar libros que, por su formato y concepción, sirven a los propósitos más específicos de estas instituciones.

Las empresas nos encargan ediciones personalizadas para marketing editorial o para regalos institucionales. Y los interesados solicitan, a título personal, ediciones antiguas, o no disponibles en el mercado; y las acompañan con notas y comentarios críticos.

Las ediciones tienen como apoyo un libro de estilo con todo tipo de referencias sobre los criterios de tratamiento tipográfico aplicados a nuestros libros que puede ser consultado en Linkgua-ediciones.com.

Linkgua edita por encargo diferentes versiones de una misma obra con distintos tratamientos ortotipográficos (actualizaciones de carácter divulgativo de un clásico, o versiones estrictamente fieles a la edición original de referencia).

Este servicio de ediciones a la carta le permitirá, si usted se dedica a la enseñanza, tener una forma de hacer pública su interpretación de un texto y, sobre una versión digitalizada «base», usted podrá introducir interpretaciones del texto fuente. Es un tópico que los profesores denuncien en clase los desmanes de una edición, o vayan comentando errores de interpretación de un texto y esta es una solución útil a esa necesidad del mundo académico.

Asimismo publicamos de manera sistemática, en un mismo catálogo, tesis doctorales y actas de congresos académicos, que son distribuidas a través de nuestra Web.

El servicio de «libros a la carta» funciona de dos formas.

1. Tenemos un fondo de libros digitalizados que usted puede personalizar en tiradas de al menos cinco ejemplares. Estas personalizaciones pueden ser de todo tipo: añadir notas de clase para uso de un grupo de estudiantes,

introducir logos corporativos para uso con fines de marketing empresarial, etc. etc.

2. Buscamos libros descatalogados de otras editoriales y los reeditamos en tiradas cortas a petición de un cliente.